한국 서사문학과 문화콘텐츠

한국 서사문학과 문화콘텐츠

이종호

문현

이야기는 소통되고 소통되면서 재생산되고, 다시 소통된다. 여기서 소통된다는 것은 숨,쉰다고 달리 말해도 맞는 말일 것 같다. 숨,쉬는 일은 생명활동이고, 그 생명활동은 무수한 생명과 접속하고 그로 말미암아 새로운 생명을 수없이 생산하고 기르는 일의 바탕인데, 이야기 또한 그러하기 때문이다. 그래서 이야기는 늘 우리의 삶, 현장에서 흘러가며 우리의 삶을 보듬거나 비웃거나 꾸짖고, 우리의 삶과 같은 듯, 다르고 기존의 것을 닮은 듯하지만 그것을 지우며 새로운 배치와 더불어 변주되어 우리를 매혹하고 뜻하지 않을 곳으로 끌고 간다. 물론 그 이야기와 엇갈려 지나가고 만나지 못할 때, 우리는 우리의 길을 갈 뿐, 우리의 세상에 이야기는 존재하지 않는 것이다. 그러함에도 누군가가 뜻하지 않게, 어떤 의도도 없이 말을 걸고, 그 말을 전할 때 비로소 우리는 부재와 같은 고독과 고립에서 탈주하여 사건의 장 속으로 한 발 들여놓게 된다. 이것이 바로 우리를 매혹하는 사건의 힘이다. 그리고 이 사건의 힘은 결코 실체로 다가오지 않고 유동하며 차이를 반복함으로써 누군가 시선을 주었으면, 누군가가 이 이야기를 들어주었으면, 누군가가 손을 잡아주었으면 하고 손을 내밀 뿐이다. 이야기는 단지 운명 같은 고독 속에 있다. 그리고 누군가이 고립된 사건에 매혹된다. 이야기는 이렇듯 다양한 문화콘텐츠로 또 다른 이야기를 반복하며 우리 주위를 유동하며 손을 내민다. 그리고 여기의 기록들은 그 이야기를 들어주고 손을 잡아준 대화 - 장이다.

이 책은 전체 3부로 이루어져 있다. 1부는 서사무가 〈원텬강본푸리〉와 그것을 차이화한, 시뮬라크라로서의 애니메이션 〈오늘이〉의 변주 양상을 살펴보았다. 서사무가 〈원텬강본푸리〉가 인간계의 제재초복의 발원 담고 있다면, 애니메이션 〈오늘이〉는 뭇 인간들이 허상과 탐욕, 그리고 집착에서 벗어나 자신들의 소망을 성취하도록 하는데, '오늘'은 결국 그들에게 불가사의적인 세계로의 길을 열어줌으로써 그들을 구원하고 자신은 새롭게 산다. 이러한 차이화를 통해 애니메이션 〈오늘이〉는 옛이야기가 문화콘텐츠화로 다시 살 수 있는 길을 안내한다.

2부는 고전소설 『뎐우치뎐』과 그것의 시뮬라크라 영화 〈전우치〉를 차이-구조, 혹은 생성-변이의 의미태라는 관점에서 양자 '간'의 차이를 규명해 보았다. 고전소설 『뎐우치뎐』은 백성과 약자를 구원하고 탐욕적인 권력자와 비선적(非善的)인 인물을 징치하면서도 자신의 의롭지 못한 성정을 갈아내고 더욱 높은 도(道)의 세계를 추구하고자 하는 전우치의 영웅적 행위를 민중 영웅 중심의 서사구조로써 형상화하고 있다. 한편, 영화 〈전우치〉는 만파식적을 둘러싸고 벌이는 싸움에서 전우치가 요괴들과 그 마성을 물리치고 만파식적을 지켜낼 뿐만 아니라 낭만적 사랑까지 이루어내는 과정을 무협 판타지적 영상문법으로 영상화하고 있다. 이렇듯 이야기는 특정한 시대에 박제되지 않는다. 사건을 무엇과 어떻게 계열화(배치)하느냐에 따라 수없는 층차를 이루어내며 우리를 매혹하는 것이다.

그리고 3부는 현대소설 김정한의 「사하촌」, 유항림의 「마권」, 최명익의 「장삼이사」 등을 인물 스토리텔링 전략 차원에서 살펴보았다. 사실 인물 스토리텔링 전략을 살펴보는 일은 문화콘텐츠화로 나아가기 위한 가장 기본적인 작업일 것이다. 각 인물의 이름, 성별, 나이, 출생지 및 활동공간,

직업, 출신계층, 교육 정도 가족관계, 인물관계, 인물의 존재방식, 성격, 성격 지표 및 인물 제시방식 등은 여기에서 다루고 있는 텍스트 이외에 다른 원작 텍스트를 문화콘텐츠로 재 - 생산하기 위해서는 기본적으로 분석해야 할 항목이다. 이러한 토대를 바탕으로 또 다른 인물 스토리텔링 전략에 따라 새롭고 변화한 인물들이 탄생될 것이기 때문이다.

삶 자체가 개체성을 지우며 형성되는 흐름이듯, 이야기 또한 차이로써 끝없이 유동하고, 우리를 매혹한다. 그리고 손 내밀어 매혹당할 때만이 내가 알던 사물은 사라지고 새로운 잠재성의 공간이 열린다.

문현출판사 한신규 사장께 고맙다는 인사의 말씀 드린다.

Contens

제1부

서사무가 〈원텬강본푸리〉, 그 시뮬라크라 애니메이션 〈오늘이〉의 변주 양상

1

Ⅰ. 원전과 시뮬라크라

이야기는 소통한다. 소통하기 때문에 이야기이다. 소통하지 않는 것은 이야기가 아니다. 그리고 이야기는 소통하면서 역사적·사회적 맥락에 따라 수없이 층화를 반복하여 층차를 만든다. 그 차이의 층차가 바로 이야기의 변형이고 생성이다. 이 변형과 생성의 과정이 소통이다. 소통은 결코 절대불변의 실체로서의 이야기가 반복되는 것이 아니다. 그것은 니체의 '영원회귀'가 〈자기동일적인 것〉의 회귀를 의미할 수 없듯이, '차이의 자기동일성, 차이나는 것을 통해 자신을 말하는 자기동일성'[1]이다. 이때의 차이는 어떤 방식으로든 동일성에 종속되지 않는 차이 그 자체를 의미한다.

그리고 이 '차이는 어떤 개념적 형태로도 환원될 수 없는 절대적이고 궁극적인 차이로서의 내적 차이'[2]를 일컫는다. 그리고 이야기를 구성하는 '모든 사건은 반드시 어떤 사건 계열 내에 자리 잡음으로써만 의미로 화하는 것이고, 그것 자체로서 고립되어서는 의미가 없게'[3] 된다. 즉 하나의 사건이 다른 사건과 계열화를 이룰 때만이 의미를 생성할 수 있다. 이때 '사건은 곧 의미 자체이다.'[4] 그리고 '의미는 사건 뒤에 있는 것이 아니라

---

1) 질 들뢰즈, 『차이와 반복』, 김상환 옮김, 민음사, 2004, 112 - 113쪽.(질 들뢰즈, 『차이와 반복』, 연구공간 '수유 + 너머' 연구실, 42 - 43쪽.)
2) 민진영, 「질 들뢰즈의 문학론 연구」, 전남대학교대학원 박사학위논문, 2005, 21 - 22쪽.
3) 이정우, 『사건의 철학』, 철학아카데미, 2003, 151 - 152쪽.
4) 질 들뢰즈, 『의미의 논리』, 한길사, 2000, 79쪽.

바로 우리의 문화, 삶, 정치 속에 있다.'5) 즉 그것은 기본적으로 욕망과 권력에 관계된다. 이 사건의 계열화가 곧 소통의 과정이며 의미 생성의 방법이다.

우리가 서사무가 〈원텬강본푸리〉와 애니메이션 〈오늘이〉를 주목하는 이유도 여기에 있다. 애니메이션 〈오늘이〉가 서사무가 〈원텬강본푸리〉의 시뮬라크라에 불과하다는 재현의 원리에 집착하여 그 차이와 생성을 사유하지 못한다면, 그것 자체가 소통을 거부하거나, 왜곡하는 것이다. 그리고 이야기를 실체화하여 '언어의 감옥'에 유폐하는 결과를 낳는다. 원전 역시 소통되는 과정에서 수없이 층화하여 층차의 의미를 생성해내듯이 문화콘텐츠화한 시뮬라크라는 사건의 계열화가 빚어내는 차이화를 통해 새로운 의미를 끊임없이 생성한다. 이것은 원전과는 다른 무수한 시뮬라크라를 생성할 수 있다는 의미이기도 하다. 새롭게 생성된 이야기로서의 시뮬라크라는 접속하고 있는 역사적·사회적 맥락과 창작자의 의도에 따라 다양한 의미를 생성하는 것이다. 이러한 다양한 의미의 생성이 곧 차이의 생성이고 '차이의 생산에 주목한다는 것은 결국 모든 종류의 실체론적 사유에 대한 거부를 극한에까지 밀고 나가는 것'6)이다. 이렇게 볼 때, 원전과 시뮬라크라의 관계는 동일성과 유사성에 근거하는 재현의 관계가 아니라 차이화를 통해 의미를 생성하는 역동적 상응관계라고 할 수 있다.

제주지역의 서사무가인 〈원텬강본푸리(袁天綱本解)〉는 구연자에 따라 박봉춘 본7)과 조술생 본8)이 있는데, 그 내용은 각각 상이하다. 1930년~1933년 사이 제주도 서귀포에서 채록된 박봉춘 본은 옥 같이 고운 '오

---

5) 이정우, 『사건의 철학』, 철학아카데미, 2003, 154쪽.
6) 진은영, 「니체와 차이의 철학」, 이화여자대학교대학원 박사학위논문, 2004, 110쪽.
7) 赤松智城·秋葉 隆 共編, 沈雨星 옮김, 『朝鮮巫俗의 硏究 上』, 東文選, 1991, 292 - 299쪽.
8) 진성기, 『제주도 무가본풀이사전』, 민속원, 2002, 613 - 614쪽.

날'이라는 여자아이가 부모국인 원천강을 찾아가 부모를 만나고, 부모를 만나러 가는 과정에서 도움을 주었던 이들의 부탁을 들어주고 자신은 옥황의 신녀가 되어 다시 인간계에 강림하여 절마다 다니며 원천강을 등사한다는 핵심서사로 이루어져 있다. 그리고 1961년 제주도 한경면 조수리에서 채록된 조술생 본은 원천강의 남편이 왕이 되고자 하니 나라에서 남편을 잡아 죽이려고 하자 그는 장독 속에 들어앉아서 공부를 하지만, 나라에서 낸 꾀에 원천강이 넘어가 남편이 잡히게 되고, 잡혀가면서 남편이 부인에게 원천강이나 보며 살라고 하여 부인 이름이 원천강이 되었다는 핵심서사로 이루어져 있다. 핵심서사에서 알 수 있듯이 이 두 본 사이에는 공통점이 없다. 단지 결말 부분에서 원천강이 점서(占書)로 나오는 것이 공통될 뿐이다. 이성강의 애니메이션 〈오늘이〉는 박봉춘 본을 차이화하여 창작하였다.

지금까지 본격적으로 이루어진 〈원턴강본푸리〉 연구는 그리 많지 않다.[9] 그 이유는 제주도에서만 두 번 채록되었고, '사회·문화적 변동으로 말미암아 세습무가 급격히 감소하고 당굿이 쇠퇴하면서 본풀이 구송능력 등이 약화됨'[10]으로써 이 본풀이가 현재 구연되지 않고 있기 때문인 듯하다. 이 본풀이에 대한 본격적인 연구는 강권용의 연구[11]와 김혜정의 연

---

9) 〈원천강본풀이〉 관련 대표적인 논문과 글은 다음과 같다.
　강권용, 「제주도 특수본풀이 연구」, 경기대학교대학원 석사학위논문, 2001; 김혜정, 「제주도 특수 본풀이 〈원천강본풀이〉 연구」, 『한국무속학』 제20집, 2010; 허남춘, 「제주 서사무가에 담긴 과학과 철학적 사유의 일고찰」, 『국어국문학』 148호, 국어국문학회, 2008; 신동흔, 「신비의 세계를 찾아서」, 『살아 있는 우리 신화』, 한겨레신문사, 2004; 서대석, 「한국신화의 비교연구」, 『한국신화의 연구』, 집문당, 2001; 서정오, 「오늘이」, 『우리 신 이야기』, 현암사, 2008; 정숙영, 「친절하고 따뜻한 그녀」, 『우리 고전 캐릭터의 모든 것』, 서대석 엮음, 휴머니스트, 2008; 조미라, 「세상을 품은 영원의 시간」, 『상상력의 미학, 애니메이션』, 한울, 2009.
10) 조성윤 외 2인, 『제주지역 민간신앙의 구조와 변용』, 백산서당, 2003, 231쪽.
11) 강권용, 「제주도 특수본풀이 연구」, 경기대학교대학원 석사학위논문, 2001.

구12)라고 할 수 있다. 먼저 강권용은 박봉춘 본 〈원천강본풀이〉를 각 서사단위별 서사소를 제의와 관련지어 분석하면서 이 본풀이를 본토의 설화, 제주도 본풀이가 혼합되어 있는 이계여행담으로서 원천강을 점과 관련된 인물이나 점서(占書)로, '오날'을 사주팔자를 관장하는 신격으로, 〈원천강본풀이〉를 심방이 되고자 하는 사람들의 신굿에서 불려진 본풀이로 보고 있다.13) 이 연구는 〈원천강본풀이〉 각 서사소와 설화의 관련성, 원천강의 의미와 '오날'의 신격, 〈원천강본풀이〉와 제의적 관련성 등을 치밀하게 밝히고 있다는 점에서 의의가 있다. 그러나 서사무가로서의 〈원텬강본푸리〉가 소통을 전제하는 담론체계로서 발신자와 수신자, 그리고 역사·문화적 조건 등의 소통 맥락적 측면에서 밝혀낼 수 있는 소통적 제의의 특성을 간과하고 있다.

한편, 김혜정은 원천강의 의미를 '새로운 세상을 살 수 있게 도와주는 공간 혹은 책이자, 그러한 일을 돕는 사람(무당)'임을 전제하고, 박봉춘 본과 조술생 본을 제주도 설화와 비교 분석함으로써 박봉춘 본을 '개인적 욕망을 채우는 남성의 구복여행담이, 자신의 운명과 더불어 다른 사람의 운명까지 바꾸어주는 여신의 좌정담'14)으로 보고 있다. 이 연구는 서로 다른 두 편의 〈원천강본풀이〉를 제주도 설화와 비교분석하여 〈원천강본풀이〉라는 제명(題名) 아래 전혀 다른 서사단락과 여신(女神)이 나타나는 이유를 구체적으로 규명해냈다는 데 의의가 있다. 그렇지만 이 연구 역시 연행상황이라는 소통의 맥락적 측면을 간과하여 결론이 다소 피상적이고 오류를 범하는 한계를 드러내고 있다. 이 외의 연구에서는 〈원천강본풀

---

12) 김혜정, 「제주도 특수본풀이 〈원천강본풀이〉 연구」, 『한국무속학』 제20집, 2010, 251 - 277쪽.
13) 강권용, 「제주도 특수본풀이 연구」, 경기대학교대학원 석사학위논문, 2001, 34 - 42쪽.
14) 김혜정, 「제주도 특수본풀이 〈원천강본풀이〉 연구」, 『한국무속학』 제20집, 2010, 267쪽.

이〉의 시간과 공간의 의미를 주인공 '오늘'의 여행 경험과 관련하여 단편적으로 기술하고 있다.

본 논문은 박봉춘 본의 〈원텬강본푸리〉와 이성강의 애니메이션 〈오늘이〉를 서사적 소통과 차이화의 관점에서 비교 분석하여 그 의의를 밝히는 것이 주된 목적이다. 담론구조를 형성하고 있는 서사체는 서사학적 이론을 정교화한 제랄드 프랭스(Gerald Prince), 리먼 캐넌(S. Rimmon-Kenan), 마이클 J. 툴란(Michael J. Toolan), 제라르 쥬네트(Gérard Genette), 미케 발(Mike Bal) 등과 작가 또는 서술자의 관념적 태도를 시점 이론에 포함시키고, 소통 이론을 정교화한 미하일 바흐친(Mikhail Bakhtin), 웨인 C. 부드(Wayne C. Booth), 보리스 우스펜스키(Boris Uspensky), 랜서(Susan Sniader Lanser), 시모어 채트먼(Seymour Chatman), 로만 야콥슨(Roman Jakobson) 등을 거치면서 의미 생성적이고 의미소통 자체의 역동성을 지닌 언어수행의 관점에서 더욱 풍부하고 핍진한 의미를 띠게 되었다.

특히 원전과 콘텐츠화한 시뮬라크라의 관계에서는 그것들이 무엇과 계열화하느냐에 따라 의미 생성의 방법과 그 의미가 달라지기 때문에 이와 같은 서사적 소통의 관점은 합당한 분석 방법이 될 것이다. 〈원텬강본푸리〉가 굿과 계열화된 서사무가라면 〈오늘이〉는 그 서사무가를 현대의 애니메이션과 계열화한 담론으로서 새로운 의미를 생성하고 있기 때문이다. 원전과 문화콘텐츠로서의 시뮬라크라의 관계는 유사성과 동일성을 바탕으로 하는 재현, 혹은 미메시스의 관계가 아니라 차이와 생성의 원리에 바탕을 둔 창조적 전복의 관계이다. 이럴 때만이 이야기는 소통하고 신화적 상상력은 끊임없이 이야기를 생성하는 지평이 된다. 이 연구는 결국 서사무가 〈원텬강본푸리〉와 애니메이션 〈오늘이〉를 비교 분석함으로써

양자 간의 서사적 특성뿐만 아니라 우리 구비문학의 문화콘텐츠화의 의미
도 함께 드러내 보일 것이다.

Ⅱ. 인간과 신의 공존, 그리고 제재초복(除災招福)의 발원

〈원텬강본푸리〉의 서사단위를 정리하면 다음과 같다.

1) 강님들에서 외롭게 나타나 연령과 낳은 날도 모르고 학과 함께 살고
   있는 소녀에게 세상 사람들이 '오날'이라는 이름을 지어줌.
2) 오날이 박이왕의 어머니인 백씨 부인에게 자신의 부모국이 원천강이
   라는 말을 듣고 원천강을 찾아갈 방법을 물으니 백씨 부인이 백사가
   의 별층당 위에 고좌하여 글을 읽는 동영을 찾아가서 방법을 물으면
   소망을 달성할 수 있을 거라 함.
3) 오날이 옥황의 분부로 글만 읽고 있는 청의동자 장상을 만나 원텬강
   으로 가는 길을 인도해 줄 것을 간청함.
4) 장상이 오날에게 가다보면 연화못이 있는데, 그 못가의 연꽃나무에
   게 물어보라고 일러주고는 원텬강에 가거든 자신이 왜 밤낮 글만 읽
   어야 하고, 이 성 밖으로 외출치 못하는지 그 이유를 물어다가 전해
   달라고 함.
5) 오날이 연화못가의 연꽃나무를 보고 자신의 부모국인 원텬강을 찾아
   가는데, 어디로 가야하는지를 묻자, 연꽃나무는 먼저 원텬강에 가면
   상가지에만 꽃이 피고, 다른 가지에는 아니 피는 팔자를 물어달라고 함.
6) 연꽃나무가 오날에게 청수와당이라는 큰 물에서 구르고 있는 천하대

사(天下大蛇)에게 원텬강으로 가는 길을 물으면 좋은 도리가 있을 거라 가르쳐 줌.

7) 오날이 청수와당에 이르러 천하대사(天下大蛇)를 만나 어찌하면 원 텬강을 찾아갈 수 있는지 인도해 달라고 하자, 큰 뱀이 오날에게 다른 뱀들은 야광주를 하나만 물어도 용이 되어 승천하는데 자신은 야 광주를 셋이나 물어도 용이 되지 못하는 이유를 물어달라고 하며, 오날을 등에 태워 청수 바다를 넘겨준 후, 가다보면 매일이란 사람을 만날 터이니 그 사람에게 원텬강 가는 길을 물어보라고 함.

8) 오날이 청의동자모양 별층당에 앉아 글을 읽고 있는 매일을 만나 부 모국 원텬강의 길 인도를 청하니 그가 쾌히 승락하고, 오날에게 그 곳에 가서 항상 글만 읽고 있는 자신의 팔자를 물어달라고 부탁함.

9) 매일이 가다보면 시녀궁녀들이 낙루를 하고 있으리니 그들에게 물으면 소원을 성취할 것이라고 함.

10) 오날이 울고 있는 시녀들을 만나, 그 이유를 물으니 시녀들은 자신들이 옥황의 시녀들인데, 우연히 죄를 얻어 그 물을 다 퍼내기 전에는 옥황으로 올라갈 수가 없는데, 바가지에 큰 구멍이 나 조금도 물을 퍼낼 수가 없으니, 오날에게 같이 조력하여 주기를 청함.

11) 오날이 옥황의 신인이 못 푸는 물을 어리석은 인간으로서 어찌 풀 수 있느냐고 사퇴하다가 정당풀과 송진을 이용하여 바가지의 구멍을 막고 옥황상제에게 축도한 후, 물을 푸니 순간에 그 물이 말라붙음.

12) 시녀궁녀들은 오날에게 백배사례하고 그와 동행하면서 그가 청하는 원텬강의 길을 인도해 줌.

13) 얼마쯤 오날을 데려가니 어떤 별당이 보임.

14) 시녀궁녀들이 오늘이 가는 곳을 행복하게 해 달라는 의미의 축도를 하고는 제 갈 길로 감.

15) 오늘이 별당 원문의 문지기에게 이곳이 부모국이니 문을 열어달라고 하자, 문지기가 냉정하게 거절함.

16) 절망하여 혼도한 오늘이 지면에 엎드려 온갖 고생을 겪으며 부모국이라 하여 찾아왔는데, 원텬강 신인들이 너무 박정하다며 문지기와 신인들, 부모님에게 자신의 처지를 한탄하며 옴.

17) 문지기가 오늘의 처지를 동정하여 부모궁으로 올라가 이 사실을 고하는데, 오늘의 부모는 이러한 정황을 미리 알고 오늘을 들어오게 하고, 낙망의 극에 있던 오늘이 부모의 물음에 따라 학과 함께 자라던 내력과 이곳까지 오게 된 경위를 얘기하자 기특하다고 칭찬하며 자기 자식이 분명하다고 함.

18) 오늘의 부모가 오늘을 낳던 날 원텬강을 지키라는 옥황상제의 명을 어길 수 없었다며 여기에 있으면서도 오늘을 지켜보면서 보호하고 있었다고 함.

19) 춘하추동 사계절이 모두 있는 선계(仙界)인 원텬강에서 부모님과 함께 행복한 며칠을 보낸 오늘은 오는 도중에 부탁 받은 일들도 있고 해서 돌아가겠다며 부탁들을 하나하나 설명함.

20) 오늘의 부모가 부탁 받은 일들을 해결할 수 있는 방법을 일러주고, 오늘이 연꽃나무의 상가지 꽃과 큰 뱀의 야광주를 받으면 신녀(神女)가 되리라는 것을 알려줌.

21) 오늘이 부모가 일러준 대로 해결 방법들을 알려주어 부탁 받은 일들을 해결함.

22) 오늘이 백씨부인을 찾아가 감사의 인사를 올린 다음, 그 보답으로

야광주 하나를 선사하고 옥황의 신녀가 되어 승천함.
23) 승천한 오날은 상제의 명을 받들어 인간 세상으로 다시 내려와 절
마다 다니면서 원천강의 목판을 등사하는 일을 맡음.

〈원텬강본푸리〉는 위의 서사단락에서 나타나듯이 '오날'이 부모국인 선
계(仙界) '원천강'을 찾아가 이미 옥황의 신직(神職)을 받들고 원천강을 다
스리고 있는 부모를 만나 그 부모에게서 신칙을 받아 자신도 옥황의 신녀
(身女)가 되어 옥황의 명을 수행한다는 거시적 스토리 층위로 이루어져
있다. 그런데 '오날'의 행위를 초점화하여 각각의 서사단락을 ①'오날'이
인간계에 거주하며 세상 사람들과 교유하며 자신의 정체를 알게 되는 과
정 1)~2), ②자신의 부모국인 원천강을 찾아가는 과정 3)~14), ③사계가
공존하는 선계 원천강에서 부모를 만나 회한을 풀고 원천강을 찾아오는
과정에서 도움을 받았던 이들의 부탁을 해결하고 자신이 신녀가 될 수 있
는 방법을 부모에게 듣는 과정 15)~20), ④부모가 일러준 대로 해결방법
을 알려주어 부탁 받은 일들을 해결한 서사소 21), ⑤'오날'이 옥황의 신
녀가 되어 승천하는 서사소 22), 그리고 ⑥승천한 '오날'이 옥황상제의 명
을 받들어 인간계에 강림하여 신직을 수행하는 서사소 22)로 통합할 수
있다.
그런데 이 스토리 층위를 '한 사건의 의미는 그것과 이웃하는 사건들과
의 계열화를 통해 성립한다.'는 계열학적 의미론[15)의 관점에서 보면 이
본풀이에서 반드시 주목해야 할 서사요소는 '오날'이 이동하는 공간과 '오
날'의 부모와 '오날'의 관계이다. '오날'이 '인간계→선계→천상계→인간계'
로 이동하면서 옥황의 신직을 받드는 신녀가 되기 때문이다. 그리고 '오

---

15) 이정우, 『사건의 철학』, 철학아카데미, 2003, 153쪽.

날'은 그녀의 부모와 똑같은 과정을 거쳐 신녀가 되는데 이 과정은 세습무의 제의적 특성과 관련지어 볼 수 있기 때문이다. 지금까지의 연구에서는 적어도 이 두 가지의 서사적 계열화를 간과하고 있다.

먼저 '오날'은 '적막한 드를에 웨로히 낫타나' 인간계에서 혈혈단신으로 살다가 박이왕의 어머니 백씨 부인에게서 자신의 부모국이 원천강이라는 말을 듣고 그곳을 찾아가는 중에 장상, 연꽃나무, 큰 뱀, 매일, 옥황의 시녀들의 도움을 받는다. '오날'은 선계인 원천강에 이르러 부모를 만나 회한을 푼 다음, 자신이 도움을 받았던 이들의 부탁을 해결해 주고는 그 과정에서 연꽃나무에게서 받은 연꽃과 큰 뱀에게서 받은 야광주로 옥황의 신녀가 되어 승천한다. 그리고 '오날'은 옥황상제의 명을 받들어 인간계로 다시 강림하여 신직을 수행하기에 이른다. 여기에서 '오날'의 공간 이동에 주목해야 하는 이유는 '오날'이 관장했을 신직과 〈원텬강본푸리〉의 성격을 규명할 수 있는 결정적인 서사소가 이 공간과 계열화되어 있기 때문이다.

지금까지의 연구에서는 '오날'이 이동하는 공간의 의미를 간과하거나 축소하여 '원천강'에만 집중한 측면이 있다. 서대석 역시 '오날'의 공간 이동을 부모를 찾아가는 과정에 집중하여 인간계에서 원천강으로의 이동만을 지적하면서 '수평적으로 분포된 신의 세계'[16]에 대하여 언급하고 있다. 물론 이 연구는 인간의 세계와 신의 세계가 어떻게 분포되어 있느냐는 문제에 국한하여 원천강을 인간의 세계와 수평적으로 대비시키고 있기는 하다. 그러나 이 본풀이가 '오날'을 초점화하고 있다는 점에 주목한다면 〈원텬강본푸리〉는 천상계와 지상계가 수직 상하로 분포된 별계의 공간으로 보는 것이 더 타당할 듯싶다. 그런데 이러한 '오날'의 공간 이동은 '오날'

---

16) 서대석, 「한국신화의 비교연구」, 『한국신화의 연구』, 집문당, 2001, 481쪽.

의 신직과 밀접하게 연관되어 있다. 즉 '오날'이 인간계에서 선계인 원천강을 찾아가 부모와 만나고 다시 인간계로 회귀하여 부탁 받은 일들을 해결하고 천상계로 승천하여 옥황상제의 신녀가 되었다는 서사는 '오날'을 옥황상제의 신직을 수행하는 옥황상제 계열의 신으로 볼 수 있다는 추론을 가능케 한다. 신들의 위계와 직능의 측면에서 보면 '옥황상제는 최고위의 신'[17]으로서 '나쁜 일을 한 사람에게 화를, 선한 일을 하는 사람에게는 행복을 주는 신'[18]이다. 이는 '오날'의 신격이 옥황상제가 관장하는 제재초복(除災招福)과 사주팔자와 다르지 않다는 것을 증명한다.

그리고 '오날'과 '오날'의 부모의 관계도 〈원텬강본푸리〉의 성격을 규명하기 위해 심도 있게 논의해야 할 서사소이다. 지금까지 〈원텬강본푸리〉의 연구 과정에서 이 관계에 주목한 연구는 전무하다. 이에 주목하는 이유는 '오날'과 '오날'의 부모가 동일하게 옥황상제의 명을 받드는 신직을 수행한다는 점 때문이다. 원천강을 찾아간 '오날'에게 부모는 '너를 나흔 날에 옥황상제가 우리를 불러서 원텬강을 직히라고 하니 어느 영이라 거역할 수 업서, 여기에 잇게' 되었다고 어린 '오날'을 홀로 남겨둘 수밖에 없었던 이유를 고백한다. 이로 볼 때 '오날'의 부모 역시 '오날'과 마찬가지로 옥황상제 계열의 신으로 볼 수 있을 것이다. 그리고 '오날'의 부모는 '오날'이 신녀가 될 수 있는 방법을 가르쳐 주고 결국 '오날' 역시 부모를 좇아 옥황상제의 신녀가 된다. 일련의 이러한 과정과 '세습무가 제주도 지역에 분포되어 있는 무'[19]라는 점은 〈원텬강본푸리〉가 무(巫)를 세습하는 입무의례(入巫儀禮)인 강신제(降神祭)의 내림굿에서 구연되었을 개연성을 높여주고 있다.

---

17) 玄容駿, 『濟州道 巫俗 硏究』, 集文堂, 1986, 190쪽.
18) 村山智順, 金禧慶 옮김, 『朝鮮의 鬼神』, 東文選, 1990, 169쪽.
19) 金泰坤, 『韓國巫俗硏究』, 集文堂, 1982, 260쪽.

한편, 소통의 원리와 규칙을 전제한 연구라야 서사무가의 의미를 정확하게 규명할 수 있을 것이다. 이는 서사무가가 철저하게 심방(무당＝독경자)을 중심으로 신과 인간의 소통체계를 구축하고 있기 때문이다. 그리고 심방의 職能도 고려해야 한다. 현용준은 심방의 주요 직능을 '㉠ 司祭的 職能, ㉡ 占師的 職能, ㉢ 靈媒的 職能, ㉣ 呪醫的 職能, ㉤ 演藝人的 職能'으로 구분하고 있는데[20], 이 가운데 ㉤은 무의 과정에서 공통적으로 수반하는 요소이기 때문에 심방의 특정한 직능으로 구별할 필요는 없을 것 같다. 서사무가를 연구하는 과정에서 종종 간과하는 소통적 맥락이 바로 서술자, 즉 무가에서의 구연자인 심방(무당)이다. 심방은 신과 인간을 이어주는 매개자로서 무의(巫儀)를 집행하는 사람이다. 우리의 기층문화적 맥락에서 한국 무격의 특징이 '가무의례인 굿을 하는 데 있다고 한다면, 굿을 하는 의례무(儀禮巫) 쪽이 무격(巫覡)으로서의 본질적인 것'[21]으로 굿의 祭儀가 神·信徒·司祭者를 기본요소로 '請神→〈待接·祈願〉→送神'[22]으로 구성된다고 할 때, 심방의 역할은 굿에서 절대적이라고 할 수 있다. 특히 무가의 소통적 맥락을 고려하면 본풀이를 구연하는 주체가 심방이라는 점에 주목할 필요가 있다.

선행 연구에서 '〈원천강본풀이〉를 '오날'이 심방이 되는 입무과정에서 불려졌던 본풀이'[23]로 분석하고 있는데, 이는 본풀이를 구연하는 심방의 역할을 고려하지 않은 판단이라고 할 수 있다. 즉 본풀이는 일반적으로 '신을 강림시키는 주술적인 힘이 있는 것으로 여겨지는 느낌이 강하다.'[24]는 점, 그리고 '오날'이 옥황상제의 신녀가 되어 인간에 강림하여 원련강

---

20) 玄容駿, 『濟州道 巫俗 研究』, 集文堂, 1986. 46 - 63쪽.
21) 玄容駿, 『濟州道 巫俗 研究』, 集文堂, 1986, 46쪽.
22) 金泰坤, 『韓國巫俗研究』, 集文堂, 1982. 404 - 409쪽.
23) 강권용, 「제주도 특수본풀이 연구」, 경기대학교대학원 석사학위논문, 2001, 42 - 60쪽.
24) 장주근, 『제주도 무속과 서사무가』, 도서출판 亦樂, 2001. 55쪽.

을 등사하게 하였다는 점 등을 전제한다면, 이 〈원텬강본푸리〉는 제재초
복(除災招福)하거나 사주팔자를 관장하는 옥황상제 또는 그와 관련된 신
을 강림시키고자 하는 본풀이로 일단 추정할 수 있다. 그렇다면 심방이
이 본풀이를 구연함으로써 옥황상제나 그와 관련된 '오날'과 같은 신을 청
하여 성무의 의례를 치르는 것으로 보는 편이 더 타당할 듯싶다. 따라서
'인간이 신이 되는 이야기'의 유형25)으로 분류할 수 있는 서사무가 〈원텬
강본푸리〉는 신굿에서 옥황상제 위계의 신인 '오날'을 강림시켜 세습무의
의례를 치를 때 심방이 구연하는 본풀이로 볼 수 있을 것이다.

〈원텬강본푸리〉에서 특히 주목해야 할 서사단락이 바로 17)과 21)이다.
옥황의 신녀가 된 '오날'의 신격과 〈원텬강본푸리〉의 성격을 드러내주는
서사단락이기 때문이다. 이와 관련된 본풀이의 내용은 다음과 같다.

① 지면에 복와한 오날이는 기백만리 인간 원방에서 쳐녀 단지 혼자 외
로히 왼갓 산과 왼갓 물을 건너 웬 고생 격그면서 부모국이라고 이런 곳
을 차저왓는데 이러케도 박정하게 하는구나. 이 문 안에는 내 부모 잇슬
연만은 이 문 압헤 내 여기 왓건만은 매일이는 소원성취한다더라만은 원
텬강 신인들은 넘우 무정타 비인 들에 홀로이 울든 이 쳐녀 천산만하 넘
을 적에 웨로운 쳐녀 부모국의 문압헤 웨로운 쳐녀 부모는 다 보왓나, 내
할 일 다 하얏나 강님 갈까 무엇할이, 여기서 죽자 팔자(八字) 부탁 어찌
할이 모든 은헤 어찌할이 박정한 문직이야, 무정헌 신인들아 그리웁던 어
머님아, 그리웁던 아버님아 오날이는 의식적 무의식적으로 이리 말허며
연하야 늣겨우니26)(띄어쓰기와 문장부호는 필자)

25) 洪泰漢, 「韓國 敍事巫歌의 類型 分類 研究」, 『高鳳論集』 第18輯, 1996, 56쪽.
26) 赤松智城・秋葉 隆, 沈雨星 옮김, 『朝鮮巫俗의 研究 上』, 東文選, 1991, 296 -
   297쪽.

②…… 부모하는 말이 장상이와 매일이는 부부가 되면 만년영화를 누릴 것이요, 련화동은 웃가지의 꽂을 싸서 초면하는 사람의게 주어버리면 다른 가지에도 만발할 것이며 대사는 야광주를 일 개만 물엇스면 할 태인데 넘우 욕심을 만히 가져서, 삼 개를 물어버리니 룡이 못 된 것이다. 그러니 초면자에게 두 개를 바터서 주어버리면, 곳 룡이 되리라 하고 너도 그 야광주들과 련화를 갖으면 신녀가 되리라[27](띄어쓰기와 문장부호는 필자)

먼저 ①은 '오날'이 원천강에 이르러 자신의 부모를 만나기 위해 별당 안으로 들어가려는데, 문지기가 가로막자 절망하며 신역에 겨웠던 자신의 처지와 부모를 포함한 원천강 신인들의 박정을 한탄하는 내용이다. 이 서사단락을 발화적 측면에서 보면 이 소사소는 무속을 집행하는 심방의 발화이지만, '오날'의 직접 발화에 해당하는 서사단락이다. 심방의 몸에 '오날'이 실려 심방은 '오날'의 신성(神聖)으로 몰입되어 자기를 잃고 이미 '오날'과 합일화한 상태에서 이 서사단락을 구송하기 때문이다. 그런데 이 서사단락의 서사소는 대략 두 가지로 요약할 수 있다. 하나는 '오날'이 원천강까지 찾아오는 과정에 겪은 고생을 이야기하며 원천강의 신인들의 박정을 원망하며 부모에게 하소하는 서사소, 그리고 다른 하나는 자신이 원천강을 찾아오는 과정에서 도움을 받고 대신 부탁 받은 팔자를 해결해 주어야 하는데 그렇게 할 수 없으니 더 이상 강남으로 돌아갈 수 없다고 한탄하는 서사소로 나누어 볼 수 있다.

이 발화에는 신이 되기 위한 일종의 통과의례로서 '오날'이 겪은 고난과 자신에게 도움을 주었던 이들의 팔자를 해결해 주어야 한다는 당위가 강하게 드러나 있다. 그리고 '오날'은 원천강에 있는 신인들을 원망하며 자

---

27) 赤松智城·秋葉 隆, 沈雨星 옮김, 『朝鮮巫俗의 硏究 上』, 東文選, 1991, 298쪽.

신의 부모에게 하소한다. 여기에서 '오늘'이 인간의 제재초복과 사주팔자를 관장하는 옥황상제 위계의 신과 관련이 있으며, 적어도 〈원텬강본푸리〉가 세습무로 입무하기 위한 신굿의 무가일 수 있다는 개연성을 발견할 수 있는 것이다. 또한 이 서사단락은 〈원텬강본푸리〉의 절정에 해당하는데, 굿판의 연행상황을 고려할 때, 이 절정 부분은 '오늘'의 발화를 통해 심방을 세습하고자 하는 제주(祭主)와 굿을 참례하는 신도들이 눈물을 흘리도록 자극하여 '오늘'에게 동화하도록 하는 역할도 수행한다. 그리고 이 서사단락을 통해 원천강의 공간적 의미가 구체적으로 드러나는데, 그곳은 '신인'들이 거주하는 '선계'인 것이다. 이 점은 신녀가 되어 천상계에 올랐다 다시 인간계에 강림한 '오늘'과 대비되는 서사적 의미로서 '오늘'의 신격을 보다 명확하게 하는 근거이기도 하다.

이와 함께 ②는 위의 서사단락 21)의 해원(解冤)의 서사와 연계를 이루는 발화이다. 이 발화 역시 무가의 구연자인 심방의 목소리이지만, 실질적으로는 '오늘'의 부모가 수행하는 발화이다. '오늘'의 부모가 '오늘'에게 도움을 준 이들의 팔자를 풀어주고, '오늘'이 신녀가 될 수 있는 방법을 알려주는 이 서사단락은 '오늘'의 부모 역시 옥황상제 계열의 신이면서 동시에 자신들의 딸에게도 같은 신직을 받도록 권유한다는 의미를 내포하고 있다. 사실 '오늘'의 부모가 일러준 팔자를 해결할 수 있는 방법은 인간계의 모든 욕망(慾望)과 원한(冤恨) 그리고 정(情)에서 벗어나는 탈욕(脫慾)의 삶을 이끌 때 저절로 자신의 팔자가 열릴 수 있음을 암시하는 것이다. 이는 제재초복(除災招福)(혹은 제액초복(除厄招福))이라는 굿의 궁극적인 목적과 맞닿아 있다. 또한 그렇게 하는 것이 결국 신녀에 오를 수 있는 길임을 서사단락 22)의 '오늘'을 통해 보여주고 있기도 하다.

이러한 맥락적 측면을 고려하여 23)의 서사단락과 관련이 있는 '이러한 오날이는 인간에 강림하야 절마다 덴기며, 원텬강을 등사하게 하얏다'는 서사소는 오날이 인간계의 사주팔자와 제재초복(除災招福)을 관장하여 인간계를 이롭게 하는 일을 맡게 되었다는 상징적 의미로 볼 수 있을 듯하다. 이 서사소를 '오날'이 결국 심방(무당)이 되었다는 근거로 보는 견해는 다소 맥락에서 벗어나는 해석인 듯싶다. 신녀인 '오날'에게 점서로서의 '원텬강'을 등사하게 하였다는 것은 인간계의 모든 원한(冤恨)을 풀어주도록 하였다는 환유적 표현으로 읽는 것이 더 타당하기 때문이다. 또한 이러한 해석은 '韓國古代巫敎의 性格이 집약된 理念이 곧 弘益人間 또는 光明理世라는 견해'[28]와도 상통한다.

이러한 분석 결과 서사무가 박봉춘 본 〈원텬강본푸리〉는 세습무 또는 강신무의 성무 과정의 신굿에서 제주(祭主)를 무로 만들기 위해 신을 강림시키도록 하는 무가로 볼 수 있을 것이다. 그리고 이 무가에서 옥황의 신녀인 '오날'이 인간계에 강림한다는 것은 내림굿의 일반적 원리를 전제할 때, '오날'이라는 신을 접한 제주(祭主)를 통해 인간계의 제재초복(除災招福)을 발원한다는 의미도 함축한다. 인간과 신의 공존, 인간과 신적인 것이 만나는 '사건'[29]은 제재초복(除災招福)을 발원하여 두 세계가 조화롭게 공존하고자 하는 역설적 세계의 소통방식이다. 인간과 신은 구별되면서도 함께 공존하기 때문이다.

---

28) 金仁會, 『韓國巫俗思想研究』, 集文堂, 1987, 113쪽.
29) 여기에서 사용하는 '사건'이란 개념은 사실이나 사실들의 접속 내지 계열화에 의해 그 사물이나 사실들이 어떤 의미를 갖게 되는 것을 의미함.(질 들뢰즈, 『의미의 논리』, 이정우 옮김, 한길사, 1999와 이진경, 「사건의 철학과 역사유물론」, 『철학의 외부』, 그린비, 2002 참조.)

III. 인간계와 이계(異界)의 접속, 그 차이의 탈주선

박봉춘 본 〈원텬강본푸리〉는 어린이 동화책[30]으로 발간되었고, 2003년 극단 '신화세상'이 〈춘하추동, 오늘이〉라는 아동극으로 창작해 현재까지 무대에 오르고 있다. 또한 2008년에는 김순정 발레단이 〈원텬강본푸리〉를 〈시간의 꽃, 오늘〉이라는 현대발레로 창작했고, 같은 해에 국립국악원이 어린이 음악극으로 〈오늘이〉를 무대에 올린 이래, 2010년 5월까지 어린이 관객들을 만나왔다.

그리고 2009년에는 국악뮤지컬 집단 '타루'가 오늘이 주인공을 현대적으로 재해석한 뮤지컬 〈오늘, 오늘이〉를 선보임으로써 〈원텬강본푸리〉는 다양한 장르의 신화 콘텐츠로 소통되고 있다. 이렇듯 이야기는 접속과 계열화를 통해 끊임없이 새롭게 생성되어 살아가는 생명이자 잠재적 의미태이다. 그러기에 이야기는 우리의 사유의 잠재성을 소환하고 자극한다. 이야기의 생명을 생명답게 열어주는 계기가 바로 '이야기의 차이화'임은 두 말할 나위가 없다.

2003년에 이성강이 제작한 애니메이션 〈오늘이〉 역시 〈원텬강본푸리〉를 자신의 창의성과 디지털 애니메이션과 계열화함으로써 '지금', '여기'에 살아가고 있는 것이다. 이야기의 이러한 삶은 결국 '생성 변화하는 시뮬라

---

30) 대표적인 동화책으로는 서정오, 『오늘이』, 봄봄, 2007과 이성강, 『오늘이』, 문공사, 2004가 있다. 이성강의 『오늘이』는 애니메이션 그림책으로서 애니메이션 〈오늘이〉와 거의 같다.

크르의 층위가 계속 반복하는 것'31)이다. 이성강 감독이 '한국의 신화적 모티프를 활용하여 인간의 운명과 집착에 관해 진지하면서도 유쾌하게 표현해낸 수작'32)으로서의 〈오늘이〉는 대략 16분 29초 정도의 상영 분량으로 이루어져 있다. 〈오늘이〉의 서사단위를 시퀀스별로 배열해 보면 다음과 같다.

1) 계절의 향기와 바람이 시작되는 원천강에서 '야아'라고 불리는 학 그리고 보라색 여의주와 함께 '오늘'이 행복하게 살았는데, 어느 날 학의 품에 안겨 잠든 오늘의 품에서 수상한 그림자가 여의주를 빼앗고 뱃사람들이 오늘이를 둘러메어 배에 싣고 어딘가로 감. 뒤쫓아오는 학 '야아'를 뱃사람이 화살로 쏴 그 화살이 '야아'의 날개를 관통함.

2) 큰 파도가 일어 배를 내동댕이치고, 커다란 고래가 뱃사람들을 차례로 삼켜 버림. '오늘'이 이계의 뭍으로 떠밀려와 '야아'를 찾지만, 보이지 않자 여의주와 함께 원천강을 찾아나섬.

3) 책으로 지어진 커다란 성에서 행복이 무엇인지 알기 위해 책을 많이 읽는 '매일'을 만나 행복했던 원천강으로 돌아가는 길을 묻고, '매일'이 동쪽으로 난 길에 있는 연화못의 연꽃 나무에게 물어보라고 하며 행복이 뭔지 알게 되면 자신에게 꼭 가르쳐 달라고 오늘에게 부탁함.

4) '오늘'이 연화못에 이르러 꽃봉오리가 많지만, 꽃이 한 송이밖에 피지 않아 슬프다는 연꽃나무의 고백을 듣고, 연꽃나무에게 원천강으로 가는 길을 묻자, 그곳으로 가려면 사막을 건너야 하는데, 사막에

---

31) 서동욱, 『차이와 타자』, 문학과지성사, 2004, 306쪽.
32) 조미라, 「세상을 품은 영원의 시간」, 『상상력의 미학, 애니메이션』, 한울, 2009, 15쪽.

있는 소년에게 연잎을 주면 사막을 건너도록 도와줄 거라며 연잎을 줌.

5) '오늘'이 사막에 있던 '구름'이라는 소년을 만나 그에게 연잎을 건네자 '구름'이 연잎으로 우산을 만들어 쓰고 '오늘'과 함께 사막을 건넘. 사막 끝에 울창한 숲이 나타나자 '구름'이 저 숲에 사는 이무기가 원천강으로 가는 길을 알고 있을 거라고 일러 줌.

6) '오늘'이 이무기를 만나기 위해 울창한 숲으로 들어서 가는데 늑대들이 쫓아와 '오늘'이 위험에 처함.

7) '오늘'이 이무기의 도움으로 살아나고 이무기는 여의주 하나로도 모두 용이 되는데, 자신은 여의주를 많이 가지고 있는 데도 용이 되지 못한다고 한탄함. '오늘'이 이무기에게 원천강으로 데려달라고 부탁하고, 그곳에는 아무도 살지 않는다는 이무기의 말에 낙담하여 우는데 이를 측은히 여긴 이무기가 '오늘'을 원천강으로 데려다주는 대가로 '오늘'의 여의주를 갖겠다고 함. 이무기가 데려다 준 원천강은 얼음으로 뒤덮여 있고, '야야'가 얼음 속에 갇혀 있음.

8) 이무기가 가지고 있던 '오늘'의 여의주가 바닥으로 떨어지니 얼어붙은 땅이 갈라지고 그 틈으로 떨어지는 '오늘'을 이무기가 구하는데 그 겨를에 품에 안고 있던 여의주들이 아래로 쏟아지자 이무기가 비로소 용이 됨.

9) 용이 된 이무기가 불을 뿜어 얼음 속에 갇혀 있던 '야야'를 살려내고, 얼어붙었던 원천강을 녹여 옛날의 원천강으로 살려냄.

10) 원천강에 불이 붙자 용이 사막의 비구름을 몰아다 그 불을 끄는데, 용이 비구름을 몰아가는 바람에 '구름' 소년도 날아가다 연꽃나무를 잡게 되고 위에 피었던 연꽃을 꺾게 됨. 그러자 연꽃나무에 연꽃들

이 다투어 피어나고, 연꽃과 함께 날아가던 '구름' 소년이 책으로 지어진 성으로 날아가 글을 읽고 있는 소녀 '매일'에게 연꽃을 건네자 연꽃을 받아든 '매일'이 '구름' 소년과 포옹함.

11) 용이 원천강의 불을 모두 끄고 '오늘'이 '야아'와 다시 만나 행복감에 젖는데 이 광경을 흐뭇하게 바라보고 있던 용이 세 개의 달이 밝은 하늘 저 편으로 날아가자 '오늘'이 잘 가라고 인사함.

위와 같은 시퀀스로 이루어진 애니메이션 〈오늘이〉는 '스타일에서는 회화를, 내용면에서는 내면을 추구한다는 작가적 철학[33]이 고스란히 배여 있는 작품이다. 특히 이성강은 원전 〈원텬강본푸리〉를 회화의 스타일과 애니메이션 특유의 환상성, 그리고 독특한 캐릭터 창조를 통해 삶의 이법을 모색하게 하는 내용으로 차이화를 시도함으로써 문화콘텐츠로서의 전범을 이루어 내고 있다. 먼저 〈오늘이〉는 바다 한가운데 있는 섬인 '원천강'에서 어디서 태어났는지 아무도 모르는 '오늘'이 학 '야아', 그리고 보라색 여의주와 함께 행복하게 살아가는 데, 여의주를 탐내는 사람들의 탐욕으로 '오늘'은 여의주와 함께 이계의 뭍으로 떠밀려 왔다 '매일', 연꽃나무, '구름' 소년, 그리고 이무기 등의 도움으로 다시 자신의 고향인 원천강으로 돌아가 학 '야아'와 재회한다는 서사구조로 이루어져 있다. '오늘'은 탈욕적이면서, 낯설고 이질적인 것들을 전혀 두려워하지 않는다. '오늘'에게 도움을 주었던 '매일', 연꽃나무, '구름' 소년, 그리고 이무기 등은 '오늘'과 접속함으로써 허상과 탐욕, 그리고 집착에서 벗어나 자신들의 소망을 성취한다. 그래서 〈오늘이〉는 인간적 가치의 기원과 현대의 과학적 신화를 곰곰 회의하게 한다.

---

33) 박경희, 「이성강 감독 애니메이션의 미장센 스타일 체계에 관한 연구」, 상명대학교 정보통신대학원 석사학위논문, 2003, 23쪽.

이 서사구조를 핵심서사소 별로 통합하면 ①오늘이 원천강에서 이계의 묻으로 떠밀려 간 서사소, ②원천강을 찾아가는 과정에서 인물들을 만나는 소서소, ③용이 된 이무기의 도움으로 원천강을 찾아 '야야'와 재회하고 얼었던 원천강을 되찾은 소사소 등의 계열적 관계로 대별할 수 있다. 결국 〈오늘이〉이는 이러한 서사구조를 통해 '계열체의 강화에 의한 참여적 수행의 강화는 조형성·음악성·서술성의 상보적 통합이라는 애니메이션의 미학적 특성'[34]과 함께 주인공 '오늘이' 행복의 원천인 원천강을 잃고, 이계에서 다시 원천강을 찾아가기 위해 만나게 되는 인물들과 그 접속으로 인해 발생하는 사건들, 그리고 그 사건들이 생성하는 의미가 이야기를 추동하고 있다. 또한 이 애니메이션에는 '미학적이고 심리학적이며 기능적인 의미에서 애니메이션에 절대 필요한 과장과 단순화'[35]에 의한 셔레이드가 희극성을 유발하는 동시에 관객 지향적인 다양한 층위의 가치론적 의미를 생성하고 있다.

이 작품이 생성하는 의미는 다극적이다. 그 의미를 인물과 사건을 중심으로 작품 내 피서술자로서의 '오늘', 뱃사람들과 '매일', 연꽃나무, '구름'소년, 이무기 등이 생성하는 가치, 이 작품의 핵심 서사소들이 생성하는 가치, 그리고 작가(연출가) - 서술자가 구현하고자 하는 궁극적인 관념 등으로 대별할 수 있다. 이때 각각의 가치들은 결국 작가(연출가)-서술자의 관념으로 수렴된다고 할 수 있다. 먼저 '오늘'은 인간계의 냉혹성과 시련, 인물들의 다양한 욕망을 경험함으로써 비록 그것이 타자의 물리적 강압에 따른 상황의 변화였을지라도 원천강을 떠나기 이전과 이후를 통해 수많은

---

34) 박기수, 「애니메이션 서사의 특성 연구」, 한양대학교대학원 박사학위논문, 2001, 120쪽.
35) 존 핼러스·로저 맨벨, 이일범 역, 『애니메이션의 이론과 실제』, 신아사, 2000, 76쪽

사건들의 배치 안에서 나 자신에 대하여 차이를 만들었다는 것, 그래서 이전의 원천강에서의 삶 즉, 기존의 삶에 안주하는 것이 아니라 이후의 원천강에서의 삶 즉, 기존의 낡은 삶의 방식에서 벗어나 차이를 생산하고 그것을 실천하는 탈주선을 그릴 수 있게 되었다는 것이 '오늘'이 생성하는 가치이다. 이러한 가치는 '오늘'이 그랬던 것처럼 철저한 긍정에서 나오는 것이지 파괴의 부정에서 비롯하는 것은 아니다.

한편, 뱃사람들과 '매일', 연꽃나무, '구름' 소년, 이무기 등은 탐욕과 집착, 허상에 빠짐으로써 파멸하거나 기존의 삶을 반복할 뿐이다. 그래서 그들은 늘 불안하고 불만이다. 그러나 그들은 '오늘'과 접속하여 계열화함으로써 꽃을 피우고, 행복을 알게 되고, 용이 되어 승천한다. 이는 지금까지의 삶의 방식에서 벗어나 탐욕에서 벗어나고 자연성을 긍정한, 즉 '-되기'라는 차이화를 이루어낸 결과이다. 이러한 피서술자들의 가치는 작가(연출가) - 서술자의 관념적 태도와 밀접하게 연관되어 있다. '욕심과 집착에서 벗어날 때 사람들은 자신이 진정 원했던 것을 되찾고 자유로워진다는 그 충고가, 제 애니메이션과 그림책을 통해 여러분에게 작은 위안이 되길 바란다'[36]는 작가의 언급은 이 애니메이션의 창작의도와 피서술자들이 생성하는 의미와 별반 다르지 않다는 것을 확인해 준다. 이는 이 애니메이션의 핵심적인 지배소가 바로 작가(연출가) - 서술자의 관념적 태도라는 점을 의미하는 것이다. 인물을 창조하고 조종하며 사건을 배치하고 미장센을 컨트롤하며, 카메라워킹을 선택하는 일이 작가-서술자의 몫이기 때문이다. 애니메이션 〈오늘이〉 생성하는 가장 큰 힘은 '오늘'을 통해 보이던 것을 보이지 않게 만듦으로써 보이지 않던 것을 보게 만드는 사유적 전복일 것이다. 그것은 내부에 있는 것, 자신이 안다고, 보고 있다고 생각

---

36) 이성강, 「작가의 말」, 『오늘이』, 문공사, 2004.

하는 것을 그 바깥으로 이끄는 힘이다.

애니메이션 〈오늘이〉의 공간적 배경 '원천강'은 '계절의 향기와 바람이 시작되는 곳'으로서 '오늘'에게 행복한 삶을 열어주는 행복의 이상적 공간이다. 〈원텬강본푸리〉의 선계 이미지와 동일한 구조이다. 각양각색의 꽃들이 피어있고, 탐스러운 열매들이 풍성한 공간이다. 그런데 이러한 공간성은 신과 계열화되지 않고 인간 그리고 인간의 선함과 선하지 않음과 계열화되어 행복에 이르는 길을 모색하도록 하는 힘이 된다. 물론 이러한 공간 설정은 이 애니메이션이 소통의 맥락상 청자(독자, 시청자, 관객)로서 어린이들을 유념한 작가의 창작 의도와 관련이 있을 것이다. 그리고 여의주만을 지니고 학과 함께 살아가는 '오늘'의 동심과 그 여의주를 탐내는 어른들의 탐욕을 배치시키는 일 또한 이 공간과 계열화했을 때 사건의 의미를 더욱 부각시킬 수 있다. 행복의 원천인 '원천강'에서조차 평화와 풍요를 모르고 '오늘'의 여의주를 탐내는 기성세대의 탐욕성과 그로 인해 원천강을 잃고 이계를 방황해야 하는 '오늘'의 시련이 극명하게 대비되기 때문이다. 이러한 공간적 자질은 결국 '작중인물들이 존재하고 행동하는 방식의 원인 아니면 결과'[37]로 작동한다.

그렇다면 작가(연출가) - 서술자가 계열화한 사건은 어떤 양상을 띠며 어떤 의미를 생성하는 것일까? 이 작품은 '오늘'을 중심으로 사건이 계열화된다. 먼저 첫 번째 계기적 사건은 뱃사람들이 '오늘'의 여의주를 빼앗고, 그를 배에 싣고 어딘가로 가면서부터 시작된다. 이 과정에서 '오늘'을 뒤쫓아 오던 '야야'는 뱃사람이 쏜 화살에 날개를 맞아 추락하고 만다. 이 사건은 '오늘'의 긍정적인 힘과 뱃사람들의 부정적인 힘의 대결로 볼 수도 있는데 이 대결에서 뱃사람들은 결국 자연의 위력에 굴복한다. 즉 뱃사람

---

37) 마이클 J. 툴란, 김병욱·오연희 공역, 『서사론』, 형설출판사, 1995, 151쪽.

들이 '오늘'을 배에 싣고 달아나는데, 파도가 일어 배를 내동댕이치고, 물에 빠진 뱃사람들을 고래가 차례로 삼켜버리기 때문이다. 이로써 '오늘'은 비로소 원천강이 아닌 외부의 세계에 눈을 뜨고 외부인들과 접속한다. 보이던 것에 익숙했던 오늘은 이제 보이지 않던 것을 만나고 그것들에 대하여 사유하기 시작하는 것이다.

여의주와 함께 이계의 뭍으로 떠밀려온 '오늘'은 '야야'와 원천강을 찾아가게 되는데, 이 과정에서 제일 처음으로 만나는 인물이 '매일'이다. '매일'은 행복이 무엇인지 알기 위해 책만을 읽는 인물이다. 다시 말하면 책을 통해 행복을 알려고 하는 협량한 인물이 바로 '매일'이다. 그런 '매일'이는 무엇이든지 책을 통해 습득한 지식으로 문제를 해결하려는 인물로서 행복을 알기 위해 수만 권의 책을 읽는, 어찌 보면 유식하면서도 아둔한 역설적 인물이기도 하다. 그러기에 원천강을 찾아가기 위해 연꽃나무를 만나러 가는 '오늘'에게 행복이 무엇인지 알게 되면 자신에게도 알려달라고 부탁한다. 이 사건은 위위적 지식이나 자신이 알고 있는 앎만을 신봉하는 인간계에 대한 비판적 기능을 수행하는 서사소로도 읽힌다. '매일'이 일러준 대로 '오늘'이 두 번째로 만나는 인물이 연화못의 연꽃나무이다. '오늘'이 만난 연꽃나무는 꽃봉오리가 많지만, 꽃이 한 송이밖에 피지 않음을 불만하는 인물이다. 자신의 처지에 안주하고는 많은 꽃송이만을 피우려는 연꽃나무는 다소 게으르고, 무지하며 욕심이 많은 인물이다. 그러나 '오늘'이 원천강을 찾아가기 위해 거쳐야 하는 사막을 건널 수 있도록 자신의 연잎을 '오늘'에게 건넴으로써 자신의 소망을 이룰 수 있는 계기를 마련한다. 이러한 행위는 자신의 자발적 희생이나 노력이 결국 자신을 변화시키고, 새로운 의미를 깨칠 수 있다는 이법을 함축한다. 이는 끊임없이 자신이 죽음으로써 새롭게 사는 삶의 방식에 대한 깨우침일 것이다.

'오늘'이 그 다음으로 만나는 인물이 '구름' 소년이다. 구름 소년은 오늘이 연잎을 건네자 그것을 우산으로 만들어 비를 피하고 '오늘'이 사막을 건널 수 있도록 도와준다. 이 연잎은 연꽃나무와 '매일'을 이어주는 상징적 소재로 작용한다. 이는 또한 복선 역할을 하는 서사적 소재이기도 하다. 사막의 끝 울창한 숲 앞에서 '구름' 소년이 일러준 대로 이무기를 만나기 위해 그 숲으로 들어서 가는데, 늑대들이 나타나 '오늘'이 위기에 처하고 이무기의 도움으로 '오늘'이 위기를 모면한다. 우리의 대부분의 설화에서 그러하듯, 이무기는 지독한 원한(寃恨)을 품고 있는 인물이다. 용이되지 못한 원한이 바로 그것이다. 그런데 '오늘'이 만난 이무기 역시 다른 이무기는 여의주 하나로도 용이 되는데, 자신은 여의주를 많이 가지고 있는데도 용이 되지 못하고 있다고 불만한다. 더욱이 그의 욕심은 지나쳐 '오늘'을 원천강까지 데려다 주는 대가로 '오늘'과 함께 있는 여의주를 자신이 갖겠다고 한다.

여기서 이무기는 탐욕적이고 이기적인 자신이 자신 스스로가 이무기로 포획하고 있음을 모르는 인물이다. 이는 인간계 여느 인간들에서도 종종 만날 수 있는 탐욕적 인간과 상통한다. 사건이 생성하는 의미를 중심으로 분석해 보면 이무기는 자본주의가 생산해 내는 결여를, 결핍을 끝없이 채우기 위해 더욱 탐욕성에 빠져들어 괴물과도 같은 존재로 전락하는 인간군에 비유할 수도 있을 것이다. 이러한 비유는 '애니메이션은 생략된 단순 그림이기 때문에, 상상에 의한 심상(心象)을 마음 속에 그릴 수 있고, 이러한 심상은 무한한 내적 표현이 가능하다.'[38]는 전제에서 말미암는다. 결국 이무기는 '야야'가 얼음에 갇혀 있고 얼음으로 뒤덮인 원천강으로 '오늘'을 데려다 주고 '오늘'의 보라색 여의주가 떨어지면서 원천강의 땅이

---

38) 황선길, 『애니메이션의 이해』, 디자인하우스, 2000, 35쪽.

갈라져 '오늘'이 그 틈으로 떨어지려는 순간, 자신이 품고 있던 여의주를 모두 버리면서 '오늘'을 구하자 자신은 비로소 용이 된다. 이 시퀀스는 탐욕에 갇혀서는 그 무엇으로도 새롭게 살 수 없다는, 그것은 살아도 사는 것이 아니라는 생성의 삶의 이치를 보여준다.

그리고 용이 된 이무기는 불길을 내뿜어 얼음에 갇혔던 '야아'를 구원하고, 얼음으로 결박되었던 원천강을 녹여 '오늘'이 행복하게 살았던 그 원천강으로 다시 살아나게 한다. 그리고 원천강에 붙은 불을 끄기 위해 사막의 구름을 물어오는 과정에서 '구름' 손년이 연꽃나무의 연꽃을 꺾게 되고 이로 말미암아 연꽃나무에 연꽃들이 다투어 피어난다. 그리고 '구름' 소년은 자신이 바람에 날려 꺾은 연꽃을 매일에게 건넴으로써 둘이 사랑하게 된다. '매일'이 행복이 무엇인지를 알게 되는 것이다. 용이 원천강의 불을 다 끄고 '오늘'이 '야아'와 행복하게 재회한다. 그리고 이 광경을 흐뭇하게 바라보던 용이 세 개의 달이 떠있는 하늘 저 편으로 날아가자 오늘이 잘 가라는 인사를 건네는 장면을 롱 쇼트로 잡아내는데 이 장면이 애니메이션 〈오늘이〉의 마지막 쇼트이다.

그런데 이와 같은 용의 행위로 이루어진 사건의 절정과 대단원의 시퀀스는 대단히 환상적이다. 여기에 이성강의 애니메이션이 보여주고 있는 파스텔톤의 화풍은 '부드러운 느낌으로 친숙함을 주고 쉽게 접할 수 있도록 하여'[39] 환상적인 공간과 사건, 인물 등은 낯설지만, 그 낯섦으로 인해 더욱 친근하고 과학적 세계관의 냉혹함보다는 신화적 상상력의 따뜻함과 유쾌함을 불러일으켜 준다. 서사층위에서만 보자면 문학에서의 환상은 '현실적으로 배재되어 무의식적 심층에 억압되었던 초자연적 존재나 그들의 세계가 부활하는 형태로서, 혹은 이들이 현실과 소통하며 현실의 내용

---

39) 홍은주, 「디지털 작업 과정으로 표현되어진 파스텔화 애니메이션에 관한 연구」, 홍익대학교 산업대학원 석사학위논문, 2006, 60쪽.

을 바꾸어가는 형식으로 표현되는데'[40] 애니메이션 〈오늘이〉를 지배하는 환상성 역시 이러한 환상의 의미를 선취하고 있다. 〈오늘이〉의 환상성은 이미지를 통해 구현된다. 그런데 '조형 예술에서 환상성이 성립하기 위해서는 현실성의 세계와 가능성의 세계를 사유할 수 있는 구조가 성립해야 한다.'[41] 〈오늘이〉의 환상성은 이 양자를 포괄하는 구조를 띠고 있다. 그러기에 사유의 잠재성을 흔들어 나를, 우리를 사물들 쪽으로 돌아서게 하여 그것의 가치나 개념을 다시 사유하고 은폐된 외부를 찾아내어 그것을 다시 내부화하는 탈주선을 그리도록 하는 것인지도 모른다. 그것이 곧 우리와 사물들을 구원하는 것일 수도 있다.

어찌 보면 '오늘'이 접속하는 '매일', 연꽃나무, '구름' 소년, 이무기 등은 모두 소통을 거부하고 자기만의 세계로 도피하여 자신을 자폐적 세계로 밀어 넣은 인물들이다. 다시 말하면 이들은 관계적이고 의존적이어야 하는 삶의 방식을 거부하고 허상의 지식에 갇혀 있고, 수동적이고 소극적이고 그래서 생명으로서의 자신이 소멸해 가는 것에 불만하며, 자신의 표상이나 관념에 갇혀 나의 바깥을, 낯설고 이질적인 것들을 두려워하고, 소유의 노예가 되어 자기 자신을 탐욕으로 포획하고 마는 인물이다. 그렇지만 '오늘'은 탈욕적이면서, 낯설고 이질적인 것들을 전혀 두려워하지 않는다. 그러기에 '오늘'은 자폐적인 이들에게 길을 열어줌으로써 이들을 구원한다. 그리고 자신은 새롭게 산다. 이성강 감독의 작품들에는 '자아 정체성을 탐색하는 존재의 고뇌와 상처'[42]가 균열져 있다면 이때의 자아 정체성이란 일자에 포섭되는 정체성이 아니라 다양하게 변화하는 잠재태로서

---

40) 최기숙, 『환상』, 연세대학교출판부, 2003, 92쪽.
41) 이윤희, 「애니메이션의 시각적 매혹성에 대한 연구」, 중앙대학교첨단영상대학원 박사학위논문, 2007, 34쪽.
42) 박경희, 「이성강 감독 애니메이션의 미장센 스타일 체계에 관한 연구」, 상명대학교 정보통신대학원 석사학위논문, 2003, 23쪽.

의 정체성, '- 되기'의 정체성을 의미하는 것이다. 이성강의 애니메이션
〈오늘이〉의 '오늘'에게서 우리는 '타자성을 향해 무한히 열리는 무아(無
我)'[43]를 본다.

Ⅳ. 변형과 생성의 분열, 혹은 구비문학의 문화콘텐츠화 의의

'문화콘텐츠의 힘이 되는 근간은 신화적 상상력'[44]이라고 할 수 있다.
그런데 이 양자는 차이화의 조건을 전제한다. 신화적 상상력은 신화를 전
제하고 그 신화를 변형하고 새로운 의미를 생성하도록 다양한 장르로 변
이시켜 창조하는 것이 문화콘텐츠이기 때문이다. 앞에서도 지적하였듯이
원전과 새롭게 생성한 시뮬라크라의 영향관계를 탐색하여 그 동일자와 이
질적인 것들을 구분하고 동일기를 중심으로 원본의 우일성을 임임리에 진
제하는 일은 더 이상 유익하지 않다. 그것은 동일자 중심의 본질주의에서
유래한 관습에 불과하다. 양자 사이에 존재하는 '차이'를 규명하여 이야기
라는 생명이 어떻게 소통하고 무슨 의미를 생성하는지를 사유하는 것이
좀 더 유익한 작업일 것이다. 이야기는 항상 무엇과 접속하기를 욕망하여
변화하고 소통하며 이 과정에서 끊임없이 의미를 생성하기 때문이다.
　서사무가 〈원텬강본푸리〉를 애니메이션 〈오늘이〉는 어떻게 차이화하여
소통하는지를 알아보고 이를 토대로 구비문학을 콘텐츠화하는 일의 의의
를 살펴보는 일 또한 텍스트 연구만큼이나 필요한 작업이다. 서사구조에

---

43) 이진경, 『외부, 사유의 정치학』, 그린비, 2009, 97쪽.
44) 선미라, 「원형·신화·콘텐츠」, 『한국문예비평연구』 20집, 한국현대문예비평학회,
　　2006, 23쪽.

한정하여 볼 때, 서사무가 〈원텬강본푸리〉과 애니메이션 〈오늘이〉의 공통점은 '오늘'이 원천강을 찾아가는 서사소가 기본구조를 이루고 있다는 점이다. 그리고 '오늘'이 원천강을 찾아가는 과정에서 '오늘'에게 도움을 주는 인물들 역시 거의 동일하다. 또한 얼마간 삽입된 에피소드를 제외하면 이들 인물과 관련된 서사소들도 대동소이하다. 그러나 전체적인 구조로 보면 양자의 이야기는 전혀 다른 사건과 계열화하고 그에 따라 생성하는 의미 또한 새롭고 다층적이다. 이러한 차이화는 사건을 무엇(누구)과 계열화했느냐에서 비롯한다. 즉 〈원텬강본푸리〉는 굿과 계열화하여 궁극적으로는 신과 접속하고, 이를 통해 인간계의 재초복(除災招福)을 발원하는 무가이고 〈오늘이〉는 〈원텬강본푸리〉를 차이화하여 관객 혹은 독자 지향적인 애니메이션과 계열화함으로써 오락과 '인간적' 가치의 생성을 꾀하는 영상예술이다.

또한 핵심 모티프인 '원천강'의 의미 역시 차이를 보인다. 즉 〈원텬강본푸리〉에서의 '원텬강'은 부모가 살고 있는 선계이다. 이에 비해 〈오늘이〉에서의 '원천강'은 '오늘'이 행복하게 살았던 인간계의 이상적 공간이다. 인물 측면에서 보면 먼저 '오늘'이 부모가 없이 혼자 살아가고 있다는 점, 개방적이고 적극적인 성격에서는 공통되나, 〈원텬강본푸리〉의 '오늘'은 옥황의 신녀가 되어 인간계에 강림하는 데 비해 〈오늘이〉의 '오늘'은 인간으로서 떠나왔던 원천강에 다시 돌아가 학 '야아'와 재회한다. 이러한 차이는 결국 신성(神性)의 유무에서 연유함을 알 수 있다. 전체 서사구조에서 인물과 사건을 차이화하는 궁극적인 요인이 바로 이 신성의 유무 문제이다. 그리고 〈원텬강본푸리〉에서의 '오늘'에게는 '원텬강'이라는 선계에 옥황의 명을 받드는 신으로서의 부모가 존재하지만, 〈오늘이〉에서는 부모와 관련된 언급이 전혀 없다.

그리고 '오늘'과 접속하는 인물들 역시 약간의 차이를 보인다. 〈원텬강 본푸리〉의 '오늘'은 학, 박이왕의 어머니인 백씨 부인, 장상, 연꽃나무, 이무기, 매일, 옥황의 시녀들을 만나 도움을 받고 그들의 팔자를 해결해 주고 승천하였다 다시 인간계로 강림하는 양상을 보이는데, 〈오늘이〉의 '오늘'은 학, 뱃사람, 매일, 연꽃나무, 구름 소년, 늑대, 이무기 등을 만나 도움을 받고 그들의 문제를 해결할 수 있는 계기적 사건을 만들고 자신의 삶터인 원천강으로 회귀하는 양상을 보인다. 특히 가장 큰 차이를 보이는 부분이 서사구조이다. 먼저 〈원텬강본푸리〉는 '오늘'이 우여곡절 끝에 원텬강을 찾아가 그곳에서 옥황의 명을 수행하는 부모와 만난다. 그리고 자신에게 도움을 주면서 그들이 부탁했던 팔자 문제를 부모가 일러준 해결책을 빌어 해결해 주고 자신은 승천하여 옥황의 신녀가 되어 옥황의 명을 받고 다시 인간계에 강림하여 인간계의 제재초복을 기원한다는 서사구조로 이루어졌다.

이에 비해 〈오늘이〉는 뱃사람들의 탐욕으로 원천강에서 이계의 뭍으로 떠밀려오게 되고, 다시 원천강을 찾아가게 되는데, 그 과정에서 만나는 이들의 무지와 불만, 탐욕 그리고 소원과 마주치지만, 각각의 계기적 사건들을 통해 '오늘'은 원천강으로 되돌아오고 각 인물들은 스스로를 불행하게 했던 부정적 힘들에서 벗어나 소원을 성취하는 구조로 이루어져 있다. 특히 이무기가 여의주를 버림으로써 용이 되어 불길을 뿜어 얼음에 갇혔던 학 '야아'를 구원하고, 얼음에 결박되었던 원천강을 예전의 평화스러운 공간으로 되살리는 시퀀스는 이 작품의 절정으로서 애니메이션의 독특한 상상력과 환상성, 그리고 파스텔톤의 이미지, 다양한 카메라워킹 등이 어우러져 애니메이션만의 창조 묘미를 살려낸다. 또한 〈원텬강본푸리〉가 제의성을 띰으로써 인물들이 엄숙하고 정형화되었다면, 〈오늘이〉는 어린이를 관객으로 하는 애니메이션인 만큼 과장과 단순화를 통해 인물들을 발랄하고 유쾌하며 개성적으로 살려내고 있다. 그리고 '오늘'을 자폐적이고 탐욕적인 인간의 병리적 징후들의 인물들과 계열화함으로써 독자나 관객들로 하여금 바깥과 낯설고 이질적인 것들과 소통하고 사유하도록 한다. 그것 자체가 문제 해결의 방식이고 사는 방식이라는 것을 애니메이션 〈오늘이〉가 생성하는 의미이다.

이렇듯 신화 혹은 설화로서의 구비문학은 무엇과 접속하고 계열화를 이루느냐에 따라서 끊임없이 이야기를 생산하고 변형시키며, 의미를 생성하도록 추동하는 생명체이고 에너지이다. 그래서 '구비(口碑)' 문학이다. 그것은 끊임없이 소통을 욕망하고 그래서 소통하기 때문이다. 서사무가 〈원텬강본푸리〉가 수백 년 아니 수천 년의 시공을 건너 애니메이션 〈오늘이〉로 살아날 수 있었던 것은 이야기의 이러한 욕망의 흐름이며 이는 이야기하고 싶은 인간의 욕망에서 비롯한 것이며, 신화적 이야기를 빌 수밖에 없는 인간의 절박함 때문이었을 것이다. 적어도 이야기는 고대와 현대라는 구분을 거부한다. 이야기는 우리의 욕망과 동일하다. 그것은 무엇을 결핍하고 있는 존재가 아니라 무엇과 접속하느냐에 따라 항상 변화하고 새로운 의미를 생성하기 때문이다. 무가에서 애니메이션으로 차이화를 이룬 전복적 사유를 통해 이야기는 새로워지고 우리 사이에서 소통함으로써 사는 것이다.

'문화콘텐츠란 어떤 소재나 내용에 여러 가지의 문화적 공정을 통해 가치를 부여하거나 드높인 것으로 창의력, 상상력을 원천으로 '문화적 요소'가 체계화되어 경제적 가치를 창출하는 문화상품을 의미한다.'[45]고 했을 때, 문화콘텐츠를 경제적 가치에 초점을 맞추는 경향이 짙음을 부인할 수

---

45) 윤찬종, 「한국 문화원형 3D애니메이션 콘텐츠 개발 육성 방안에 대한 연구」, 한양대학교 대학원 박사학위논문, 2007, 24쪽.

없다. 의미 자체도 모호하고 획일화를 가속하는 세계화, 보편화와 같은 동일자 중심, 적어도 서구중심의 논리에 편승하여 우리 이야기의 생명을 상업화라는 자본의 논리로 질식시키는 현상을 적잖게 목격한다. 이러한 현상은 동일성의 논리를 앞세운 근대적 지배전략을 답습하는 일이고, 실체론적 사유를 전복할 수 있는 신화 또는 옛이야기의 사유체계를 구조의 보편성에 다시금 포섭하여 감금하는 자본적 권력화이다.

그러기에 중요한 것은 우리의 수없는 이야기를 무엇과 배치하여 변형시키고 '지금'과 '여기'의 우리 사이에 소통시킬 것인가를 진지하게 고민하는 일이다. 우리의 신들, 우리의 기층적 이야기들마저 자본에 포획시키는 일은 인간주의적 기획을 와해시키는 일이다. 자본은 모든 것을 증식하고 포획하여 이윤획득이라는 선별적 원리가 언제나 차이 생산 과정을 지배하고, 그것의 노예화를 일삼기 때문이다. 신과 사람을 살리기 위해, 신과 사람을 만나게 하기 위해 심방(무당)이 구연했던 서사무가 〈원텬강본푸리〉에서 약 16분 20여 초의 애니메이션 〈오늘이〉 새롭게 살아 우리를 더욱 낯설게 하고 불가시적인 세계로 길을 열어주어 나의 표상이나 관념에서 벗어나게 한다. 이렇듯, 동일자의 반복을 넘어 우리의 옛이야기를 이 땅의 모든 존재, 자연, 동물, 달 자매, 해 형제, 들판의 새, 가난하고 착취당하는 사람들과 배치시켜 탈지층화, 탈형식화할 수 있도록 추상하는 일, 이것이 옛이야기를 콘텐츠화하는 일의 일차적 의의일 것이다.

V. 결 론

이야기는 반복적이다. 이때 반복적이라는 의미는 차이를 통해 의미를 생성함으로써 반복적으로 소통한다는 의미이다. 동일한 이야기는 반복적으로 소통될 수 없다. 의미를 새롭게 생성할 수 없기 때문이다. 그것은 이야기가 아니다. 서사무가 〈원텬강본푸리〉와 애니메이션 〈오늘이〉는 차이화를 통해 반복되는 우리의 이야기이다. 먼저 〈원텬강본푸리〉는 무(巫)를 세습하는 입무의례(入巫儀禮)인 강신제(降神祭)의 내림굿에서 구연되었을 개연성이 높은 서사무가이다. 또한 이 서사무가의 초점대상인 옥황의 신녀 '오날'이 인간계에 강림한다는 것은 강신제(降神祭)의 일반적 원리를 전제할 때, '오날'이라는 신을 접한 제주(祭主)를 통해 인간계의 제재초복(除災招福)을 발원한다는 의미를 함축한다. 이는 인간과 신이 조화롭게 공존하고자 하는 역설적 세계의 소통방식이다.

한편, 애니메이션 〈오늘이〉는 바다 한가운데 있는 섬 '원천강'에서 학 '야야', 그리고 보라색 여의주와 함께 행복하게 살아가던 '오늘'이 여의주를 탐내는 사람들의 탐욕으로 여의주와 함께 이계의 뭍으로 떠밀려 왔다 '매일', 연꽃나무, '구름' 소년, 그리고 이무기 등의 도움으로 다시 자신의 고향인 원천강으로 돌아가 학 '야야'와 재회한다는 서사구조로 이루어져 있다. '오늘'은 탈욕적이면서, 낯설고 이질적인 것들을 전혀 두려워하지 않는다. '오늘'에게 도움을 주었던 '매일', 연꽃나무, '구름' 소년, 그리고 이무기 등은 '오늘'과 접속함으로써 허상과 탐욕, 그리고 집착에서 벗어나 자신들의 소망을 성취한다. '오늘'은 결국 그들에게 불가시적인 세계으로의 길을 열어줌으로써 그들을 구원한다. 그리고 자신은 새롭게 산다. 그래서 〈오늘이〉는 인간적 가치의 기원과 현대의 과학적 신화를 곰곰 회의하게 한다.

서사무가 〈원텬강본푸리〉와 애니메이션 〈오늘이〉의 차이화는 결국 이야기가 소통하는 방식이자 이야기가 살고 우리가 살아가는 방식이기도 하다. 서사무가 〈원텬강본푸리〉가 수백 년 아니 수천 년의 시공을 건너 애니메이션 〈오늘이〉로 살아날 수 있었던 것은 소통하기를 욕망하는 이야기를 통해 이야기하고 싶은 인간의 욕망에서 비롯한 것이며, 신화적 이야기를 빌 수밖에 없는 인간의 절박함 때문이었을 것이다. 옛이야기를 콘텐츠화하는 일의 일차적 의의는 나의 표상과 관념에서 벗어나 '나'를 차이 짓게 만드는 힘과 의미를 생성하는 데 있을 것이다.

서사무가 〈원텬강본푸리〉에서 약 16분 20여 초의 애니메이션 〈오늘이〉 새롭게 살아 우리를 더욱 낯설게 하고 불가시적인 세계로 길을 열어주어 나를, 우리를 낯선 곳으로 인도하고, 살지 않았던 곳에 살게 하듯, 보편적이고 초월적인 동일자의 반복을 넘어 옛이야기를, 기존의 가치 증식에 미세한 균열을 내는 다양한 징후들, 그 사건들과 배치하여 인간주의적 기획을 추동할 때, 비로소 구비문학의 콘텐츠화는 살 수 있다. 문화콘텐츠마저 자본의 증식이라는 탐욕의 논리 안에 가둘 필요가 있을까? 오히려 문화콘텐츠로써 자본주의의 폭력적 신화를, 그 '비-인간적'이고 '비-가치적'인 힘들을 깨뜨려야 하는 것 아닌가? 그래서 그것들의 정당성이나 자명성을 철저하게 깨뜨려 봐야 하는 것 아닌가?

제2부

고전소설 『뎐우치젼』과 영화 〈전우치〉의 차이―구조, 혹은 생성―변이의 의미태

Ⅰ. 고전소설 『뎐우치젼』, 영화 <전우치>와 계열화

고전소설 『뎐우치젼』은 『홍길동전』과 더불어 '주인공이 지배 질서에 도전하여 보편적인 인간의 삶의 조건 문제를 가지고 지배 질서와 대결해 내가는 작품'[1]이며, '민중적 영웅소설의 하나'[2]이다. 이 작품에 대한 연구는 1940년대 김태준에서부터 출발[3]하여 1970년대 임철호의 본격적인 연구[4]에 이어 異本, 형성배경, 영향관계, 주제의식과 구조적 특징, 작가 등의 연구가 다양하게 이루어져 왔다.[5]

---

1) 박일용, 「영웅소설 유형 변이의 사회적 의미」, 『근대문학의 형성과정』, 한국고전문학회, 문학과지성사, 1983, 200쪽.
2) 조동일 저, 유종호 편, 「고전소설과 정치」, 『文學과 政治』, 민음사, 1980, 122쪽.
3) 김태준, 『증보 조선소설사』, 학예사, 1939, 30쪽.
4) 임철호, 「田雲致傳 硏究 [Ⅰ]」, 『연세어문학』 9 · 10집, 연세대학교국어국문학과, 1977;「田雲致傳 硏究 [Ⅱ]」, 『연세어문학』 11집, 연세대학교국어국문학과, 1978.
5) 대표적인 연구는 다음과 같다. 김일렬, 「홍길동전과 전우치전의 비교 고찰」, 『어문학』 30집, 한국어문학회, 1974 ; 김현룡, 「韓國 說話 · 小說에 끼친 「太平廣記의 影響硏究」」, 건국대학교대학원 박사학위논문, 1976 ; 윤분희, 「한국 고소설의 서사구조 연구」, 숙명여자대학교대학원 박사학위논문, 1997 ; 변우복, 「전우치전 硏究」, 한국교원대학교대학원 박사학위논문, 1997 ; 권경화, 「「田禹治傳」의 人物 硏究」, 연세대학교교육대학원 석사학위논문, 2006 ; 이격주, 「田禹治傳 硏究」, 단국대학교교육대학원 석사학위논문, 1990 ; 윤재근, 「田禹治傳說과 「田禹治傳」」, 고려대학교대학원 석사학위논문, 1982 ; 방대수, 「전우치전 이본군의 작품구조 연구」, 서울대학교대학원 석사학위논문, 1982 ; 백승렬, 「전우치전 연구」, 경북대학교대학원 석사학위논문, 1985 ; 조동일 저, 유종호 편, 「고전소설과 정치」, 『文學과 政治』, 민음사, 1980 ; 박일용, "전우치전과 전우치 설화", 『국어국문학』 제92집, 국어국문학회, 1984 ; 이현국, 「전우치전의 형성과정과 이본간의 변모 양상」, 『문학과 언어』, 문학과 언어 연구회, 1986 ; 김정문, 「『전우치전』의 개작 연구」, 『배달말』 제19호, 배달말학회, 1994 ; 정상진, 「田禹治傳

기존의 연구에서 이미 밝혔듯이 『뎐우치뎐』은 실제 인물인 전우치 관련 전설이 일정한 변용과정을 거쳐 소설화되었다. 그리고 이 작품은 필사본 계열, 판본 계열, 활자본 계열 등의 이본이 있는데, 이중 한문필사본 계열과 한글필사본 계열의 서사구조가 가장 상이할 뿐 다른 이본들의 서사구조는 거의 동일한 구조를 띠고 있다. 전설이 소설화되고, 그 소설이 다시 다양한 이본으로 소통되었다는 사실은 우리의 삶과 세계구조와 밀접한 관련을 맺는다. 우리의 삶은 세계와 소통하고 그 과정에서 무수한 이야기를 생산하고 그 이야기로 세계와 소통한다. 그리고 그로 말미암아 삶은 생성 혹은 변이되고, 세계 역시 그러한 차이화를 이루어 내는 순환과정에 있다고 할 수 있다.

　우리의 욕망 역시 이와 마찬가지로 '결여와는 무관한 생산, 실재를 생산하는 현실적 생산'[6]으로서 자아에 선행하며, '끊임없는 순환만을 고집하는 운동'[7]이고 만남과 접속을 통해 늘 새롭게 생성되는 지속적인 과정일 뿐이다. 삶과 욕망이 이렇듯 존재보다는 생성을 더 중시한다면, 세계는 물질로도 관념으로도 환원할 수 없는 사건들로 가득 채워져 있고, 그 사건과 삶을 토대로 하는 우리의 이야기 역시 만남과 접속을 통해 생성되고 변이되는 과정을 거칠 것이다. 따라서 삶이 그러하듯 이야기 역시 지속적으로 소통하고자 하는 욕망을 생산하여 끊어지거나 멈추어지는 법이 없다. 삶은 사건의 연속이고, '사건은 물체들의 사태나 성질이 아니어서 언어로

　의 現實抵抗과 그 한계」, 『한국문학논총』 10집, 1989 ; 문범두, 「「田禹治傳」의 異本 研究」, 『한민족어문학』 18집, 한민족어문학회, 1990 ; 최삼룡, 「田禹治傳의 道仙思想 研究」, 『한국언어문학』 26집, 한국언어문학회, 1988 ; 조혜란, 「민중적 환상성의 한 유형」, 『古小說研究』 15집, 한국고소설학회, 2003.
6) 김필호, 「질 들뢰즈와 펠릭스 가타리의 욕망이론에 대한 연구」, 서울대학교대학원 석사학위논문, 1996, 33쪽.
7) 서동욱, 『들뢰즈의 철학』, 민음사, 2002, 167쪽.

만 표현 가능한 것이며, 따라서 사건은 언어 속에 존속하기(내속하기)'8) 때문이다. 삶은 결국 끊임없이 소통을 욕망하고 이 욕망이 이야기를 반복해서 생성한다.

결국 이야기는 차이를 속성으로 하고 그 차이가 반복되는 것이다. '반복은 차이를 통해서만 가능하다. 반복은 차이 자체로부터 생산되며 따라서 반복은 개념 없는 차이로 정의된다.'9) 결국 차이와 반복은 '동일자와 표상의 영역에서 벗어난' 차이 그 자체와, 이러한 차이를 시간적으로 펼쳐나가는 과정으로서 그 자체의 반복10)을 의미한다. 이러한 관점에서 볼 때 '문학(예술)은 통일성을 전제하는 보편적인 것이 아니라 이질적인 것들이 서로 연접하는 곳으로 연장되는 특이성들의 집합을 찾는 과정이다.'11) 전우치 전설의 소설화 과정과 그 소설의 다양한 이본은 이러한 이야기의 속성을 잘 보여주는 사례이다. 이는 모든 설화들이 새로운 이야기로 생성되어 소통할 수 있는 잠재태임을 의미하기도 한다.

특히 2009년 최동훈 감독이 제작한 영화 〈전우치〉는 고전소설 『뎐우치뎐』을 새롭게 영화로 생성해 냈다는 사실은 삶과 이야기의 욕망이 끊임없이 생성하고 반복됨을 확인해 주는 예술적 차이화의 확인이라고 할 수 있다. 서로 다른 장르의 『뎐우치뎐』과 〈전우치〉에서 주목하는 것은 '이야기가 어떻게 생성되었는가'이다. 여기에서 '변용'보다는 '생성'이라는 개념을 사용한 이유는 '변용'은 '동일성 또는 유사성'에 근거하여 원전과 그를 모방한 버전을 구분해내려는 우리의 무의식적 인식력에서 벗어나고자 하기 때문이다. 물론 원전을 밝혀내고, 그 원전을 중심으로 '변하지 않은 서

---

8) 정순백, 「들뢰즈의 사건 존재론」, 연세대학교대학원 석사학위논문, 2001, 21쪽.
9) 서동욱, 『들뢰즈의 철학』, 민음사, 2002, 118쪽.
10) 김필호, 「질 들뢰즈와 펠릭스 가타리의 욕망이론에 대한 연구」, 서울대학교대학원 석사학위논문, 1996, 14쪽.
11) 정정호 편, 『들뢰즈 철학과 영미문학 읽기』, 동인, 2003, 76쪽.

사소'와 '변화한 서사소'를 구분하는 일도 중요하겠으나, 더 중요한 것은 '변화한 서사소'에 집중하는 일 것이다. '변화한 서사소'야말로 소통을 추동하는 핵심서사일 것이기 때문이다. 그것이 없다면 결국 그 이야기는 화석으로 남아있어야 하고, 언젠가 누군가가 화석을 깨워 생명력을 불어넣어 소통해 줄 날을 기다려야 하는 것이다.

소설이든 영화든 모든 서사텍스트는 소통을 전제한다. 따라서 이들은 담론구조를 형성하고, 이 담론구조는 의사소통의 과정을 지향한다. 굳이 로만 야콥슨, 채트먼 그리고 미하일 바흐찐의 서사텍스트의 소통 모델을 떠올리지 않더라도 소통과정은 발신자와 수신자의 맥락, 즉 작가·감독 그리고 독자·관객의 맥락과 의존적 관계에 있다. 특히 이야기의 새로운 텍스트를 생성하는 과정에서 작가·감독이 처한 사회·역사적 상황, 그리고 그들의 관념적 태도 등은 서사구조를 결정하는 핵심조건이라고 할 수 있다. 우리가 '변화한 서사소'에서 주목해야 하는 이유가 바로 여기에 있다. 고전소설 『뎐우치젼』에서 영화 〈전우치〉로 생성하는 과정에서 그 생성을 추동하는 힘은 아무래도 감독의 의도와 역할에 있었을 것이고, 그 의도와 역할이 곧 17세기 이후에 형성되었을 것으로 추정하는 고전소설 『뎐우치젼』을 2009년 영화 〈전우치〉로 소통시키는 주된 기제가 되었을 것이다.

본 논문에서는 고전소설 『뎐우치젼』과 영화 〈전우치〉를 스토리 층위에서 서사구조, 즉 사건의 국면이 어떤 차이화를 이루어내는지를 중점적으로 분석하고자 한다. 이를 통해 양자 간의 스토리 구조에서 나타나는 특성들을 밝혀낼 수 있을 것이다. 특히 고전소설 텍스트를 영화로 어떻게 생성해냈는지 그 양상을 구체적으로 탐색하는 것이 이 논문의 주된 목적이다. 비교분석 텍스트는 고전소설 신문관본 『뎐우치젼』[12]과 '영화사 집'

제작, 최동훈 감독의 영화 〈전우치〉이다. 신문관본으로 분석 대상으로 한 이유는 영화 〈전우치〉가 이 계열의 『뎐우치뎐』을 모본으로 영화화했기 때문이다. 서사구조를 비교하여 분석하는 일은 동일한 모티프와 사건들이 무엇과 접속하고 만나느냐에 따라 어떠한 사건을 생성하여 차이화하고 의미화하는지를 구체적으로 파악할 수 있는 계기를 마련해 줄 것이다.

II. 고전소설 『뎐우치뎐』과 영화 〈전우치〉의 생성-변이 양상

1. 구원과 징치, 그 민중 영웅의 서사화

신문관본 『뎐우치뎐』은 전체 17개의 핵심 서사소로 이루어졌다. 이 핵심 서사소를 단락 별로 분절해 보면 다음과 같다.

1) 백성의 참혹한 실상에 무관심한 벼슬아치를 보고 참다 못하여 깊이 결심하고 백성을 구원하기로 함.
2) 천상의 선관으로 둔갑하여 지상의 대궐로 내려가 임금에게 황금 들보를 만들라 하고 그것을 앗아다 백성들을 구휼함.
3) 일부로 병 속에 들어가 잡혀주어 임금과 신하에게 선정을 베풀 것을 충고하고 다시 사라짐
4) 살인 누명을 쓰고 무고하게 처형되려던 백성을 구원함.

---

12) 김일렬 역주, 『뎐우치뎐』, 『한국고전문학전집』 25, 고려대학교 민족문화연구소, 1996.

5) 시장에서 백성의 돼지머리를 뺏앗아가는 관리를 주문을 외워 돼지가 살아나 관리에게 대들도록 하여 그를 혼냄.

6) 거만한 한량과 기생을 골려줌.

7) 빈곤한 백성을 구제하던 고직이 장세창의 딱한 사정을 듣고 처형 직전 그를 구출함.

8) 가난한 한자경에게 요술이 통하는 족자를 주어 그를 구제하나, 그가 과욕을 부려 관에 잡혀 처형 당하기 직전 전우치가 그를 구출함.

9) 임금에게 자수하고 선전관이 되어 우두머리 선전관과 동료 선전관들을 골탕먹임.

10) 함경도 가달산의 엄준을 괴수로 하는 도적 무리를 토벌함.

11) 자신을 업신여기는 선전관들을 다시 욕보임.

12) 나라의 창고와 어고를 원래대로 쌀, 무기, 연장 등을 갖추어 상태로 복구함.

13) 역적으로 몰리자 그림을 그리게 해달라고 하여 그림을 그린 다음 그림 속의 나귀를 타고 사라짐.

14) 대궐에 있을 때 자신을 괴롭혔던 왕연희를 치죄함.

15) 족자를 이용해 욕심 많은 남자와 투기 많은 그의 아내를 징계함.

16) 상사병을 앓는 친구를 돕기 위해 데려가다 강림도령에게 혼남.

17) 서화담에게 패하여 그를 좇아 태백산에 들어가 대종신리를 닦음.

이러한 스토리 층위에서 1)과 16), 17)을 제외한 나머지 14개의 핵심서 사소는 크게 전우치와 임금·사대부, 전우치와 백성, 전우치와 서화담 관련 등의 미시 서사구조로 대별할 수 있다. 그런데 『뎐우치젼』의 각 서사단위는 다음의 서사단위를 먼저 전제해야 각각의 서사단위가 내포하는 의

미화의 당위성을 확보할 수 있다.

① 이재, 남방 히변 여러 고을이 여러 해 바다 도적의 노략을 닙은 늠
아지에, 업친디 덥쳐 무서운 흉년을 맛나니, 그곳 빅셩의 참혹흔 형샹 이
로 붓으로 그리지 못홀지라. 그러나 죠뎡에 벼슬ᄒᆞᄂᆞᆫ 이들은 권셰를 닷
호기에만 눈이 붉고 가슴이 탈 ᄯᅮᆫ이오, 빅셩의 질고ᄂᆞᆫ 모르ᄂᆞᆫ 듯키 ᄇᆞ려
두니, 뜻 잇ᄂᆞᆫ 이의 팔을 ᄲᅩᆸ내여 통분ᄒᆞᆷ이 닐을 길 업더니, 우치 ᄯᅩᄒᆞᆫ 참
다 못ᄒᆞ여 그윽히 뜻을 결단ᄒᆞ고 집을 ᄇᆞ리며, 세간을 헤치고, 텬하로써
집을 삼고, 빅셩으로써 몸을 삼으려 ᄒᆞ더라.(284쪽.)

② "이번에 곡식을 난홈으로 혹 나를 칭숑ᄒᆞᄂᆞᆫ 듯ᄒᆞ나, 이는 맛당치 아
니ᄒᆞᆫ지라. 대개 나라ᄂᆞᆫ 빅셩을 ᄲᅮ리 삼고, 부쟈ᄂᆞᆫ 빈민의 ᄆᆞᆫ들어 줌이어
늘, 이제 너희들이 량슌ᄒᆞᆫ 빅셩과 츙실ᄒᆞᆫ 일군으로 이러틋 참혹ᄒᆞᆫ 디경
에 니르럿건만은, 벼슬ᄒᆞᆫ 이가 길을 트지 아니ᄒᆞ고, 감열ᄒᆞᆫ 이가 힘을 내
고자 아니홈이 과연 텬리에 어그러져 신인이 공분ᄒᆞᄂᆞᆫ 바이기로, 내 하ᄂᆞᆯ
을 디신ᄒᆞ여 이러뎌러흔 방법으로, 이리뎌리 ᄒᆞ얏슴이니, 너희들은 모름
직이 이 뜻을 ᄭᅢ다라 잠시 늠에게 맛겻던 것이 돌아온 줄로만 알고, 늠의
힘을 닙ᄂᆞᆫ 줄은 아지 말지어다. 더욱 ᄌᆞ쳥ᄒᆞ야 심바람흔 내야 무슴 공이
잇다ᄒᆞ리오. 이리 말ᄒᆞᄂᆞᆫ 나ᄂᆞᆫ 쳐ᄉᆞ 뎐우치로라."(288쪽.)

먼저 서술자가 직접적으로 서술하고 있는 ①의 서사단위가 중요한 이
유는 앞으로 전개되는 서사단위와 계기적 관계를 맺고 있기 때문이다. 즉
이 서사단위에는 도적의 노략질과 흉년으로 인한 백성한 참혹한 삶의 형
상 그리고 이러한 형상 아랑곳하지 않고 권세 다투기에 골몰하는 조정의

벼슬아치들의 모습을 대비하여 제시하고 있다. 그리고 이에 대한 백성들의 분통과 전우치의 깊은 결심 등이 나타나 있다. 이러한 서사소들이 바로 다음에 이어지는 서사단위와 조응하고, 각각의 서사단위가 정당성을 확보한다. 많은 논자들이 이 작품은 각각의 에피소드들이 병렬적으로 연결되어 있다며, 각 서사단위의 독립성을 거론하는데, 이는 이 작품의 전체 스토리 층위를 너무 개별적인 서서단위로 나누어 분석한 결과 때문이 아닌가 한다. 특히 백성의 참혹한 실상과 조정 벼슬아치들의 권력 다툼을 대비적으로 제시하는 서술자의 서술태도에 주목해 본다면, 이 스토리 층위에서 전우치의 행위는 지배구조와 함께 총체적인 사회구조와의 대결이라는 성격을 띠며, 그 대결은 기층민을 구원하기 위함이라는 의미를 지닌다고 할 수 있다. 이 작품의 '소설적 질서는 바로 이러한 사회적인 뚜렷한 "목표의식"[13]과 연결되어 있는 것이다.

②는 백성들에게 곡식을 나누어 준 다음 장방(長榜)에 써 붙인 내용을 직접 인용하고 있는 서사단위이다. 이는 전우치의 직접 발화로서의 의미를 띤다. 여기에는 자신의 선정이 나라와 부자가 백성과 빈민을 구제해야 할 의무가 있음에도 불구하고, 이를 방기하여 천리에 어긋나 자신이 하늘을 대신하여 심부름을 한 것에 불과하다는 겸양의 뜻과 백성들 또한 남에게 잠시 맡겨놓았던 것이 돌아온 줄 알고 은혜로 생각지 말라고 하여 백성들에게 나라와 벼슬아치의 의무를 각인시키고, 그들에게 용기를 북돋워 주려는 의도가 담겨 있다. 임금과 벼슬아치들이 이미 천리를 어기고 있다는 판단은 스토리 층위에서 중요한 서사소로 작용한다. 이때의 천리는 분명 유가적 질서를 의미하는 것이고, 이 유가적 질서가 통치이념임에도 불구하고, 지배계층이 이를 지키지 않아 자신이 하늘을 대신하여 '이러더러

---

13) 박일용, 「영웅소설 유형 변이의 사회적 의미」, 『근대문학의 형성과정』, 한국고전문학회, 문학과지성사, 1983, 92쪽.

흔 방법'으로 백성들에게 선정을 베풀었다는 발화는 전우치의 도술과 관련하여 생각해 볼 수 있는 여지를 주기 때문이다. 실제 인물 전우치는 정통적인 이념인 유가사상 또는 유가의 도학을 거부하고, 도가사상에 입각해서 현실을 비판하고 사회의 개조를 꾀했다. 이러한 전기적 사실이 여러 가지 도술 이야기로 전설화되고, 이를 모태로 하는 소설에서의 전우치 역시 이와 같은 성격을 지니고 있는 것이다. 도술로써 임금과 대결까지 한다는 점, 그리고 "호셔 따에 ᄉ오십 명이 둔취ᄒ여 찬역홀 일을 의론ᄒ여 불구에 긔병ᄒ리라 ᄒ고"와 ""션젼관 뎐우치 직죄 과인ᄒ기로, 신등이 우치로 임금을 삼아 만민을 평안ᄒ려" 했다는 내용은 이 작품이 '도가사상의 범위를 넘어서서 일반 백성의 불만까지 나타냈음을 의미'14)하는 동시에 독자들이 '현실적 모순을 감지하'15)도록 하는 사회의식을 내포하고 있는 것이다.

17개의 서사단위 가운데 특히 주목해야 할 서사단위는 임금과 사대부와 관련된 부분이다. 전우치는 임금보다 높은 옥황상제의 선관이 되어 임금에게 황금 들보를 만들게 하여 그를 가져다가 팔아 다시 곡식을 사서 백성에게 나누어 주어 백성을 구휼하는 전범을 보인다. 그리고 그를 배척하거나, 욕을 보이는 편협한 사대부와 탐관오리를 골탕먹이거나 징치한다. 바로 이러한 서사단위들이 조동일의 지적16)대로 '정치의 의식에 있어서는 「홍길동전」 보다 한 걸음 더 나아간 것'이라는 평가의 근거로 작용한다. 더욱이 본고의 텍스트인 신문관본도 마찬가지겠지만, 다양한 이본을 연구할 때 간과해서는 안 될 부분이 바로 작가 층위와 그를 둘러싸고

---

14) 조동일 저, 유종호 편, 「고전소설과 정치」, 『文學과 政治』, 민음사, 1980, 129쪽.
15) 박일용, 「영웅소설 유형 변이의 사회적 의미」, 『근대문학의 형성과정』, 한국고전문학회, 문학과지성사, 1983, 45쪽.
16) 조동일 저, 유종호 편, 「고전소설과 정치」, 『文學과 政治』, 민음사, 1980, 122 - 124쪽.

있는 사회·역사적 맥락이다. 물론 많은 고전소설들이 작가가 명확하지 않다는 한계는 있지만, 소통되었던 시대나 연대를 추정함으로써 그 내용을 근거로 작가의 계층이나 신분, 또는 향유 계층 등을 파악하여 작품의 의미망을 더욱 명확하게 할 수 있을 것이다.

이와 함께 『뎐우치젼』소설이 많은 논자들의 지적대로 17세기를 전후하여 소통되었다면, 17세기 전후의 사회·역사적 맥락과 더불어 이 작품의 의미를 고구해야 한다. 이본들 역시 마찬가지다. 전우치가 살았을 것으로 추정되는 중종 즉 16세기부터 그와 관련된 전설들이 소통되고 그것이 다시 소설화되는 17세기의 상황과 이 작품은 밀접한 관련을 맺는다. 이 두 세기는 15세기 무오사화와 갑자사화에 이어 중종 때 기묘사화에서 출발하여 50여 년 동안 사화가 지속되었고, 그 와중에 을묘왜변과 두 번에 걸친 호란을 겪어 갈등과 혼란이 심화되고, 파당의 원인을 제공했던 시기였다. 그래서 진보적인 학자들은 탄압을 받고, 많은 인재들이 현실정치에서 멀어져 은거하는 길을 택하였다. 반면, 백성들은 피폐할 대로 피폐하여 누군가 나타나 자신들을 구원해 주기를 갈망하면서 상대적으로 임금과 사대부계층에 대한 불신과 원망은 극에 달하고, 변혁을 꿈꾸었을 것이다. 그리고 한편에선 왜변과 호란을 겪으며 겨레의식이 싹텄을 것이다. 이러한 맥락을 고려하여 『뎐우치젼』의 이본을 분석할 필요가 있는 것이다. 이러한 이본은 그만큼 이야기의 다양성을 의미하는 것이고 차이화를 통해 소통의 욕망을 실현하는 근거일 것이다.

그리고 백성과 관련된 부분은 주로 가난하거나 어려운 처지에 놓인 백성을 구제하고 구출하며, 백성이나 인간으로서의 어리석음을 깨우쳐 주는 내용을 서사화하고 있다. 이는 임금과 지배계층이 백성을 어떻게 다스려야 하는지를 보여주는 선정의 사례이며, 백성에 대한 지극한 관심의 서사화라는 이중적 의미를 띤다. 이 작품에 보이는 '도술이 인간의 가능성을 무한대로 확산시키고 현실적인 제약을 넘어서려는 상상의 산물'[17]이라는 측면에서 보면, 전우치의 모든 행위는 백성에게서 비롯하고, 그것은 곧 도탄에 빠진 백성을 구제하기 위한 힘의 확대라고 볼 수 있다. 그럴 때만 이 전우치의 도술은 그 정당성을 확보할 수 있다. 그리고 한편으로는 '비현실적, 초월적 도술력을 이용하여 자신의 지향가치를 구현하는 전우치는 자신의 힘을 지배층에 보여줌으로써 지배층의 무력함을 일깨워주고 그들로 하여금 힘의 한계를 실감하도록 하고 지배질서에 강력하게 도전하는'[18] 것이다. 이러한 스토리 층위를 통해 이 작품이 결국 사회적이고, 정치적 서사구조로서의 의미를 선취한다고 볼 수 있다.

이러한 서사구조가 영화 〈전우치〉에서는 유희적으로 전복되는 양상으로 새롭게 생성된다. 그리고 이 작품에서 보여주고 있는 도술로서의 둔갑 모티프, 선계에서의 하강 모티프, 병 모티프, 바람 모티프, 주문 모티프, 그림, 족자 모티프, 꿈 모티프, 부적 모티프, 요괴 모티프, 도술겨루기 모티프 등은 영화 〈전우치〉에서도 그대로 나타난다.

---

17) 최삼룡, 「田禹治傳의 道仙思想 硏究」, 『한국언어문학』 26집, 한국언어문학회, 1988, 249쪽.
18) 권경화, 「「전우치전」의 인물 연구」, 연세대학교 교육대학원 석사학위논문, 2006, 65쪽.

2. 만파식적(萬波息笛)을 둘러싼 유희적 전복의 무협 판타지

최동훈 감독이 연출하고 강동원, 김윤석이 주연한 〈전우치〉는 고전소설 『뎐우치젼』을 전복적으로 차이화하여 4천 200여 컷으로 이루어진 무협 판타지 형식의 영화이다. 이 영화는 우리의 설화적 도술과 모티프를 기본 소재로 하되, 파격적인 설정과 전복적인 인물 창조와 웃음을 자아내는 그들의 행위와 대사, 복선 등으로 한 번에 묘미를 맛보기에 버거운 영화라

고도 할 수 있다. 그렇지만, 2009년 12월 23일에 개봉하여 18일 만에 400만 명의 관객을 놀파한 만만치 않은 저력을 보이준 영화이기도 하다. 그런데 감독을 맡았던 최동훈의 인터뷰 기사에서 다음과 같은 발언은 이 영화의 연출 의도와 성격, 그리고 고전소설 『뎐우치젼』의 각색 방향을 제시하고 있어 주목할 만하다.

① "홍길동이 민중이 만들어낸 혁명이라면 전우치는 유희적인 인간입니다. 대의명분에 끌리지 않죠. 『홍길동전』의 도술은 엄격한데, 전우치의 도술은 자연스럽고, 해석의 여지가 많아 상상력을 발휘할 수 있어요. 어렸을 때부터 전우치를 좋아한 측면도 있고요."[19]

---

19) 연합뉴스, 최동훈 "한국적 판타지 만들고 싶었다.", 2009.12.20.
   (http:// app.yonhapnews.co.kr /YNA/Basic/article)

② "중국무협처럼 보이지 말아야 한다는 생각을 하고 찍었어요. 그래서 발을 쓰는 기예는 애초부터 생각지도 않았습니다. 한국적 도술을 소개할 필요도 있었어요. 날아가는 화살을 붙잡거나, 벼랑에 매달리는 장면처럼 우리 영화의 액션도 조금은 과장된 부분이 있죠. 그러나 중국 액션의 과장과는 격이 다릅니다. 저희는 수줍은 과장이죠. 한국적 판타지를 만들고 싶었습니다."[20]

먼저 ①에서는 전우치의 유희적인 인간상과 자연스러운 도술에 주목했다는 점, ②에서는 중국과의 차이화를 시도하여 한국적 도술을 활용한 한국적 판타지의 세계를 그려보고 싶었다는 점 등, 이 영화의 핵심 모티프와 연출 의도를 밝히고 있다. 그리고 여기에서 밝힌 모티프와 연출 의도가 영화에 고스란히 녹아 있는데, 이는 '장르관습에 적응하거나 저항하려는 것과는 본질적으로 떨어져서 장르의 틀에 기대어 소수자의 열광마저도 선취하려는 분열과 충돌을 기꺼이 즐기겠다.'[21]는 2000년대 이후의 감독들에게서 나타나는 경향과 맞닿아 있다. 이 영화를 스토리 층위에서 보면, 스승을 죽였다는 누명을 쓰고 그림 족자에 갇힌 조선시대 악동도사 전우치가 500년 뒤인 현대에 봉인에서 풀려나 요괴와 맞서 싸운다는 이야기로 요약할 수 있지만, 실제 스토리 구조는 복잡하고, 스토리 전체를 요약하기 쉽지 않은 작품이다. 그만큼 복선이 많고, 이야기가 다층적이다. 그래서 이 영화는 뚜렷한 주제의식을 지닌 서사 중심의 독법에서 벗어나 시퀀스를 따라 가며 나름의 의미를 생성해 내야 하는 열린 이야기 구조의 형식을 띠며, 엔터테인먼트로서의 인물 창조가 적절한 흥미와 웃음을 주

---

20) 위의 인터뷰 기사
21) 김영진, 「현대 한국영화의 작가적 경향에 대하여」, 중앙대학교 첨단영상대학원 박사학위논문, 2006, 55쪽.

고 있는 작품이다. 먼저 이 영화의 스토리 층위를 시퀀스 별로 분절하면 다음과 같다.

1) 태초에 하늘 감옥의 문이 신선의 잘못으로 일찍 열려 요괴들이 마성에서 깨어나고 표운대덕이 피리를 지상에 떨어뜨리고 자신도 떨어져 요괴들의 마성에 젖음. 모든 요괴들이 피리를 갖고자 함.

2) 500년 전 지상에서 화담과 하늘에서 하강한 신선 3명이 피리를 찾고자 동분서주함.

3) 전우치가 선관의 모습으로 나타나 백성 돌보는 일을 소홀히 하는 임금을 징치하고, 원래의 전우치 모습으로 둔갑하여 임금을 모욕한 후 그림 속의 나귀를 타고 사라짐.

4) 전우치가 화담의 무리와 싸움을 벌임.

5) 전우치와 개가 사람으로 환생한 초랭이가 청동검의 행방을 알기 위해 어느 대감집 과부를 보쌈함.

6) 과부를 보쌈해다 주면 청동검의 행방을 알려주겠다던 대감이 약속을 지키지 않고, 요괴로 변하여 전우치를 공격하는데, 전우치가 이를 물리침.

7) 전우치가 스승인 천관대사에게 도는 닦지 않고, 왕을 농락하고, 요괴와 싸우며, 과부를 보쌈하는 등 말썽을 피우고 다닌다고 꾸중을 들음.

8) 화담과 신선 셋이 천관대사의 집으로 찾아와 피리를 양보하라고 하자 천관대사가 이를 거부하는 데 피리가 반으로 나누어져 서로 반쪽씩 가짐.

9) 전우치가 보쌈했던 과부를 집으로 데리고 왔는데, 천관대사가 그녀가 우치를 죽음으로 인도한다며, 그녀를 다시 집으로 돌려보내지만,

우치는 그녀를 쉽게 포기하지 않음.

10) 화담이 자신의 팔뚝을 칼로 베자, 푸른 피가 흘러나와 자신이 요괴의 마성에 젖었음을 스스로 알고 놀람.

11) 전우치가 스승이 돌려보낸 과부를 뒤쫓아가 도술로써 그녀에게 바다를 보여주며 환심을 삼.

12) 요괴의 마성에 젖은 화담이 천관대사가 가지고 있는 피리를 차지하고자, 천관대사를 독살하고, 전우치가 가지고 있던 피리 반 쪽을 차지하고는 전우치와 초랭이가 스승을 죽였다고 누명을 씌워 그들을 그림 족자에 봉인하는데, 전우치가 봉인되면서 화담이 가지고 있던 피리 반 쪽을 다시 낚아채 감.

13) 500년이 흐른 현대에 요괴가 출몰하자, 세 명의 신선이 요괴를 잡고자 화담을 찾을 수 없어 그림 족자에 봉인된 전우치와 초랭이를 불러내 이들이 요괴와 싸움.

14) 전우치와 초랭이가 요괴들과 싸우는 가운데, 영화배우를 꿈꾸며 스타일리스트로 일하고 있는 500년 전의 과부와 똑같은 서인경을 만남.

15) 전우치와 초랭이는 500년 전과 달라진 현대 문명과 현대인의 생활 양식에 어리둥절해 하지만, 곧 이를 즐기며, 서인경을 자주 찾아가 그녀의 관심을 유도함.

16) 전우치가 고미술 장물 창고에서 청동검을 찾아냄.

17) 전우치와 초랭이, 신선들이 남자 요괴와 여자 요괴를 호리병에 가두었으나, 다시 이들이 탈출하여 중과 무당, 신부로 행세하는 신선들이 골머리를 앓는 와중에 요괴의 마성에 젖은 채 화담이 나타남.

18) 화담이 전우치가 가지고 있는 피리를 빼앗고자 초랭이와 서인경을 이용함.

19) 전우치와 화담이 서로 싸우는 중에 화담의 요술에 빠졌던 서인경이
   청동거울을 통해 자신이 태초 천상의 신선 표운대덕임을 알고 놀
   라 빌딩에서 떨어지자 전우치가 초랭이가 건네 준 한 장 부적을 이
   용하여 그녀를 구하며 사랑의 마음을 전함.
20) 전우치와 화담이 요술로써 격렬하게 싸우는 가운데, 서인경이 화담
   의 옆구리에 복숭아나무를 찔러 넣어 화담이 패배를 인정하고 그
   림 속으로 봉인됨.
21) 여인이 영화배우의 꿈을 이루어 전우치, 초랭이와 함께 남국의 바
   다로 여행을 떠나 언젠가 바다를 보았다고 회상함.

   먼저 이 영화의 스토리 구조는 시간을 기준으로 태초의 천상에서 벌어
졌던 서사로 이루어진 1), 500년 전의 서사를 다루고 있는 2)~12), 그리고
현대로 이어져 서사가 전개되고 있는 13)~21)로 대별할 수 있다. 그리고
공간적 배경은 천상에서 지상으로 이어진다. 이와 같은 시간과 공간을 배
경으로 전설의 피리 '만파식적'을 소유하고자 신선들과 요괴, 화담과 천관
대사, 화담과 전우치, 표운대덕이 환생한 서인경과 화담 등이 힘과 도술
로 대적하는데, 이러한 서사구조가 이 영화의 핵심서사를 이룬다. 특히
핵심서사에서 가장 중요한 모티프로서의 피리는 세상을 태평하게 하는 소
리를 내는 '萬波息笛'이다. 『三國遺事』 권 제2에서 언급하고 있는 '萬波息
笛'과 관련한 내용들을 새롭게 계열화하여 영화의 주된 모티프로 활용하고
있다. 『三國遺事』 권 제2 〈萬波息笛〉의 내용, 즉 대나무에 얽힌 사연과
그대로 만든 피리의 영험성, 그 피리의 분실과 되찾음 등이 이 영화의
핵심서사를 떠받치고 있다.
   영화의 스토리는 표운대덕이 하늘 깊숙한 감옥에서 신비한 피리로써

요괴들을 잠재우고 있었는데, 신선들이 감옥 문을 일찍 열어 요괴들이 마성에서 깨어나고 표운대덕의 피리는 사악한 기운에 묻히며, 표운대덕 자신마저 요괴의 마성에 젖은 채 지상으로 떨어지는 시퀀스에서 시작한다. 그리고 요괴들이 모두 피리의 주인이 되고 싶어 하여 피리가 요괴의 손에 넘어감으로써 그 피리를 찾고자 하는 신선과 화담, 천관대사, 전우치 등이 대적하며 각축을 벌이는 500년 전의 스토리가 한국적 도술의 판타지로써 전개된다. 또한 500년 전의 스토리를 각 인물들의 환생과 도술 모티프를 통해 현대적 영화문법과 계열화하여 도술 판타지로 차이화한다. 이러한 차이화의 구조는 피리를 매개로 하는 하늘 감옥에서의 표운대덕 / 요괴, 500년 전의 천관대사 · 전우치 · 초랭이 · 신선들 / 화담 · 요괴, 현대의 전우치 · 초랭이 · 서인경 · 신선들 / 화담 · 요괴 등의 대립관계로 반복되어 나타난다. 차이화에 바탕을 둔 이야기의 이러한 반복구조는 '서로 다른 주제들이 비연속적 계열을 이루어 차이와 긴장 속에서 새로운 의미를 창조하는 글쓰기 방식'22)의 영화문법화라고 할 수 있다. 우리의 설화와 그 설화를 형성하는 다양한 모티프들을 판타지 영화문법과 계열화하여 또 다른 사건과 의미를 생성해 내고 있기 때문이다. 더욱이 '한국적 도술'의 영상화는 미국 중심의 SF영화나 액션영화와 같은 블록버스터 장르의 영화와 우리에게 낯익은 중국 무협영화 등의 보편적인 이미지와 패턴들로 이루어진 영상문법을 따르지 않고, '우리의 실제 삶의 장소와 상황들과 관계적이고 맥락적인 로컬리티'23)의 관점을 실현하고 있다.

　고전소설 『뎐우치뎐』과 비교했을 때, 스토리 층위에서 가장 유사한 시퀀스는 기근에 시달리는 백성을 돌보지 않아 전우치가 선관으로 하강하여

---

22) 정순백, 「들뢰즈의 사건 존재론」, 연세대학교대학원 석사학위논문, 2001, 8쪽.
23) 장희권, 「문화연구와 로컬리티」, 『로컬리티, 인문학의 새로운 지평』, 부산대학교 한국민족문화연구소 편, 혜안, 2009, 165쪽.

임금을 징치하고 다시 전우치로 둔갑하여 역시 임금을 모욕하는 3)의 시퀀스이다. 그리고 나머지 시퀀스들은 부분적인 서사소가 고전소설의 서사소를 차용은 했지만, 새롭게 생성한 이야기 단위이다. 특히 전우치와 화담의 전복적인 성격 창조는 영화의 스토리를 결정짓는 핵심요소로 작용한다. 능청스럽고, 잘난 체 하며, 장난기까지 있어 요술로서 장난을 일삼지만, 스승을 섬길 줄 알고, 특히 자신을 내던져 사랑하는 여자를 구원하는 '전우치'와 천상의 감옥에서 지상으로 탈출한 요괴가 스며들어 표운대덕이 지상에 떨어뜨린 피리를 얻고자 노심초사하며, 500년 전과 현대에 이르기까지 살아남아 살인마가 되어 전우치와 끝까지 대립하다 결국 전우치에게 패하여 족자 그림에 스스로 갇혀버리는 '화담', 이 두 인물의 창조는 영화의 다층적인 스토리 층위를 가능하게 하는 핵심 서사전략이라고 할 수 있다.

그런데 영화 서사구조의 특징은 태초 천상에서의 서사와 500년 전의 서사, 현대의 서사가 각각의 차이화를 통해 반복구조를 형성하고 있다는 점이다. 1)은 피리를 매개로 하는 도력 높은 표운내덕과 요괴의 간계, 2)~12)는 지상에 떨어진 피리를 찾아 동분서주하는 신선들과 그 피리를 소유하고자 하나 이미 요괴의 마성에 젖은 화담·요괴들, 그리고 그들에 맞서는 천관대사·전우치의 관계, 13)~21)은 피리를 찾고자 하는 신선들, 마성에 젖은 화담·요괴들과 전우치·초랭이·서인경의 관계 등이 영화의 주된 이야기 구조를 이루고 있다. 태초의 천상세계에서는 표운대덕이 피리로써 요괴들의 마성을 잠재우고 있었던 서사구조 즉 표운대덕과 요괴들의 대결이, 500년 전의 서사에서는 화담과 천관대사의 대결이, 현대의 서사에서는 전우치와 화담의 대결이 핵심서사를 이루고 있는 가운데, 상이한 차이화를 통해 새로운 사건과 의미를 생성하고 있다. 차이화에 바탕을 둔 반복구조는 동일성이나 보편적 구조로 환원되는 것이 아니라 동일한 모티프와 핵심서사들이 시대와 공간을 달리하여 계열화함으로써 새로운 사건과 의미를 생성하는 차이화의 억동적 구조를 의미한다.

영화 〈전우치〉의 이야기구조는 결국 동일한 모티프와 사건, 인물일지라도 그것들을 무엇과 어떻게 계열화하느냐에 따라 무수한 이야기가 생성될 수 있음을, 사건과 의미를 생성하고 한편으로 그것들을 사유할 수 있음을 보여준다. 먼저 태초의 천상세계에서는 도력 높은 표운대덕이 피리로써 깊은 감옥에 갇혀 있는 요괴들의 마성을 잠재우고 있었지만, 미관말직 신선들의 실수로 3000일의 마지막 날 열려야 할 문이 하루 먼저 열리는 바람에 요괴들의 마성이 깨어나고, 피리는 사악한 기운에 묻히고, 표운대덕은 마성에 젖은 채 지상으로 떨어진다. 약 1분 29초 동안 진행되는 이 시퀀스에서는 표운대덕의 가려진 얼굴 모습과 피리, 그리고 요괴들이 CG로 영상화되고 요괴들의 마성이 깨어나고 표운대덕과 피리가 마성에 젖어 지상으로 떨어졌다는 사건 내막을 피리소리의 음향과 보이스 어브 내레이션으로 소개하고 있다. 영화의 프롤로그 성격을 지닌 이 시퀀스는 천상과 지상을 이어주는 동시에 500년 후에 전개될 사건의 인과성을 암시해 주고 관객의 흥미와 궁금증을 자아내는 역할을 한다. 여기에서 표운대덕과 피리의 관계는 삼국유사에서 전하고 있는 신문왕과 만파식적, 효소왕과 만파식적의 분실 등의 설화구조와 어느 정도 상응하지만과 그것을 전우치전과 계열화함으로써 새로운 사건과 의미를 생성한다.

전우치와 화담을 근거로 조선시대로 추정할 수 있는 2)~12)의 시퀀스들은 피리를 매개로 전우치의 스승 천관대사와 화담이 첨예하게 대적하는 서사구조로 이루어져 있다. 어찌 보면, 이 시퀀스들은 1)의 서사구조와는 단절과 비연속적 결합이라는 부정적 혐의에 갇힐 수도 있겠으나, 오히려 동일한 설명 원리나 연속적 사건의 인과성만을 강조하는 동일성의 사유방식에서 벗어나 우리 민족 내부의 다양성을 그 '관계의 틀' 속에서 사유한다면 그 사건과 의미는 '지금'과 '여기'의 관객에게 더 친근할 수 있을 것이다. 천상과 지상, 선(善)과 비선(非善)이 환생의 모티프로 연결되기 때문이다. 이러한 모티프들이 우리의 이야기를 자연스럽게 차이화하여 끊임없이 소통하게 하는 근원적이 힘일 것이다.

500년 전의 서사구조는 다양한 층위의 시퀀스로 이루어져 있다. 먼저 의술을 펼치며 한편으로 피리를 찾기 위해 수하들까지 동원한 화담이 천관대사의 제자로서 요술을 부리는 전우치의 존재를 알게 되는 시퀀스, 전우치가 도술을 부려 기근에 시달리는 일반 백성들을 돌보지 않는 임금을 조롱하는 시퀀스, 전우치와 초랭이가 과부를 보쌈하고 그것으로 인해 요괴의 마성에 젖어 있는 대감에게서 피리를 빼앗게 되는 시퀀스, 그리고 천관대사와 화담이 피리를 반 쪽씩 나누어 갖지만, 화담에게 요괴의 마성이 스며들고 그러한 화담이 천관대사가 지니고 있는 피리 반쪽을 자신이 차지하려고 그를 독살하고는, 신선 셋과 함께 전우치와 초랭에게 스승을 살해했다는 누명을 씌어 그림 족자에 봉인하지만, 전우치가 화담에게서 피리 반 쪽을 다시 낚아채 봉인되고, 화담은 요괴들이 다시 나타나면 만날 것이라며 세 신선과 헤어지는 시퀀스 등이 사건의 세계를 형성한다.

이와 같은 서사구조에서 고전소설 『뎐우치젼』의 전우치와 화담은 완전히 새로운 인물로 전복된다. 이 영화의 유희적 판타지는 이 두 인물에게서 비롯한다고도 할 수 있을 만큼 인물의 전복적 창조는 차이의 질서를 생성하는 동력으로 작용한다. 초랭이와 세 신선 역시 이 영화텍스트의 유희적 강도를 높이는 서사의 주체들이다. 고전소설 『뎐우치젼』도 마찬가지겠지만, 특히 영화텍스트 〈전우치〉는 우리의 설화적 층위에 내재되어 있는 다양한 모티프들을 500년 전 조선시대의 전우치·화담, 『뎐우치젼』 등과 계열화하여 배치함으로써 '반복의 내부는 언제나 차이의 질서에 의해 변용된다'[24)는 이야기의 소통과 창조의 원리를 실감 있게 보여준다. 유럽의 비교문학 방법론처럼 영향관계에 천착하여 영향을 미친 동일성에만 집중할 경우, 그것은 자기폐쇄를 자초한다. 그것은 이미 산 것이 아니다. 동일성의 반복은 생성과 변용을 통한 소통의 에너지를 상실하기 때문이다. 그렇다면 동일성이 횡행하는 삶, 그런 세계가 과연 행복할 수 있을까? 모든 차이의 문화를 자본의 논리에 따라 포섭하고 동일화하는 것이 과연 인류를 행복하게 하는 근원일까?

500년 전의 사건과 인물은 다시 2009년 서울이라는 현대와 계열화하여 유희적 판타지로서의 절정을 보인다. 이와 관련된 서사구조는 분절한 스토리 층위의 서사단위에서도 알 수 있듯이 조선시대와 접속한 서사구조보다 역동적이고 다층적이다. 현대사회를 보는 전우치의 시선과 그의 장난기, 전우치와 서인경의 관계, 서인경과 표운대덕의 관계, 화담의 정체, 화담과 서인경의 관계, 전우치와 화담의 관계 등의 시퀀스는 동일한 모티프와 서사구조라 할지라도 접속항이 달라지면 그 양상이 달라지고 그에 따라 의미가 생성되며 무수한 이야기로 변이될 수 있다는 이야기의 특징을 보여주고 있다. 이러한 특징은 우리의 삶과 세계에서도 동일하게 적용된다. 현대사회와 접속한 이 서사구조에서 전우치와 서인경의 관계, 서인경의 전생과 화담에 대한 응징 등이 부각되면서 전체 이야기의 구조를 견인한다. 또한 선비와 악마 사이를 오고가는 서늘한 이중적 모습의 화담과 장난기와 승부욕, 정의감을 동시에 지니고 있어 언제나 좌충우돌하면서도 낭만적 사랑을 꿈꾸는 전우치, 항상 전우치와 동행하면서 때로는 전우치

---

24) 정순백, 「들뢰즈의 사건 존재론」, 연세대학교대학원 석사학위논문, 2001, 56쪽.

와 경쟁심리를 발동하지만, 의리를 지키는 초랭이, 신선답지 않게 엉뚱하면서 피리를 찾아 우왕좌왕하는 세 명의 신선 등은 내부의 차이화를 촉진하는 동력이며 우리 설화 속의 다양한 모티프와 사건, 고전소설『뎐우치젼』와 영화를 차이 자체로 규정할 수 있도록 하는 생성의 능동적 힘이다. 특히 전우치와 서인경의 사랑은 이야기의 극적 효과를 배가하는 서사소로서 마성에 젖은 화담을 스스로 그림 속으로 봉인하도록 하는 데 결정적인 계기로 작용한다.

영화 〈전우치〉를 인과성과 통일성을 중시하는 기존 서사텍스트의 독법에 따라 굳이 주제를 정리한다면, 이 영화텍스트는 '탐욕적인 권력자를 조롱하는 한편, 요괴의 마성을 물리치고 사랑을 이루는 유희적 판타지'라고 할 수 있다. 그렇지만, 고전소설『뎐우치젼』과는 달리 이 영화텍스트에는 다양한 층위의 소사소들이 분화되어 나름의 의미를 생성한다. 그렇기 때문에 영화 〈전우치〉는 재현의 방식 즉 동일성이나 유사성, 유비나 대립을 통해 사유하는 방식을 지양하고 내재적이고 자체적인 차이화를 생성의 방식으로 독해해야 한다. 이런 독법을 따를 경우, 선정을 베풀시 못하는 임금과 약속을 지키지 않는 식자의 비판에서 고금을 비교할 수도 있고, 현대사회의 선(善)과 비선(非善)의 가치문제를 제기할 수도 있다. 한편, 인간 내부에 도사리고 있을 마성(魔性)을 잠시 들여다볼 수도 있고, 현대사회에서 괴물로 환유할 수 있는 권력의 포획성과 폭력성을 발견할 수도 있으며, 신의와 사랑의 의미를 되새기게 하기도 한다. 또한 현대문명의 속악성을 읽을 수도 있고, 특히 다양하게 보여지는 우리 민족 내부의 도술 방식과 이미지를 통해 지나치게 경직된 이성주의, 과학적 세계관을 회의할 수도 있을 것이다. 이는 '계열화를 통해 형성되는 사건의 의미는 그 안에 포함된 어떤 항이나 요소들의 개별적 의미로 환원되지 않으며, 그것과는 다른 차원에서 형성되기'[25] 때문이다.

　결국 영화 〈전우치〉는 다층적인 스토리 층위에 복선과 설화적 서사와 도술 모티프, 감칠맛나는 인물들의 대사와 해학적인 연기, 다양한 촬영기법과 CG, 싸움장면에서의 와이어 활용 등을 곁들여 고전소설 『뎐우치젼』을 상이하게 계열화함으로써 그 차이를 향유하고 그것의 의미를 사유할 수 있는 계기를 마련하였다. 고전소설 『뎐우치젼』이 백성과 약자를 구원하고 탐욕적인 권력자와 비선적(非善的)인 인물을 징치하면서도 도(道)의 세계를 추구하는 영웅 중심의 서사구조를 이루고 있다면, 영화 〈전우치〉는 만파식적을 둘러싸고 전우치가 요괴들과 싸워 그들을 물리치고 신비의 피리 만파식적을 지켜낼 뿐만 아니라 낭만적인 사랑까지 이루어내는 무협 판타지적 서사구조를 취하고 있다. 그만큼 이 영화의 사건과 의미는 역동적이고 다층적이다. 물론 영화 〈전우치〉의 서사구조는 우리 설화와 관련한 다양한 모티프와 도술방식 등과 접속하고 있기 때문에 서사구조 또한 이러한 관계의 틀에서 사유할 필요가 있다. 차이 자체를 본질로 사유할 수 있는 길을 이 영화는 터주고 있는 것이다. '원작과 영화텍스트의 차이를 소설과 영화의 표현양식의 차이 그리고 서술양상의 차이'[26]로 보기도 하지만, 그것보다는 감독의 관념적 태도가 그 차이를 생성한다고 보아야 할 것이다. 왜냐 하면 '이야기는 언제나 욕망을 수반하고 그 욕망이란 접속하는 항에 따라 생산되며'[27], 그 접속의 주체는 감독의 관념적 태도이기 때문이다. 따라서 영화 〈전우치〉의 서사구조에서 보이는 다양한 차이화는 결국 감독의 서사적 욕망에서 비롯한 결과라고 할 수 있을 것이다.

---

25) 이진경, 『철학의 외부』, 그린비, 2007, 207쪽.
26) 이채원, 「소설과 영화의 매체 전이 양상에 대한 수사학적 연구」, 서강대학교 대학원 박사학위논문, 2007, 42쪽.
27) 이종호, 「「오세암」 모티프의 장르·매체별 서사학적 비교 연구」, 『동화와번역』 17집, 건국대학교 동화와 번역연구소, 2009, 253쪽.

전우치의 전설에서 비롯한 다양한 이본형태의 고전소설 『뎐우치뎐』 역시 마찬가지일 것이다.

Ⅲ. 결론

이상으로 고전소설 『뎐우치뎐』과 영화 〈전우치〉를 차이화의 관점에서 서사구조를 비교분석해 보았다.

고전소설 『뎐우치뎐』은 백성과 약자를 구원하고 탐욕적인 권력자와 비선적(非善的)인 인물을 징치하면서도 자신의 의롭지 못한 성정을 갈아내고 더욱 높은 도(道)의 세계를 추구하고자 하는 전우치의 영웅적 행위를 민중 영웅 중심의 서사구조로써 형상화하고 있다. 한편, 영화 〈전우치〉는 만파식적을 둘러싸고 벌이는 싸움에서 전우치가 요괴들과 그 마성을 물리치고 만파식적을 지켜낼 뿐만 아니라 낭만적 사랑까지 이루어내는 과정을 무협 판타지적 서사구조로 영상화하고 있다.

고전소설 『뎐우치뎐』과 영화 〈전우치〉는 서사구조의 측면에서 상호텍스트성의 관계에 있지만, 우리가 더 주목해야 할 점은 차이화의 양상이며, 그 과정일 것이다. 그리고 계속해서 상이한 계열화로 우리의 삶의 무늬와 상상력만큼이나 다양한 이야기를 생성해 내는 그 힘일 것이다. 먼저 고전소설 『뎐우치뎐』은 조선시대 실제의 전우치가 전설화하고, 그것이 다시 17세기 진보적인 학자들의 탄압과 인재들의 은거, 피폐할 대로 피폐한 백성들의 삶이라는 사회·역사적 맥락과 접속하여 전우치를 당대의 삶과 욕망에 배치함으로써 생성된 서사적 담론체계이다. 지배계층인 임금과 사대부 계층을 조롱하고, 피폐한 백성을 구휼한다는 이원적 대립의 서사구조는 결국 저항과 변혁의 의미태와 당대인들의 사회적이고 정치적인 구체적 욕망을 생성하고 있다.

한편 영화 〈전우치〉는 고전소설 『뎐우치젼』과 우리 설화의 다양한 모티프들을 태초의 천상, 조선시대 그리고 현대와 접속하여 다양한 층위의 사건과 의미를 생성하는 무협 판타지적 담론체계이다. 어찌 보면 중심적인 서사구조는 동일하다고 할 수도 있지만, 이와 같은 판단은 동일성이나 유사성, 유비나 대립을 통해 사유하는 재현 방식의 사유방식이라고 할 수 있다. 그것보다는 차이 자체에 주목하여 이 영화의 사건과 의미를 사유할 필요가 있다. 인간과 현대사회를 깊이 회의할 수 있는 다양한 층의 사건들이 때로는 엄숙하게, 때로는 유희적으로 펼쳐진다. 이 영화에 배치한 설화의 모티프들이나 고전소설 『뎐우치젼』의 서사단위는 결코 설화의 모티프도, 고전소설 『뎐우치젼』의 서사소도 아닌, 영화 〈전우치〉의 사건과 의미일 뿐이다. 그만큼 영화의 사건과 의미가 역동적이고 다층적이다.

이야기는 우리의 삶과 세계와 닮아 있다. 이야기는 삶과 세계를 욕망하고 삶과 세계는 이야기를 욕망한다. 그것들은 닮되 같지 않고 차이로써 살아있을 수 있다. 그러기에 '지금', '여기'에서 전우치를 만나 우리의 사유체계에 근본적인 물음을 제기하기도 하고, 우리 내부의 마성(魔性)을 들여다보기도 하고 사랑의 가치를 저울질해 보기도 하는 것이다. 도술적인 역량처럼 이야기란 다극적인 길이며 수없이 반복되는 질문과 답일 것이다.

제3부

현대소설의 인물 스토리텔링 전략

Ⅰ. 김정한 「사하촌(寺下村)」

기본 서사 정보	
발 표 년 도	1936년 1월 《조선일보》 신춘문예에 당선작.
시대적 배경	1930년대 식민지 지배의 향촌을 구성하는 지배층과 소작농이 대립하는 낙동강 인근의 농촌 성동리
핵 심 서 사	① 많은 소작농을 거느리고, 천여 년의 역사를 가지고 있는 보광서 밑에서 절 논을 부쳐 먹고 사는 성동리 소작농들은 오랫동안 가뭄이 계속되자 대처해 나갈 길이 막막해짐. ② 보광사에서 기우불공(祈雨佛供)을 크게 올린다고 하여 성동리 농민들은 밥을 굶으면서 마련한 돈까지 시주하지만, 영험도 없이 가뭄은 계속됨. ③ 그럴 즈음, 저수지에 수문(水門)이 열리자 성동리에서 물싸움이 매일 일어남. ④ 절 사람들의 부당한 세도에 눌려서 흘러오는 물조차 논에 대지 못하는 등 성동리 농민들이 극한 상황에 직면함. ⑤ 성동리의 아이는 땔나무를 줍기 위해 보광사 소유의 산에 들어갔다가 산지기에 쫓겨 낭떠러지에 떨어져서 죽음. ⑥ 마름은 지주의 편에 붙어 소작인을 착취하고, 소작료를 높게 책정함. ⑦ 이 와중에 성동리의 구장을 비롯한 사오 인이 봄에 빌러 쓴 저리자금(低利資金)의 지불기한을 연기해 달라고 보광사 농사조합 이사(理事)에게 간청했지만 거절당하고, 며칠 뒤, 성동리 저수지 밑 고서방의 논을 비롯하여 여기저기에 입도차압(立稻差押)의 팻말이 붙기 시작하자 고서방이 야간도주를 함. ⑧ 하루 아침, 성동리 농민들은 열음 못한 빈 짚단과 콩대, 메밀대를 들고 차압 취소와 소작료 면제를 타원하기 위해 보광사를 향해 떠나는데, 철없는 아이들도 이들 행렬의 꽁무니에 붙어서 절 태우러 간다고 부산히 떠들어댐.
주　　　제	지주계층의 억압적 수탈과 그에 대한 소작농들의 궁핍한 현실, 지주계층의 수탈에 맞선 소작농들의 실천적 저항의지
등 장 인 물	치삼 논인, 들게, 덕아, 들깨의 아내, 노승(老僧), 고자쟁이 이시봉, 철한이, 철한이 아버지어머니, 봉구, 곰보 고서방, 쇠다리주사(이주사), 진수, 진수 어머니, 까만딱지 또쭐이, 보광사 산지기 수염쟁이, 화젯댁, 가동할멈

● 치삼 노인

성　별　　남자
나이(추정포함)　　60세 이상으로 추정함.
출생지 및 거주지, 활동 공간
　　　　　　① 출생지는 알 수 없으나 현재 소작농으로 살아가는 성
　　　　　　　동리 마을일 것으로 추정함.
　　　　　　② 현재 성동리 마을에서 거주하며 보광사 땅을 소작하며
　　　　　　　살아감.
직　업　　소작농
출신계층　　하류계층의 농민
교육정도　　알 수 없으나 무학일 것으로 추정함.
가족관계　　아들 들깨와 며느리(들깨의 처), 손자, 딸 덕아와 함께 살
　　　　　　고 있음.
　　　　　　① 젊을 때 자기의 논을 중의 꾐에 속아 시주한 일이 있
　　　　　　　어 중들과 갈등관계에 있음.
인물관계　　② 간평원인 이시봉에게 자기의 논에 대해 물어보다 핀잔
　　　　　　과 함께 민망함을 겪어 반감을 가지고 있음.
인물의 존재방식(사회계층)
　　　　　　농촌의 하류계층의 농민
성　격　　① 인정이 많고 가족을 위하는 마음이 애틋함.
　　　　　　② 전형적인 농군으로서 성실하고 순박함.

성격 지표 및 인물 제시방식

〈예문·1〉

언제부터 울었는지 벌써 기진맥진해서 울음소리조차 잘 아니 나왔다.
그 곁에 퍼뜨리고 앉은 치삼노인은, 신경통으로 퉁퉁 부어오른 두 정강이
사이에 깨어진 뚝배기를 끼우고 중얼거려댄다.

"요게 왜 이렇게 안 죽을까? 요리조리 매끈거리기만 하고…… 예끼!"

그는 식칼 자루로 뚝배기 밑바닥을 탁 내려 찧었다. 뺙! 하고 미꾸라지는 또 가장자리로 튀어 내뺀다. 신경통에 찧어 바르면 좋다고 해서, 딸애 덕아가 아침 일찍부터 나가서 잡아 온 미꾸라지다. 그것이 남의 성도 모르고!

"요 망할 놈의 짐승!"

치삼노인은 다시 식칼로 겨누었으나, 갑작스레 새우처럼 몸을 꼽치고는 기침만 연거푸 콩콩 한다. 그럴 때마다 부어오른 다리의 관절이 쥐어뜯는 듯이 아프며, 명줄이 한 치씩이나 줄어드는 것 같았다. 그예 그의 허연 수염 사이에서 커다란 핏덩어리가 하나 툭 튀어 나왔다.

"에구 가슴이야…… 귀신도 왜 이다지 잡아가지 않을꼬?"

노인은 물 부른 콩껍질같이 쪼그라진 눈에 고인 눈물을 뼈다귀 손으로 썩 씻었다. 곁에 누운 손자놈은 땀국에 쪽 젖어 있다. 노인은 손잣놈의 입이며 콧구멍에 벌떼처럼 모여드는 파리떼를 쫓아 버리면서, 말라붙은 고추를 어루만진다.

"응, 그래, 울지 말아. 자장 우리 애기…… 네 에미는 왜 여태 오잖을까? 입안이 이렇게 바싹 말랐고나. 그놈의 집에서는 무슨 일을 끼니 때도 모르고 시킬꼬 온! 에헴, 에헴……"

노인은 억지임을 내가지고, 어린걸 움켜 안고는 게다리처럼 엉거주춤 뻗디디고 일어섰다.(10쪽)

〈예문 2〉

들깨는 잠자코 웃통을 훨쩍 벗어서 감나무 가지에 걸쳐 놓고는 늙은 아버지로부터 어린것을 받아 안았다. 치삼 노인은 뽕나무잎이 반이나 넘게

섞인 담배를 장죽에 한 대 피워 물면서 아들을 위로하듯이 - 그러나 대답은 두려워하며 물었다.

"논은 어떻게 돼가니?"

"어떻게라니요, 인젠 다 틀렸어요. 풀래야 풀 물도 없고, 병아리 오줌만한 봇물도 중들이 죄다 가로막아 넣고, 제에기 ……"

"꼭 기사년 모양 나겠군 그래."

"기사년은 그래도 냇물은 조금 안 있었나요."

"그랬지. 지금은 그놈의 수돗바람에 ……"

"그것도 원래는 약속을 할 때는 농사철에는 냇물은 아니 막아 가기로 했다는데, 제에기, 면장녀석은 색주가 갈보 놀릴 줄이나 알았지, 어디 백성 죽는 건 알아야죠."

들깨는 열을 바짝 더 냈다.

"할 수 없이 이곳엔 인제 사람 못 살 거여."

"참 아니꼽지요. 더군다나 전과 달라 중놈들까지 덤비는 꼴을 보면 ……"

아들에 불퉁스러운 어조에는, 거칠 대로 거칠어진 농민의 성미가 뚜렷이 엿보였다. 가물은 그들의 신경을 더욱 날카롭게 하였던 것이다. (10~11쪽)

〈예문 3〉

치삼노인은 〈중놈〉이란 바람에 가슴이 섬뜩하였다. - 그것은 자기들이 부치고 있는 절논 중에서 제일 물길 좋은 두 마지기가, 자기가 젊었을 때, 자손 대대로 복 많이 받고 또 극락 가리라는 중의 꾐에 속아서 그만 불전에, 아니 보광사(普光寺)에 시주한 것이기 때문이다. 멀쩡한 자기 논을 괜히 중에게 주어 놓고 꿍꿍 소작을 하게 되고 보니, 싱겁기도 짝이 없거니와, 딱한 살림에 아들보기에 여간 미안스러운 일이 아니었다. (11쪽)

〈예문 4〉

"에헴, 에헴, 에-헴!"

치삼 노인도, 듣는 사람의 가슴까지 걸릴 기침소리를 연거푸 뽑으면서 기다란 지팡이를 끌고 대문 안으로 들어갔다. 그리고 자식같은 사람들 앞에 절을 하고서는, 그러지 말라던 아들의 말을 듣지 않고서, 그예 자기집 농사 사정을 여쭈어 보려고 했다.

"여보 노인, 그런 소리는 할 필요 없소. 메밀을 갈았으면 메밀을 간 세만 내면 되지 않겠소?"

이시봉은 거만스런 반말로써 사정없이 쏘았다.

치삼노인은 다시 말해 볼 여지가 없었다.

"여보, 그런 말은 이런 데서 하는 법이 아니오. 괜히 남 술맛 떨어지게!"

곁에 앉은 중 하나가 뒤를 따라 핀잔을 하는 바람에, 화가 더 치밀었으나 진수의 권하는 말에 치삼노인은 다행히(!) 무사하게 밖으로 나왔다. 그러나 "허 참, 복 받겠다고 멀쩡한 자기 논 시주해 놓고 저런 설움을 받다니 온!"하는 젊은 사람들의 말도 들은 체 만 체, 뼈만 왈왈 떨리는 다리를 끌고 자기집으로 돌아갔다.(32쪽)

성 별	남자
나이(추정포함)	20대 중반 이후로 추정함.
출생지 및 거주지, 활동 공간	
	① 치삼 노인의 아들로서 성동리 마을에서 출생하였을 것으로 추정함.
	② 성동리 마을에 거주하며 소작농으로서 가정을 이끌어 감.
직 업	소작농
출신계층	하류계층의 소작농
교육정도	소작농의 아들인 점을 감안하면 무학이거나 보통학교 이하의 학력일 것으로 추정함.
가족관계	① 성동리 마을에서 제일 좋은 땅 두 마지기를 보광사에 시주 한 아버지 치삼노인
	② 진수네 무명밭을 매는 등 집안을 위해 노심초사하는 아내
	③ 혼기에 있는 열일곱 살의 누이동생 덕아
	④ 젖먹이 아들
	⑤ 누이동생 덕아와 결혼 한 매제 철한
인물관계	① 성동리 농군들인 철한, 봉구, 고서방, 또출 등과는 같은 소작농으로서 우의가 깊으며, 수탈의 주체라고 할 수 있는 보광사를 불 우려는 계획을 세우고 실행에 옮김.
	② 보광사와 자신들의 이익만을 위하고, 상동리 마을의 소작농들을 철저히 외면하는 이시봉, 진수, 쇠다리 주사댁 이 주사 등과 갈등관계에 있음.
인물의 존재방식(사회계층)	
	하류계층의 소작농민
성 격	① 부친의 마음을 잘 헤아리고, 집안을 이끌려는 책임감이 강함.

② 성동리 농군 들 사이에서 의리 있게 행동하며 불의에
    저항함.
③ 사리 분별력이 뚜렷하며 인정이 있어 남의 마음을 잘
    헤아려 처신함.

성격 지표 및 인물 제시방식

〈예문 1〉

들깨는 잠자코 웃통을 훨쩍 벗어서 감나무 가지에 걸쳐 놓고는 늙은 아
버지로부터 어린것을 받아 안았다. 치삼 노인은 뽕나무잎이 반이나 넘게
섞인 담배를 장죽에 한 대 피워 물면서 아들을 위로하듯이―그러나 대답
은 두려워하며 물었다.

"논은 어떻게 돼가니?"

"어떻게라니요, 인젠 다 틀렸어요. 풀래야 풀 물도 없고, 병아리 오줌만
한 봇물도 중들이 죄다 가로막아 넣고, 제에기 ……"

"꼭 기사년 모양 나섰군 그래."

"기사년은 그래도 냇물은 조금 안 있었나요."

"그랬지. 지금은 그놈의 수돗바람에……"

"그것도 원래는 약속을 할 때는 농사 철에는 냇물은 아니 막아 가기로
했다는데, 제에기, 면장녀석은 색주가 갈보 놀릴 줄이나 알았지, 어디 백
성 죽는 건 알아야죠."

들깨는 열을 바짝 더 냈다.

"할 수 없이 이곳엔 인제 사람 못 살 거여."

"참 아니꼽지요. 더군다나 전과 달라 중놈들까지 덤비는 꼴을 보면
……"

아들에 불퉁스러운 어조에는, 거칠 대로 거칠어진 농민의 성미가 뚜렷

이 엿보였다. 가물은 그들의 신경을 더욱 날카롭게 하였던 것이다.(10~11쪽)

〈예문 2〉

"뭘 허구 인제 와? 소같은 년!"

들깨는 화살을 방금 돌아오는 아내에게로 돌렸다. 그리고 이 꼴 보라는 듯이 물에서 막 건져낸 듯한, 그러나 울어 울어 입안이 바싹 마른 어린것을 아내의 젖가슴에 쑥 내던지듯 했다. 아내는 잠자코 그것을 받아 안기가 바쁘게 부엌으로 들어가더니, 머리에 쓴 수건을 벗어 물에 추겨 가지고 어린것의 얼굴을 닦으면서 일변 젖을 물렸다.

"소같은 년, 어서 밥 안 가져와?"

남편의 벼락같은 소리다. 아내는 부지중 눈물이 핑 돌았다. 들깨는 아내의 귀퉁이라도 한번 올려붙일 듯이 더펄더펄 부엌으로 들어갔으나 한 팔로 애기를 부둥켜 안고 허둥대는 아내의 울상에 그만 외면을 하고는 미처 다 차리지도 않은 밥상을 얼른 들고 나왔다. 그러나 다른 때 같으면 곧잘 넘어가는 보리밥도 그날은 첫술부터 목에 탁 걸렸다.(11쪽)

〈예문 3〉

들깨는 논이 보 꼬리에 달렸기 때문에 몇 번이나 저수지 물구멍까지 올라가지 않으면 아니 되었다. 그러나 그렇게 봇머리까지 가서 물을 조금 달아 가지고 오면, 도중에서 이리저리 다 떼이고 자기 논까지는 잘 오지도 않았다.

이렇게 수삼차 오르내리고 보니, 꾹 눌러 오던 화가 그만 불끈 치밀었다.

"여보, 노장님!"

들깨는 오던 걸음을 되돌려서, 소리를 치며 비탈길을 더우잡았다.

"제에기, 논을 떼였으면 떼였지, 인젠 할 수 없다!"

그는 급기야 이를 악물었다. 어느 앞이라고, 만약 한 번이라도 점잖은 중에게 섣불리 반항을 했다가는 두말없이 절논이라고는 뚝딱 떼이고 마는 것이다.

노승은 들은 체 만 체, 들깨가 가까이 가도 양산을 받은 그대로 물을 가로 막고 있었다.

"여보, 이게 무슨 짓이요. 밑엣 사람은 굶어 죽어도 좋단 말이요?"

들깨는 커다란 샤벨로써 노승의 장난감 같은 삽가래를 뗏장과 함께 찍어 당겼다. 물은 다시 쐐- 하고 밑으로 흘러내린다.

"이 사람이 버릇없이 왜 이럴까?"

노승은 짐짓 점잖은 체하고 나무라면서도, 눈에는 시뻐하는 빛과 독기가 억씌거린다

"살고 봐야 버릇도 있겠지요."

"아하, 이 사람이 아주 환장을 했군. 아서라 그렇게 하는 법이 아니다."

노승은 다시 물을 막으려고 들었다.

"천만에요! 우리도 살아야겠어요. 물을 좀 가릅세다. 노장님까지 이래서야……"

들깨는 제 손으로 갈랐다. 그리고 몇 걸음 못 가서, 또 어떤 논 귀퉁이에서 조그마한 애새끼 한 놈이 쏙 나오더니 물을 가로막고는 언덕 밑으로 숨어 버린다.

"예끼, 쥐새끼같은 놈!"

들깨는 골안이 울리도록 고함을 내지르며 쫓아가서, 그놈의 물꼬에다

아름이 넘는 돌을 하나 밀어다 부치었다.(12~13쪽)

〈예문 4〉

들깨는 보릿대모자를 부채삼아 내 흔들면서, 쥐꼬리만한 물을 달고 내려가다가, 철한이란 놈하고 봉구란 놈이 아주 논 가운데서, 곰처럼 별로 말도 없이 이리 밀치락 저리 밀치락 싸움을 하고 있는 것을 보았으나, 말려 볼 생각도 않고 제 논으로만 갔다. 그의 논으로 뚫린 물꼬는 으레 또 꽉 봉해져 있었다.

"어느 놈이 이렇게 지독허게……"

막힌 물꼬를 냉큼 터놓고서, 막 논두덕 위에 올라서자니까, 자기 논 아래로 슬그머니 피해 가는 오촌 아저씨가 보인다. 아저씨도 환장이 되었구나 싶었다. 새벽부터 나돌며 날뛰어도 반 마지기도 채 적시지도 못한 것을 돌아보고는 들깨는 그만 낙심이 되어서 논두덕 위에 털썩 주저앉았으나, 그 쥐꼬리만한 물줄기가 끊어지자 그는 다시금 그곳을 떠났다.

철한이와 봉구란 놈은 아직도 싸우고 있었다. …〈중략〉…

그러던 놈들이, 들깨가 한번 소리를 치자, 서로 잡았던 손을 흐지부지 놓고서 논두덕 위로 올라왔다.

"예끼 싱거운 녀석들! 물도 없애 놓고 무슨 물싸움들이야! 분풀이할 곳이 그렇게도 없던가 온!"

들깨의 이 말에, 그들은 쥐꼬리만한 봇물조차 끊어지고 만 빈 도랑만 내려다 볼 뿐이었다.(13~14쪽)

〈예문 5〉

그렇게 허수아비처럼 흐느적그리며 들깨의 논 곁을 지날 때였다.

"왜 메밀을 갈았소?"

시봉은 들깨의 수인사 대답으로 이렇게 물었다.

"헐 수 있어야죠. 마른 모포기 기다렸댔자 열음 않을 게고……"

들깨는 한 손에는 콩대, 한 손에는 낫을 든 채 열적게 대답했다.

"메밀은 잘 됐구먼."

"뭘요, 이것도 늦게 뿌려서……"

들깨는 시봉의 다음 말을 두려워 하는 태도였다.(33쪽)

〈예문 6〉

"오빠! 왜 암 말도 못했소?"

간평꾼들이 물러 가자, 덕아는 시무룩해 가지고 돌아오는 들깨를 안타 까운 듯이 쳐다보았다.

"말은 무슨 말을 해?"

"세 좀 메지 말러ㄱ   "

"그놈들 제 멋대로 매는 걸 어떻게."

"그럼 오빠는 이까짓 메밀 간 세도 바치려네?"

덕아는 자못 서글퍼 하는 말씨였다.

"글세, 먹고 남으면 바치지!"

들깨는 픽 웃었다. 그는 최근에 와서 갑자기 무던히 배짱이 커졌다.

덕아는 오빠의 말에 확실히 일종의 미더움을 느꼈다. 그러나 허리에 낫을 여전히 꽂은 채 담배만 빡빡 피우고 앉은 오빠의 마음 속은 결코 그리 후련한 것은 아니었다. 그렇다고 해서 메밀밭 위를 바삐 나는 고추잠자리 처럼 조급하지도 않았지만.(33~34쪽)

들깨와 철한이들 - 이 동네 교풍회장인 쇠다리주사의 말을 빌리면 동네서 제일 콧등이 세고 어긋한 놈들은, 벌써 버릇이 되어서, 미리 의논이라도 한 듯이, 그날밤에도 진수의 집에서 나오자 슬슬 야학당으로 모여들었다. 어느새 왔는지 곰보 고서방도 작은 방 한쪽 구석에 다른 때보다 한 풀 더 힘없이 쭈그리고 앉아 있었다. 이윽고 불강아지 새끼같은 야학생들을 죄 돌려 보내고는, 까만딱지 또쭐이가 큰 방으로부터 돌아왔다. 더펄더펄 자란 머릿털 위에 분필가루를 허옇게 쓰고. - 서른세 살로서는 엄청나게 늙어보이는 얼굴이었다.

이렇게 소위 콧등이 센 놈들은 저녁마다 야학당에 모여서, 그날그날의 피로를 잊어가며 잡담도 하고 농담들도 하다가는, 또쭐이이로부터 일본의 탄광 이야기도 듣고, 또 이곳저곳에서 일어나는 소작쟁의 얘기도 들었다. 더구나 소작쟁의에 관한 이야기는 마치 자기들의 일같이 눈을 끔벅거리며, 혹은 입을 다물고 들었다.(34쪽)

"아이고, 어느 도둑놈이 그 벼를 베어 갔을까? 생벼락을 맞아죽을 놈! 그 벼를 먹구 제가 살 줄 알아……. 창자가 터질 꺼여 터져!"

하며 봉구 어머니가 몽당치마 바람으로 이 골목 저 골목 외고 다니고, 호세 징수를 나온 면서기가 그녀를 찾아 다니던 날, 성동리에서는 구장이외 고서방, 들깨, 또쭐이들 사오인이 대표가 되어 보광사 농사조합으로 나갔다. 그들의 하소연은, 자기들이 봄에 빌려 쓴 소위 저리자금(低利資金)의 - 대부분은 비료 대금이지만 - 지불 기한을 조금 더 연기해 달라는 것이었다.(37~38쪽)

〈예문 9〉

그러나 또쭐이, 들깨, 철한이, 봉구 - 이들 장정을 선두로 빈 짚단을 든 무리들은 어느새 벌써 동네 뒤 산길을 더위잡았다. 철없는 아이들은 행렬의 꽁무니에 붙어서 절 태우러 간다고 부산히 떠들어댔다.(39쪽)

● 덕아

성 별	여자
나이(추정포함)	17살
출생지 및 거주지, 활동 공간	
	보광사 절 땅을 소작하며 살아가는 성동리 마을
직 업	소작농 치삼 노인의 딸로 집안 농사일을 도움.
출신계층	하류계층 소작농
교육정도	
	소작농의 딸로서 어려운 농촌 현실과 출신계층을 고려할 때 무학이거나 보통학교 이하의 학력일 것으로 추정함.
가족관계	① 부친 치삼 노인과 오빠와 오빠 들깨, 그의 아내 그리고 조카 등과 일가를 이룸.
	② 철한과 혼인함.
인물관계	성동리 마을의 농민과 같은 또래 계집애들과 우애 있게 지냄.
인물의 존재방식(사회계층)	
	① 소작농의 딸로서 집안 농사일을 도움.
	② 같은 소작농인 철한과 혼인함.
성 격	① 부친을 생각하는 마음이 두터움.
	② 부끄러움과 수줍음을 많이 탐.
	③ 부당한 일에 저항할 줄 알고 자신의 일을 철저하고 성실하게 행함.

성격 지표 및 인물 제시방식

⟨예문 1⟩

그는 식칼 자루로 뚝배기 밑바닥을 탁 내려 찧었다. 뻑! 하고 미꾸라지
는 또 가장자리로 튀어 내뺀다. 신경통에 찧어 바르면 좋다고 해서, 딸애
덕아가 아침 일찍부터 나가서 잡아온 미꾸라지다. 그것이 남의 정성도 모
르고! (9~10쪽)

⟨예문 2⟩

그러한 어느날, 성동리 여자들은 보광사의 대사봉 중턱에서 버섯을 따고
있었다. 가동 늙은이를 비롯하여 화젯댁, 곰보네, 들깨마누라, 덕아…….
…⟨중략⟩…

덕아와 같은 젊은 계집애들은 악착스럽게 무서운 절벽 끝에 붙어 있었
다. 아찔아찔 내둘려서 밑을랑 내려다 보지도 못하고, 놀란 참새처럼 가
슴만 볼록거렸다. 석양 받은 단풍잎에 비쳐 얼굴은 한층 더 붉어 오나 밉
도록 부지런히 썩어빠진 버섯만 보살피고 있는 것이었다.(27~28쪽)

⟨예문 3⟩

다른 사람들은 슬금슬금 앞두렁으로 걸어갔다. 거기서는 아기를 등에
업은 들깨의 아내와 누이동생이 바쁘게 두렁콩을 베고 있었다. 덕아는 열
일곱의 처녀로서는 놀랄 만큼 어깨죽지가 벌어지고, 돌아앉은 뒷모습이
한결 탐스러웠다. 자기 뒤에 가까이 낯설은 사내들이 와 선 것을 깨닫자,
푹 눌러쓴 수건 밑으로 엿보이는 두 볼이 저으기 붉어진 듯은 하나, 낫을
든 손은 여전히 쉴 새가 없었다.

"오빠! 왜 암 말도 못했소?"

간평꾼들이 물러가자, 덕아는 시무룩해 가지고 돌아오는 들깨를 안타까운 듯이 쳐다보았다.

"말은 무슨 말을 해?"

"세 좀 매지 말라구……"

"그놈들 제 멋대로 매는 걸 어떻게."

"그럼 오빠는 이까짓 메밀 간 세도 바치려네?"

덕아는 자못 서글퍼 하는 말씨였다.

"글세, 먹고 남으면 바치지!"

들깨는 픽 웃었다. 그는 최근에 와서 갑자기 무던히 배짱이 커졌다.

덕아는 오빠의 말에 확실히 일종의 미더움을 느꼈다. 그러나 허리에 낫을 여전히 꽂은 채 담배만 빡빡 피우고 앉은 오빠의 마음 속은 결코 그리 후련한 것은 아니었다. 그렇다고 해서 메밀밭 위를 바삐 나는 고추잠자리처럼 조급하지도 않았지만.(33~4쪽)

〈예문 4〉

이튿날 아침, 철한이는 안골 눈에서 콧노래를 흥얼거리면서 바쁘게 낫을 휘둘렀다. 찬물내기가 되어서 거기만은 겨우 가뭄을 덜 타고, 제법 벼이삭이 고개를 숙였다. 그는 잇달아 흥타령을 부르면서, 지난밤 어머니에게서 처음으로 들은 자기의 혼삿말을 문득 생각하였다. 상대자는 성동리에서 제일 얌전하다는 덕아였다. 한동안 치삼노인이 쇠다리주사의 꿀떡같은 말에 꾀었을 때는, 쇠다리의 첩으로 가게 되느니 어쩌느니 하는 소문이 퍼져서 울고 불고 하던 덕아가 결국 자기에게 오련다는 것이었다. 물론 그 이면에는 오빠 들깨의 숨은 힘이 크리라는 것을 생각하면, 오빠가 한없이도 고마웠다. 철한이의 머리속에는 자꾸만 덕아가 떠올랐다. 한 동네에 살면서도 자기와 마주치면 곧잘 귀밑을 붉히며 지나가던 덕아! 또렷한 콧잔등에 무엇을 노상 생각하는 듯한 두 눈! 그리고…… 그렇다. 지난 봄 덕아가 바로 그 논에 모내기를 왔을 때 본 그 희고 건강한 팔다리!-예까지 생각하다가 철한이는 혼자서 픽 웃으며 머리를 절절 흔들어 공상을 흩어 버리고는, 베어 둔 볏단을 주섬주섬 안아서 지게에 얹었다.(35~36쪽)

● 들깨의 아내

성 별	여자
나이(추정포함)	20대 초반으로 추정함.
출생지 및 거주지, 활동 공간	
	① 들깨의 아내로서 출생지 역시 성동리 마을일 것으로 추정함.
	② 성동리 마을 집안 농사일을 하며, 남의 농사일도 돌봄.
직 업	소작농 들깨의 아내로서 집안일과 농사일을 겸함.
출신계층	하류계층 농민
교육정도	무학일 것으로 추정함.
가족관계	시아버지 치삼노인, 남편 들깨, 시누이인 덕아, 젖먹이 아들 등이 있음.
인물관계	성동리 마을의 농민과 같은 또래 계집애들과 우애 있게 지냄.
인물의 존재방식(사회계층)	
	소작농의 아내
성 격	① 순박하며 속내를 잘 드러내지 않고 남편에게 순종함.
	② 무던하고 생활력이 강함.

성격 지표 및 인물 제시방식

〈예문 1〉

"뭘 허구 인제 와? 소같은 년!"

들깨는 화살을 방금 돌아오는 아내에게로 돌렸다. 그리고 이 꼴 보라는 듯이 물에서 막 건져낸 듯한, 그러나 울어 울어 입안이 바싹 마른 어린것을 아내의 젖가슴에 쑥 내던지듯 했다. 아내는 잠자코 그것을 받아 안기가 바쁘게 부엌으로 들어가더니, 머리에 쓴 수건을 벗어 물에 추겨 가지고 어린것의 얼굴을 닦으면서 일변 젖을 물렸다.

"소같은 년, 어서 밥 안 가져와?"

남편의 벼락같은 소리다. 아내는 부지중 눈물이 핑 돌았다. 들깨는 아내의 귀퉁이라도 한번 올려붙일 듯이 더펄더펄 부엌으로 들어갔으나 한 팔로 애기를 부둥켜 안고 허둥대는 아내의 울상에 그만 외면을 하고는 미처 다 차리지도 않은 밥상을 얼른 들고 나왔다. 그러나 다른 때 같으면 곧잘 넘어기는 보리밥도 그날은 첫술부터 목에 타 걸렸다.(11쪽)

● 노승

성 별	남자
나이(추정포함)	50~60대로 추정함.
출생지 및 거주지, 활동 공간	
	출생지는 알 수 없으며, 보광사 소속 승려로 활동함.
직 업	승려
출신계층	알 수 없음.
교육정도	알 수 없음.
가족관계	알 수 없음.

인물관계　　봇물 문제로 들깨와 갈등을 일으킴.
인물의 존재방식(사회계층)
　　　　　　　보광사 승려
성　　격　　탐욕적이며 교만함.

성격 지표 및 인물 제시방식

〈예문 1〉

깨는 논이 보 꼬리에 달렸기 때문에 몇 번이나 저수지 물구멍까지 올라 가지 않으면 아니 되었다. 그러나 그렇게 봇머리까지 가서 물을 조금 달아 가지고 오면, 도중에서 이리저리 다 떼이고 자기 논까지는 잘 오지도 않았다.

이렇게 수삼차 오르내리고 보니, 꾹 눌러 오던 화가 그만 불끈 치밀었다.

"여보, 노장님!"

들깨는 오던 걸음을 되돌려서, 소리를 치며 비탈길을 더우잡았다.

"제에기, 논을 떼였으면 떼였지, 인젠 할 수 없다!"

그는 급기야 이를 악물었다. 어느 앞이라고, 만약 한 번이라도 점잖은 중에게 섣불리 반항을 했다가는 두말없이 절논이라고는 뚝딱 떼이고 마는 것이다.

노승은 들은 체 만 체, 들깨가 가까이 가도 양산을 받은 그대로 물을 가로 막고 있었다.

"여보, 이게 무슨 짓이요. 밑엣 사람은 굶어 죽어도 좋단 말이요?"

들깨는 커다란 샤벨로써 노승의 장난감 같은 삽가래를 뗏장과 함께 찍어 당겼다. 물은 다시 쐐-하고 밑으로 흘러내린다.

"이 사람이 버릇없이 왜 이럴까?"

노승은 짐짓 점잖은 체하고 나무라면서도, 눈에는 시뻐하는 빛과 독기가 얼씬거린다.

"살고 봐야 버릇도 있겠지요."

"아하, 이 사람이 아주 환장을 했군. 아서라 그렇게 하는 법이 아니다."

노승은 다시 물을 막으려고 들었다.

"천만에요! 우리도 살아야겠어요. 물을 좀 가릅세다. 노장님까지 이래서
야……"(12~13쪽)

● 고자쟁이 이시봉

성 별	남자
나이(추정포함)	30대로 추정함.
출생지 및 거주지, 활동 공간	출생지는 알 수 없으며 경찰관 주재소의 고자쟁이로 주로 주재소와 성동리 마을에서 활동함.
직 업	성동마을에서 농사를 지며 주재소의 고자쟁이로 활동함.
출신계층	중류층 이상으로 추정함.
교육정도	자세하지는 않지만, 보통학교 졸업 정도의 학력일 것으로 추정함.
가족관계	알 수 없음.
인물관계	주재소와 결탁하여 보광사와 양반 그리고 자신의 이익만을 좇는 인물로서 성동리 마을의 농민들과 갈등함.
인물의 존재방식(사회계층)	농사를 지으며 주재소와 결탁하고 간평원으로도 활동하는 것으로 보아 친일 중류계층의 농민으로 추정함.
성 격	① 탐욕적이고 간교하며 거만함. ② 기회주의적인 면모도 보임.

성격 지표 및 인물 제시방식

〈예문 1〉

길 저편에서도 싸움이 벌어졌다. - 갈갈이 낡아 미어진 헌 옷에, 허리쯤만 남은 - 남방 토인들의 나무껍데기 치마같은 몽당치마를 걸친 가동할멈이 봇도랑 한복판에 펑퍼져 앉아서 목을 놓고 울어댄다.

"에구 날 죽여 놓고 물 다 가져가오."

"이 망할 놈의 늙은이, 남이 일껏 끌고온 물만 대고 앉았네. 어디 아가리만 벌리고 앉았지 말구 너도 한번 물이나 끌고와 봐!"

경찰관 주재소의 고자쟁이로 알려져 있는 이시봉이란 젊은 놈의 꽹이는 더펄머리를 풀어헤치고 악을 쓰는 늙은 과부할멈의 허벅살에 시퍼런 멍울을 남겨 놓고 갔다.(13쪽)

〈예문 2〉

곰보가 하도 어처구니가 없어서, 그 자의 멱살을 불끈 졸라 쥐니깐, 그 근방에 있던 같은 패들이 벌떼처럼 우-몰려 왔다. 그러자 아까 가동 늙은이를 상해 놓던 고자쟁이 이 시봉이가 풋불차던 형식으로 곰보의 아랫배 짬을 콱 질렀다. 곰보는 악! 하며 그 자리에 쓰러졌다. 쓰러진 놈을 여러 놈들이 밟고 차고……. 그러다가 나중에는 뻗어져 누운 놈을 끌고 주재소에까지 가자고 야단이다. 곰보는 그 말이 무엇보다도 무서워서, 잘못했다고 빌지 않을 수가 없었다.(15쪽)

〈예문 3〉

마침내 군청에서 주사나리까지 출장을 나와서, 소위 가뭄으로 인한 피해상태의 실지조사를 하고 가더니, 달포가 지나도록 아무런 소식이 없고,

동네 안에는 다만 주림과 불안만이 떠돌 뿐이었다. 그래도 보광사에서는 갑자기 간평(看坪)을 나왔다. 고자쟁이 이 시봉과 본사 법무원(法務院)에서 셋 – 도합 네 사람이 나왔다. … ⟨중략⟩ …

치삼 노인도, 듣는 사람의 가슴까지 걸릴 기침소리를 연거푸 뽑으면서 기다란 지팡이를 끌고 대문 안으로 들어갔다. 그리고 자식같은 사람들 앞에 절을 하고서는, 그러지 말라던 아들의 말을 듣지 않고서, 그예 자기집 농사 사정을 여쭈어 보려고 했다.

"여보 노인, 그런 소리는 할 필요 없소. 메밀을 갈았으면 메밀을 간 세만 내면 되지 않겠소?"

이시봉은 거만스런 반말로써 사정없이 쏘았다. (31~32쪽)

● **철한이** ─────────────────────────────

성 별	남자
나이(추정포함)	들깨와 같이 20대 중반 이후로 추정함.
출생지 및 거주지, 활동 공간	
	① 성동리 마을에서 출생하였을 것으로 추정함.
	② 성동리 마을에 거주함.
직 업	소작농
출신계층	하류계층의 소작농
교육정도	가난한 소작농인 것으로 보아 무학이거나 보통학교 이하의 학력일 것으로 추정함.
가족관계	① 성동리 마을의 소작농인 아버지와 어머니, 학교에 다니는 남동생 등이 있음.
	② 들깨의 누이동생 덕아와 결혼함.
인물관계	① 같은 소작농으로서 봉구, 고서방, 들깨, 또쭐이 등과 우의 있게 지내며 성동리 마을의 소작농을 대표하는

농민임.

② 고자쟁이 이 시봉, 쇠다리 주사댁(이 주사), 진수 등과는 갈등관계에 있음.

인물의 존재방식(사회계층)
하류계층의 소작농

① 순박하고 성실함.

성 격 ② 인정 있고, 넉살 좋으며 부당한 일에 저항하는 결기가 있음.

성격 지표 및 인물 제시방식

〈예문 1〉

한 놈이 슬쩍 봉구의 머리에다 궁둥이를 돌려대더니, 아기 낳는 산모 모양으로 힘을 쭉 준다.

"예, 예끼, 추-추한 자식!"

봉구는 그놈의 종아리를 썩 긁어 버린다.

"아따, 이놈아, 약 값이나 내 놔!"

그놈이 되려 봉구를 놀리려고 드니까, 곁에 있던 철한이란 놈이 얼른 그 말을 받는다-.

"약값? 야 이놈아 참 네가 약 값을 내놔야겠다. 생 무우 먹는 놈의 트림냄새도 분수가 있지 온……"

"아닌게 아니라, 냄새가 좀 이상한 걸. 이 사람, 자네 똥구멍 썩잖았나?"

또 한 놈이 욱대긴다.

"여-역놈의 대밭에 마, 말다리 썩는 냄새도 부, 부, 부, 분수가 있지!"

봉구란 놈이 제법 큰 소리를 친다. 그러면서도 자기는 입은 그대로 제 옷에 오줌을 질질 싸고 있다.

하-하-, 끙-끙……

"어이구 이놈 죽는다!"

철한이란 놈이 속이 답답해서 앞으로 몇 걸음 쑥 빠져 나간다.

"쉬-ㅅ! 쇠다리 온다."

들깨란 놈이 주의를 시킨다.(17~18쪽)

〈예문 2〉

술을 잘 못하기 때문에 식은 밥만 두어 술 뜨고 난 들깨는 눈이 주재소 문에 가 박혔다. 얼마 뒤에 시봉이가 나왔다.

"고서방은 어찌 됐을까?"

부지중 중얼거린 들깨. 묵묵히 이마에 석삼자를 깊게 지우는 철한이-우리 때문에 무고한 고서방이 ⋯⋯! 그들은 그대로 가만히 있는 자기들이 그지없이 부끄럽고 맘이 괴로웠다.

세상을 모르는 봉구란 놈은 제 발바닥의 상처만 풀어 헤쳐놓고, 그속에 들이긴 뻘을 꺼내고 있다.(19쪽)

〈예문 3〉

그러나 물푸개 석유통을 옆에 둔 채 어느새 지쳐 한잠이 든 봉구는, 밤 중이 넘어서 공동묘지 입구까지 물 푸러 갈 것인지 코만 쿨쿨 골아댄다.

"들깨, 자네 누이동생은 어쩔 텐가?"

"어쩌긴 무얼 어째?"

"키 보니 넉넉히 시집 갈 때가 됐던걸"

"키는 그래도, 나인 인제 겨우 열일곱이야. 열일곱에 혼사 못 될 건 없 지만 어디 알맞은 자리가 쉬 있어야지."

"아따 이 사람 염려 말라구. 그만한 인물이면야 정승의 집 며느리라도 버젓하겠는데. 자리가 왜 없을라구!"

"이 사람이 왜 또…… 괜히 얼굴만 믿고 지나친 데 보냈다가 사흘도 못 돼서 쫓겨 오게! 천한 사람은 그저 천한 사람끼리 맞춰야지……"

"암 그렇구말구!"

가만히 듣고만 있던 철한이란 놈이 뜻밖에 한마디 보태었다.(20~21쪽)

〈예문 4〉

하룻밤에는 몇 사람이 쇠다리주사댁 감을 따 왔다.

"빨리들 먹게!"

또쭐이는 뒷 일이 떠름했지만, 다른 친구는 오히려 고소한 듯한 표정들을 하였다.

"아따, 개똥이 저놈, 나무재주는 아주 썩 잘 해! 그저 이 가지 저 가지 휘뚝휘뚝 타고 다니는 것이 꼭 귀신 같데."

철한이는 먹기보다 감 따던 이야기를 더 재미있게 했다.(35쪽)

〈예문 5〉

이튿날 아침, 철한이는 안골 눈에서 콧노래를 흥얼거리면서 바쁘게 낫을 휘둘렀다. 찬물내기가 되어서 거기만은 겨우 가뭄을 덜 타고, 제법 벼 이삭이 고개를 숙였다. 그는 잇달아 흥타령을 부르면서, 지난밤 어머니에게서 처음으로 들은 자기의 혼삿말을 문득 생각하였다. 상대자는 성동리에서 제일 얌전하다는 덕이었다. 한동안 치삼노인이 쇠다리주사의 꿀떡같은 말에 꾀였을 때는, 쇠다리의 첩으로 가게 되느니 어쩌느니 하는 소문이 퍼져서 울고 불고 하던 덕아가 결국 자기에게 오련다는 것이었다. 물론 그 이면에는 오빠 들깨의 숨은 힘이 크리라는 것을 생각하면, 오빠가 한없이도 고마웠다. 철한이의 머리속에는 자꾸만 덕아가 떠올랐다. 한 동네에 살면서도 자기와 마주치면 곧잘 귀밑을 붉히며 지나가던 덕아! 또렷한 콧잔등에 무엇을 노상 생각하는 듯한 두 눈! 그리고…… 그렇다. 지난봄 덕아가 바로 그 논에 모내기를 왔을 때 본 그 희고 건강한 팔다리! - 예까지 생각하다가 철한이는 혼자서 픽 웃으며 머리를 절절 흔들어 공상을 흩어 버리고는, 베어 둔 볏단을 주섬주섬 안아서 지게에 얹었다.

그걸 해 지고, 총총히 자기집 돌담을 돌아올 때, 그는 갑자기 발을 무춤 멈추었다.

안에서 뜻밖에 아버지의 고함소리가 새어 나왔기 때문이다.

"미친 소리 말어! 이런 엉세판에 뭐 자식 장가?"

철한이는 그 말에, 일껏 가졌던 희망이 덜컥 무너지는 것 같았다. 그리고 그 자리에 서 있는 것이 행여 누가 볼까 부끄럽기도 했지만, 잠간 더 어름댔다.(35~36쪽)

〈예문 6〉

들깨와 철한이들 - 이 동네 교풍회장인 쇠다리주사의 말을 빌리면 동네서 제일 콧등이 세고 어긋한 놈들은, 벌써 버릇이 되어서, 미리 의논이라도 한 듯이, 그날밤에도 진수의 집에서 나오자 슬슬 야학당으로 모여들었다. 어느새 왔는지 곰보 고서방도 작은 방 한쪽 구석에 다른 때보다 한풀 더 힘없이 쭈그리고 앉아 있었다. 이윽고 불강아지 새끼같은 야학생들을 죄 돌려 보내고는, 까만딱지 또쭐이가 큰 방으로부터 돌아왔다. 더펄더펄 자란 머릿털 위에 분필가루를 허옇게 쓰고. - 서른세 살로서는 엄청나게 늙어보이는 얼굴이었다.

이렇게 소위 콧등이 센 놈들은 저녁마다 야학당에 모여서, 그날그날의 피로를 잊어가며 잡담도 하고 농담들도 하다가는, 또쭐이이로부터 일본의 탄광 이야기도 듣고, 또 이곳저곳에서 일어나는 소작쟁의 애기도 들었다. 더구나 소작쟁의에 관한 이야기는 마치 자기들의 일같이 눈을 끔벅거리며, 혹은 입을 다물고 들었다.(34쪽)

〈예문 7〉

그러나 또쭐이, 들깨, 철한이, 봉구 - 이들 장정을 선두로 빈 짚단을 든 무리들은 어느새 벌써 동네 뒤 산길을 더위잡았다. 철없는 아이들은 행렬의 꽁무니에 붙어서 절 태우러 간다고 부산히 떠들어댔다.(39쪽)

● 철한이 아버지, 어머니 ────────

성 별	남 · 여
나이(추정포함)	50대 이후로 추정함.
출생지 및 거주지, 활동 공간	
	① 아버지, 어머니 모두 출생지는 정확하게 제시되어 있지 않으나 성동리 마을일 것으로 추정함.
	② 성동리 마을에서 소작농으로 살아감.
직 업	소작농
출신계층	하류계층의 소작농
교육정도	무학일 것으로 추정함.
가족관계	철한과 학교에 다니는 막내 등 두 아들이 있음.
인물관계	소작농으로서 성동리 마을의 여느 소작농민들과 우호적인 관계를 유지함.
인물의 존재방식(사회계층)	
	하류계층의 소작농.
성 격	① 아버지 : 고지식하고 가부장적이지만, 평생 가정을 위

해 성실히 삶. 가난한 생활 때문에 철한과 덕아와의 결혼을 반대함.

② 어머니 : 평생 남편에게 순종하며 살았지만, 아들 철한과 덕아의 결혼만큼은 성사시키려고 남편에게 자신의 주장을 굽히지 않는 모성애를 보임.

성격 지표 및 인물 제시방식

〈예문〉

그걸 해 지고, 총총히 자기집 돌담을 돌아올 때, 그는 갑자기 발을 무춤 멈추었다.

안에서 뜻밖에 아버지의 고함소리가 새어 나왔기 때문이다.

"미친 소리 말어! 이런 엉세판에 뭐 자식 장가?"

철한이는 그 말에, 일껏 가졌던 희망이 덜컥 무너지는 것 같았다. 그리고 그 자리에 서 있는 것이 행여 누가 본까 부끄럽기도 했지만, 잔간 더 어름댔다.

"자식을 두었으면 으레 장가를 들여야지, 그럼 살기 딱하다고 언제까지나……"

어머니의 눈물겨운 대꾸가 들렸다.

"그래도 곧 잘했다는 게로군. 앙큼한 년 같으니!"

"어디 종년으로 아시우? 늙어가며 툭하면 이년 저년 하게."

"저런 죽일 년 좀 봐!"

"죽일려든 죽여 줘요. 나도 임자에게 와서 스무 해가 넘도록 종노릇도 무던히 해주고 자식도 장가들 나인데, 인젠 이년 저년 하는 소린 더 듣기 싫어요."

"저년이 누구 앞에서 곧장 대꾸를 종종거리는 거야! 예끼, 미친년, 죽어라 죽어!"

아버지의 벼락같은 호통과 함께 질그릇 부서지는 소리가 나더니, 이내 어머니의 외마디소리까지 들렸다.

철한이는 부리나케 집으로 들어갔다. 아버지는 어느새 어머니의 머리채를 움켜 쥐고 있었다.

"제발, 이것 좀 놔요. 잘못 했소. 내 잘못 했소."

어머니는 머리를 얼싸쥐고 빌었다.

"아버지! 이거 놓으세요. 아무리 짜증이 나시더라도 이게 무슨 꼴이여요. 이웃사람 웃으리다."

아들이 뒤에서 안고 말리니까, 아버지는 못 이기는 듯이 떨어졌다. 허나 분을 못 참고서

"이 죽일 년아, 나는 여태 누구 종노릇을 해 왔기에? 너희들이 들어서 내 뼉다귀까지 깎아 먹지 않았나? 응, 이 소견머리 없는 년아!"

그러면서 부들부들 떨었다. (36~37쪽)

● 봉구

성 별	남자
나이(추정포함)	20대 중반 이후로 추정함.
출생지 및 거주지, 활동 공간	성동리 마을에서 출생했을 것으로 추정하며, 이 곳에서 소작농으로 살고 있음.
직 업	소작농민
출신계층	하류계층의 소작농민

교육정도	출신 계층을 고려하면 무학이거나 보통학교 이하의 학력일 것으로 추정함.
가족관계	성동리 마을에서 소작농을 하는 어머니가 있음.
인물관계	성동리 마을의 소작농인 철한이, 들깨, 고서방, 또쭐이 등과 우호적인 사이임.

인물의 존재방식(사회계층)

성동리 마을의 하류계층 소작농

성 격	순박하고 우직하며 때에 따라선 물색 모르는 행동을 하지만, 들깨, 철한, 또쭐 등과 함께 소작농의 권리를 찾고자 행동함.

성격 지표 및 인물 제시방식

〈예문 1〉

술을 잘 못하기 때문에 식은 밥만 두어 술 뜨고 난 들깨는 눈이 주재소 문에 가 박혔다. 얼마 뒤에 시봉이가 나왔다.

"고서방은 어찌 됐을까?"

부지중 중얼거린 들깨. 묵묵히 이마에 석삼자를 깊게 지우는 철한이-우리 때문에 무고한 고서방이……! 그들은 그대로 가만히 있는 자기들이 그지없이 부끄럽고 맘이 괴로웠다.

세상을 모르는 봉구란 놈은 제 발바닥의 상처만 풀어 헤쳐놓고, 그속에 들어간 뻘을 꺼내고 있다.(19쪽)

〈예문 2〉

다리 윗편이 남자들의 자리다. 그들은 나오는 대로 멱을 감고는 여기 저기 반석을 찾아 가기가 바쁘다. 가는 곳이 그들의 그날밤 잠자리다. 그리도 못하는 놈은-행인지 불행인지 아직도 제 논에 풀 물이 있어서 봇목으로 물 푸러 가는 놈! 그러나 물푸개 석유통을 옆에 둔 채 어느새 지쳐

한잠이 든 봉구는, 밤중이 넘어서 공동묘지 입구까지 물 푸러 갈 것인지 코만 쿨쿨 골아댄다. (20쪽)

〈예문 3〉

다른 사람들은 그래도 진수네집 대문밖에, 노 우거지상을 하고 앉아서 어서 술이 끝나기를 기다렸다. 그러다가 더러는 투덜거리며 돌아가고, 잡담이나 하고 고누나 두던 늙은 친구들도 나중에는 역시 불평이 나왔다.

"제에기, 간평을 나온 겐가, 술을 먹으러 나온 겐가? 아무 작정을 모르겠군."

머리끝이 희끔희끔한 친구가 이렇게 불통하니깐, 곁에 있던 까말딱지가,

"글세 말야. 이것들이 또 논을랑 둘러보지도 않고 앉아서만 소작료를 정할 것 아닌가?"

"제에기, 우, 우리 논에는 또 안-가겠군. 자-작년에도 앉아서 세만 자 -자 잔뜩 매더니……"

봉구란 놈도 한 마디 보태었다.

"설마 자기들도 사람인 이상 금년만은 무슨 생각이 있을 테지!"

한 시절 보천교에 미쳐서 정감록이 어떠니 하고 다니던 최서방의 말이다. (32쪽)

〈예문 4〉

그러나 또쭐이, 들깨, 철한이, 봉구-이들 장정을 선두로 빈 짚단을 든 무리들은 어느새 벌써 동네 뒤 산길을 더위잡았다. 철없는 아이들은 행렬의 꽁무니에 붙어서 절 태우러 간다고 부산히 떠들어댔다. (39쪽)

● 곰보 고서방

성 별   남자
나이(추정포함)   30대로 추정함.
출생지 및 거주지, 활동 공간
       ① 출생지는 정확하게 제시되어 있지 않지만 성동리 마
         을로 추정함.
       ② 성동리 마을에서 독농가이지만, 절 논 두마지기를 소
         작하는 처지임.
       ③ 소작농의 논에 입도차압(立稻差押)의 팻말이 붙기 시
         작하자 어린것들을 데리고 야간도주를 함.
직 업   소작농
출신계층   독농가이지만 소작농인 것으로 보아 출신계층 역시 하류
       계층의 소작농으로 추정함.
교육정도   무학이거나 보통학교 이하의 학력일 것으로 추정함.
가족관계   아내와 어린것들이 있음.
인물관계   성동리 마을의 소작농들과는 우호적이고 절에서도 신임을
       받았으나, 이시봉, 쌔디리주시턱, 진수 등괴는 갈등관계
       에 있음.
인물의 존재방식(사회계층)
       독농가이지만, 절 논 두 마지기를 소작하는 하류계층의
       소작농
       ① 천성이 순진하고 선량함.
성 격   ② 남에게 해 끼치는 일은 하지 않음.
       ③ 부당한 현실 문제에 직면했을 때 그것을 해결하려는
         결기와 의지가 부족함.
       ④ 다소 소극적이며 순응적인 성향을 보임.

성격 지표 및 인물 제시방식

〈예문 1〉

대사봉(大師峰) 위로 해가 뉘엿뉘엿 기울고, 네 시를 아뢰는 보광사의

큰 종 소리가 꽝꽝 울려 왔다. 절에 있는 사람들은 제각기 저녁 밥쌀을 낼 때다. 그러나 그 절 밑 마을─성동리 앞 들판에 나도는 농민들은 해가 기울수록 마음이 더욱 달떴다. 게다가 모처럼 터놓은 저수지의 봇목에 논을 가지고서도, "유아독존" 식으로 날뛰는 절 사람들의 세도에 눌려 흘러오는 물조차 맘대로 못 대인 곰보 고서방은 마침내 딴은 큰 맘을 먹고 자기 논 물꼬를 조금 더 터놓았다. 그러자 그걸 본 한 양반이 빽 소리를 내지르며 달려왔다. 오더니 다짜고짜로,

"왜 또 손을 대요?"

"인제 물도 다 돼 가고 하니 나두 좀 대야지요."

하다가 고서방은 자기 말이 너무 비겁한 것 같아 한 마디 더 보태었다.

"그리고 당신 논에는 물이 철철 넘고 있지 않소."

"뭐? 넘어? 어디 넘어? 이 양반이 눈이 있나 없나?"

하며 그는 곰보 논 물꼬를 봉하려고 들었다.

"안돼요!"

곰보는 물꼬를 아까보다 더 크게 열면서,

"위에 있는 논은 한번 적시지도 못하게 하고 아랫논만 두렁이 넘게 물을 실으려는 건 너무 심하잖소?"

"무어 - ?"

"그렇게 노려보면 어쩔 테요?"

"야, 이 친구가 밥줄이 제법 톡톡한 모양이로군!"

그는 비쭉 냉소를 했다.

"이 친구? 네집에는 그래 애비도 삼촌도 없니? 누굴 보고 이 친구 저 친구 해?"

"뭐가 어째? 야, 이 녀석이 제법 꼴값을 하는군. 어디 상판대기에 빵꾸

를 좀 내줄까?"

"이놈-개 같은 놈! 아무리 세상이 뒤바뀌어졌기로서니……"

"야, 이 녀석 좀 봐. 세상이 뒤바뀌어졌다구? 하, 하, 하……"

그는 다른 사람도 다 들으라는 듯이 소리를 높이더니,

"예끼 건방진 녀석!"

그리고 제보다 몸피가 훨씬 큰 곰보의 뺨을 한 대 갈겼다.

"이게 뭘 믿고서……"

곰보가 하도 어처구니가 없어서, 그 자의 멱살을 불끈 졸라 쥐니깐, 그 근방에 있던 같은 패들이 벌떼처럼 우-몰려 왔다. 그러자 아까 가동 늙은이를 상해 놓던 고자쟁이 이 시봉이가 풋볼 차던 형식으로 곰보의 아랫배 짬을 콱 질렀다. 곰보는 악! 하며 그 자리에 쓰러졌다. 쓰러진 놈을 여러 놈들이 밟고 차고……. 그러다가 나중에는 뻗어져 누운 놈을 끌고 주재소에까지 가자고 야단이다. 곰보는 그 말이 무엇보다도 무서워서, 잘못했다고 빌지 않을 수가 없었다.

들깨가 곁에 가도, 곰보는 넋 잃은 사람처럼 논두렁에 멍하니 앉아 있었다. 왼편 눈밑이 퍼렇게 부어 올랐다.(14~15쪽)

〈예문 2〉

고서방은 분도 분이지만, 그보다 내년 봄엔 영낙없이 그 절논 두 마지기가 떨어지고 말 것을 생각하면, 앞으로 살아 나갈 일이 꿈같이 암담하였다. 아무런 흠이 없어도 물길 좋은 봇목 논은 살림하는 중들에게 모조리 떼이는 이즈음에, 아무리 독농가로 신임을 받아 오던 고서방일지라도 오늘 저지른 일로 보아서, 논은 으레 빼앗긴 논이라고, 실망하지 않을 수가 없었다.

그는 문득 지난봄의 허서방이 생각났다. - 부쳐오던 절논을 무고히 떼이고 살길이 막혀서, 동네 뒤 소나무 가지에 목을 매어, 시퍼런 혀를 한 자나 빼물고 늘어져 죽은 허서방이 별안간 눈에 선하였다. 곰보는 몸서리를 으쓱 쳤다. 이왕 못 살 판이면 제에기 처자야 어떻게 되든지 자기도 그만 그렇게 죽어 버릴까…… 자기가 앉은 논두렁이 몇 천 길이나 땅속으로 쾅 둘러 꺼졌으면 싶었다.(15~16쪽)

〈예문 3〉

그 때까지도 저수지 밑 봇목 들녘과 내 건너 보광리 - 최근에 생긴 중마을 - 에는, 빌어서 얻은 계집이라도 잃어버린 듯이, 중들의 아우성 소리가 끊이지 않았다. 그도 그럴 것이 지난 하룻밤 동안에 논두렁을 몇 토막이나 내고 물도둑을 맞은 사람이 많았기 때문이다. 고서방은 중들의 발악 소리를 속시원하게 들으면서, 군데군데 커다란 콩낱이 박힌 보리밥, 아니 보릿겨밥을 맛나게 먹었다.

"누가 간 크게 그랬을까요?"

아내는 숭늉을 떠오며 짜장 통쾌한 듯이 물었다.

"그야 알 놈이 있을라구 사람이 하두 많은데."

고서방은 궁둥이를 툭툭 털면서 일어나 섰다. 담배 한 대 재어 물 여가도 없이 고동 바로 허리춤을 졸라 매고 이주사댁 논을 매러 막 집을 나서려고 할 즈음에 뜻밖에도 주재소 순사 하나가 게딱지만한 뜰안에 썩 들어섰다.

"당신이 고서방이오?"

눈치가 수상하다.

"예, 그렇소."

"잠간 주재소까지 좀 갑시다"

"무슨 일입니까?"

고서방은 금방 상이 노래졌다.

"가면 알 테지."

말이 차차 험해진다.

"난 주재소 불려 갈 일이 없읍니다. 죄 지은 일은 없읍니다."

고서방이 뒤로 물로서니깐

"이 놈이 무슨 소리냐? 가자면 암 말 말고 갔지 그저."

순사는 고서방의 어째죽지를 한 대 갈기더니, 어느새 포승을 꺼내가지고 묶는다.

"아이구 이게 수는 일유? 나리 제발 그러지 마세요. 이 분은 죄 지은 일 없읍네다. 나구서 개구리 한 마리도 죽인 일 없다는데, 지난 밤에는 새두룩 이 마당에서 같이 잤는데……. 아이구 이게 무슨 일유?"

학질에 시나고나하면서도, 미치 두이 매달리는 고서방네를 목강스럽게 떠밀어 버리며 순사는 기어이 고서방을 끌고 갔다.(16~17쪽)

〈예문 4〉

첫여름에 무단히 경찰서로 끄려간 고서방은, 남의 논두렁을 잘랐다는 얼토당토 않은 죄에 몰려 괜히 몇 달간 헛고생을 하다가 추석 지난 뒤에 겨우 놓여 나왔으나, 분풀이는커녕 타고난 천성이라 도둑나무도 못 해 오고 꼬박꼬박 사방공사 품팔이나 다녔다. 길이 워낙 멀고 보니, 그나마 닭 울자 집을 나서야 되고, 삯이라곤 또 온종일 허둥대야 겨우 삼십전 될락 말락. 그러나 이렇게 다니는 것은 물로 고서방만이 아니었다.(31쪽)

〈예문 5〉

그래도 보광사에서는 갑자기 간평(看坪)을 나왔다. 고자쟁이 이 시봉과 본사 법무원(法務院)에서 셋 - 도합 네 사람이 나왔다. …〈중략〉…

그래서, 진수의 집 사랑에서는 일찍부터 술상이 벌어졌다. …〈중략〉… 작인들은 간평원들의 미움이나 받을까 저어했음인지 차례로 안으로 들어 가서는, 오시느라고 수고했다고 공손히 수인사를 하고 나왔다. 고서방은 지난 여름 당한 일을 생각하면 이가 절로 갈렸지만 그래도 시봉의 앞에 무릎을 꿇지 않을 수가 없었다.(31쪽)

〈예문 6〉

그러나 농민들 생활은 서리맞은 나뭇잎같이 점점 오그러져서, 밤이면 야학당에 모여드는 친구가 부쩍 늘어갔다. 하룻밤에는 몇 사람이 쇠다리 주사댁 감을 따 왔다.

"빨리들 먹게!"

또쭐이는 뒷 일이 떠름했지만, 다른 친구는 오히려 고소한 듯한 표정들 을 하였다.

…〈중략〉…

"제에기, 또 연설 마디나 있겠지?"

또쭐이가 담배를 피워 물며 두덜대니깐, 바로 곁에 있던 고서방이,

"연설이 아니라, 무릎을 꿇고 빌어도 허는 수 없지!"

자칫하면 동네 집회소 - 이 야학당에다 사람들을 모아 놓고, 소위 사상 선도의 연설이 있곤 하였다. 그러나, 연설만으로써 어떻게 될 리는 만무 하였다. 더구나, 속이 빤히 들여다보이는 교풍회장 쇠다리주사나 진흥회 장 진수 따위가 씨부렁대는 설교에는 인제 속을 사람은 없었다.(35쪽)

〈예문 7〉

그리고 며칠 뒤, 저수지 밑 고서방의 논을 비롯하여 여기저기에, 그예 입도차압(立稻差押)의 팻말이 붙기 시작했다.

농민들은 알아보지도 못하는 그 차압 팻말을 몇 번이나 들여다 고, 또 들여다보았다. - 피땀을 흘려가면서 지은 곡식에 손도 못 대다니? 그들은 억울하고 분하기보다, 꼼짝없이 인젠 목숨을 빼앗긴다는 생각이 앞섰다.

고서방은 드디어 야간도주를 하고 말았다.

"이렇게 비가 오는데, 그 어린것들을 데리고 어디로 갔을까?"

이튿날 아침, 동네 사람들은 애터지는 말로써 그들의 뒤를 염려했다.(38쪽)

● 쇠다리주사(이주사)

성 별	남자
나이(추정포함)	60대로 추정함.
출생지 및 거주지, 활동 공간	
	성동리 마을에서 출생하여 지주로 살아옴.
직 업	지주
출신계층	중·상류계층의 지주
교육정도	정규 교육은 받지 않았으나, 출신계층으로 보아 저급한 한학 수준의 학력은 갖추었을 것으로 추정함.
가족관계	알 수 없음.
인물관계	① 지주인 유산자로서 교풍회장을 맡고 있으면서 주재소와 결탁하여 지주들의 이익을 대변함.
	② 성동리 마을 소작농들을 수탈하여 그들과는 갈등 관계를 보이며 농사조합 평의원인 진수 등과는 우호적

　　　　　　　　　　관계를 유지함.
인물의 존재방식(사회계층)
　　　　　　　　지주로서 중·상류계층
성　　격　　① 탐욕적이고 속물적임.
　　　　　　　　② 몰인정하여 소작농을 수탈함.

성격 지표 및 인물 제시방식

〈예문 1〉

　쇠다리 주사가 뒤에서 논두렁을 타고 왔다. 한 손에는 양산, 한 손으론 부채를 흔들면서. 쇠다리주사가 뭐냐고? 그렇다. 옳게 부르면 이주사다. 그러나 속에 똥만 든 그가 돈냥 있던 덕분으로 이조 말년에 그 고을 원님에게 쇠다리 하나 올리고서 얻은 〈주사〉란 것이 오늘날 와서는 세상이 달라진 만큼 그만 탄로가 나고 말았기 때문에, 모두를 그를 그렇게 불렀다. 물론 안 듣는 데서만이지만.

　"모두들 욕 보네. 허 - 날이 자꾸 끓이기만 하니 온!"

　어느새 쇠다리가 뒤에 와 선다.

　"그런데 조금 늦더래도 이 논배미는 마자 매고 참을 먹어야겠군. 자, 바짝 - 팔대에 힘을 넣어서, 저런, 봉구 뒤에는 벼가 더러 부러졌군, 아뿔싸!"

　쇠다리주사는 혀를 쯧쯧 차며 부채를 방정맞게 흔들어댔다.

　일꾼들은 잠자코 풀 죽은 팔에 억지 힘을 모았다. 거치른 볏줄기에 스친 팔뚝에는 금방 핏방울이 배어 나올 듯했다. 그러나 그들은 눈을 질끈 감고, 대고동을 해 낀 갈퀴같은 손으로, 어지러운 벼포기 사이를 썩썩 긁어댔다.(18쪽)

〈예문 2〉

우선 쇠다리주사부터 한 잔 했다.

"어-, 그 술 맛 좋-군!"

쇠다리 주사는 잔을 일꾼들에게 돌려주고, 구레나룻을 휘휘 틀어 올리더니,

"그런데 참 술이 한 잔씩밖에 안 돌아갈는지 모르겠군. 그저 점심때 쌀밥(쌀이 사분지 일 될까?) 먹은 생각하고 좀 참지. 그놈의 건 잘못 먹으면 일 못하기보다 괜히 사람 축나거든. 더군다나 오늘같이 더운 날에는……"

그러나 농부들은 사발 바닥이 마르도록 빨아 넘기고는, 고추장이 벌겋게 묻은 시래기 덩어리를 넙죽넙죽 집어 넣는다. 목도 말랐거니와 배도 허출했다.(19쪽)

〈예문 3〉

그러한 하룻날 보광사 농사조합에서 성동리의 유력자- 쇠다리주사와 면서기며 농사조합 평의원인 진수를 청해 갔다. 그래서 그들이 저쪽의 의논에 응하고 가져온 소식- 그것은, 오는 백중날 보광사에서 기우불공을 아주 크게 올릴 예정이니까, 성동리에서는 한 집에 한 사람씩 참례를 하는 것이 좋겠다고. 기우불공이라니 고마운 일이다.

"하지만 우리 같은 것 그리 많이 모아서 뭘 한담? 불공은 중들이 헐 텐데……"

농민들은 무슨 영문인지 잘 몰랐다. 그러나 안 갔으면 가만히 안갔지, 보광사의 논을 부쳐 먹고 사는 그들이라 싫더라도 반대는 할 수 없는 처지였다. 이왕이면 괘불(掛佛)까지 내걸어 달라고 마을 사람측에서도 한자기 청했다. 괘불은 내어 달면 아무리 어려운 일이라도 소원 성취가 된

다는 말을 어릴 때부터 종종 들어온 그들이었다. 하지만 절측에서는 경비가 너무 많이 든다고 처음에는 뚝 잡아떼었다. 고까짓 일에 무슨 경비가 그리 날 겐가? 어디, 과연 영험이 있나 없나 보자! - 마을 사람들은 꽤 큰 호기심을 품고서 간곡히 청했다. 구장이 두어 번 헛걸음을 한 뒤, 쇠다리주사가 나가서 겨우 승락을 얻어왔다. 그래서 칠월 백중날! 보광사에서는 새벽부터 큰 종이 꽝꽝 울렸다. (22~23쪽)

〈예문 4〉

이 집에서도 퇴학, 저 집에서도 퇴학이다. 이런 처지에는 추석도 도리어 원수다. 해마다 보광리 새 장터에서 열리는 소위 면민대운동회에 출장은 커녕, 쇠다리주사 댁이나 진수네집 사람, 그 밖에는 간에 바람 든 계집애나 나팔에 미친 불강아지 같은 애새끼들밖에는 성동리에서는 구경도 잘아니 나갔다. 그러나, 그래도 명절이라 해서, 사내들은 낡은 두루마기들을 꺼내 입고서 이집 저집 늙은이들을 뵈러 다니면서, 오래간만에 시금털털한 밀주(密酒)잔이나 얻어 마시고는 아무데나 툭툭 나자빠져 잤다.

쇠다리주사 댁 안뜰에는 제법 널뛰기까지 벌어졌으나, 아낙네들은 별로 보이지 않고 거의 다 마을의 젊은 처녀들이었다. 들깨의 누이동생 덕아도 저녁에는 한바탕 뛰었다. 그러나 그들도 마치 무슨 의논이나 한 듯이 죄다 곧 흐지부지 흩어졌다. (27쪽)

〈예문 5〉

자칫하면 동네 집회소 - 이 야학당에다 사람들을 모아 놓고, 소위 사상선도의 연설이 있곤 하였다. 그러나, 연설만으로써 어떻게 될 리는 만무하였다. 더구나, 속이 빤히 들여다보이는 교풍회장 쇠다리주사나 진흥회장 진수 따위가 씨부렁대는 설교에는 인제 속을 사람은 없었다.

　지금은 누가 뭐라고 하더라도, 농민들은 결국 자기들대로 하는 수밖에 없었다. 소작료도, 빚도 인젠 전과 같이는 두렵지가 않았다. 그저 제가 지은 곡식이면 모조리 떨어다 먹었다. 뿐만 아니라 가다가는 남의 것에도 손이 갔다. - 그러할수록 동네의 소위 유산자인 쇠다리주사와 진수의 신경은 극도로 날카로와졌다.(35쪽)

● **진수**

성　별	남자
나이(추정포함)	30대로 추정함.
출생지 및 거주지, 활동 공간	
	① 출생지는 알 수 없으나 현재 거주하고 있는 곳과 동일할 것으로 추정함.
	② 현재 성동리 마을에서 절 땅을 소작하며 살아감.
직　업	면서기, 농사조합 평의원(마름)
출신계층	현재 마름인 것으로 보아 출신계층 역시 소작농인 하류계층이었거나 마름인 중·하류계층 정도이었을 것으로 추정함.
교육정도	면서기와 농사조합 평의원인 것으로 보아 보통학교 정도의 학력일 것으로 추정함.
가족관계	어머니가 있음.
인물관계	보광사 측과 고자쟁이 이 시봉, 쇠다리주사 등과는 우호적이나 들깨, 철한이, 고서방 등과는 갈등관계에 있음.
인물의 존재방식(사회계층)	
	면서기이자 농사조합 평의원(현대적 마름)으로서 중류계층 정도에 속함.
성　격	① 기회주의적이며 이기적임.

② 교만하고 비굴함.

성격 지표 및 인물 제시방식

〈예문 1〉

그러한 하룻날 보광사 농사조합에서 성동리의 유력자 - 쇠다리주사와
면서기며 농사조합 평의원인 진수를 청해 갔다. 그래서 그들이 저쪽의 의
논에 응하고 가져온 소식 - 그것은, 오는 백중날 보광사에서 기우불공을
아주 크게 올릴 예정이니까, 성동리에서는 한 집에 한 사람씩 참례를 하
는 것이 좋겠다고. (22~23쪽)

〈예문 2〉

공양상이 나오자, 주지를 비롯하여 각방 노승들이 참배를 드리고, 다음
으로 젊은 중, 강당 학인(學人), 그밖에 애기중들, 그리고 중마누라와 보
살계에 든 여인들, 맨 나중이 일반손님들의 차례였다. 중들을 빼놓고는
모두 앞을 다투어 돈들을 내걸고 절을 하며 소원성취를 빌었다.

"어서 물러 나와요. 다른 사람도 좀 보게."

진수어머니는 다같은 보살계원을 밀어내고 들어서더니, 자기는 돈을 얼
마나 냈는지 절을 열 번도 더 했다. 주지부인을 보고, 어머니 어머니 하
고 섰던 진수도, 남 먼저 쫓아나가서 대가리를 땅에 처박았다. (25쪽)

〈예문 3〉

그래도 보광사에서는 갑자기 간평(看坪)을 나왔다. 고자쟁이 이 시봉과
본사 법무원(法務院)에서 셋 - 도합 네 사람이 나왔다. …〈중략〉…

그래서 진수의 집 사랑에서는 일찍부터 술상이 벌어졌다. 미리 마련해

두었던 밀주와 술안주가 이내 모자랐든지, 머슴놈이 보광리 상점으로 종종걸음을 치고, 쇠고기 굽는 냄새가 흐뭇이 새오나오는 통에, 대문밖에 죄인처럼 쭈그러뜨리고 앉은 소작인들은, 괜히 헛침만 꿀떡꿀떡 삼키었다.(31쪽)

〈예문 4〉

이튿날 저녁, 동네 사람들은 진수의 집 사랑에 불려 가서, 진수의 입으로부터 제각기 소작료를 들어 알았다. 그리고 그 무서운 결정에 다들 놀랐다.

그러나 가장 현대적 마름인 소위 평의원 앞에서, 버릇없이 덤뻑 불평을 늘어놓다가는 어느 수작에 어떻게 될지 모르는 형편이라, 작인들은 내남없이

"허 참! 톡톡 다 떨어 봐두 그렇게 될둥말둥한데……?" 따위의 떡심 풀린 걱정말이니 종알기길 뿐 모두 맥없이 돌아갔다.(34쪽)

〈예문 5〉

자칫하면 동네 집회소 - 이 야학당에다 사람들을 모아 놓고, 소위 사상선도의 연설이 있곤 하였다. 그러나, 연설만으로써 어떻게 될 리는 만무하였다. 더구나, 속이 빤히 들여다보이는 교풍회장 쇠다리주사나 진흥회장 진수 따위가 씨부렁대는 설교에는 인제 속을 사람은 없었다.

지금은 누가 뭐라고 하더라도, 농민들은 결국 자기들대로 하는 수밖에 없었다. 소작료도, 빚도 인젠 전과 같이는 두렵지가 않았다. 그저 제가 지은 곡식이면 모조리 떨어다 먹었다. 뿐만 아니라 가다가는 남의 것에도 손이 갔다. - 그러할수록 동네의 소위 유산자인 쇠다리주사와 진수의 신경

은 극도로 날카로와졌다. (35쪽)

● 진수 어머니 ────────────────────

성　별	여자
나이(추정포함)	50대 이상으로 추정함.
출생지 및 거주지, 활동 공간	
	성동리 마을
직　업	특별한 직업 없음.
출신계층	중·하류계층일 것으로 추정함.
교육정도	무학일 것으로 추정함.
가족관계	아들 진수를 둠.
인물관계	① 성동리 마을 소작농 아낙네들(여자들)을 업신여기고 무시하여 그들에게 미움을 삼.
	② 지주계층에 속하는 보광사에는 지나칠 정도로 비굴하게 처신함.
인물의 존재방식(사회계층)	
	중류계층 정도일 것으로 추정함.
성　격	① 과시적이고 교만함.
	② 속물적이고 경박함.

성격 지표 및 인물 제시방식

〈예문 1〉

성동리 아낙네들은 명부전 뒤 으슥한 구석에서 잠깐 땀을 거두고서, 대웅전 앞으로 슬슬 나왔다. 자기들 딴에는 기껏 차려봤겠지만, 앉으려는 겐지 분간을 못할 만큼 풀이 빳빳한 삼베치마 따위로선 그런 자리에 어울릴 리가 만무하였다. 다른 분들과 엄청나게 차가 있는 자기들의 몸차림을 못내 부끄러워 하는 듯, 어름어름 차례를 기다리고 섰다.

그러자, 며칠 전부터 와 있던 진수 어머니가 어디서 봤는지 쫓아 왔다. 아주 반가운 듯한 얼굴을 하고,

"여태 어디들 처박혀 있었어? 아까부터 아무리 찾아두 온……. 다들 부처님 참배는 했나?"

자기는 벌써 보살님이나 된 셈 치는 어투였다.

"아직 못 봤수. 웬걸 돈이 있어야지!"

이 얼마나 천부당만부당한 대답일까?

"그럼, 시줏돈도 없이 절에는 뭘 하러들 왔수?"

진수 어머니는 입을 삐쭉하더니,

(이것들 곁에 있다가는 괜히 큰 망신하겠군!)

할 듯한 표정을 하고는 어디론지 핑 가버린다.

베치마 패들은 잠깐 주저주저하다가

"돈 적으면 복 적게 받지 뭐" 하고는, 남편이나 아들들이 끼니를 굶어가며 나뭇짐이나 팔아서 마련한 돈들을, 빚이 끝돈도 못 갚게 알뜰살뜰히도 부처님 앞에 바치고 나온다. 더러는 내고 보니 꽤 아까운 듯이 돌아다보기도 했다.(23~24쪽)

〈예문2〉

공양상이 나오자, 주지를 비롯하여 각방 노승들이 참배를 드리고, 다음으로 젊은 중, 강당 학인(學人), 그밖에 애기중들, 그리고 중마누라와 보살계에 든 여인들, 맨 나중이 일반손님들의 차례였다. 중들을 빼놓고는 모두 앞을 다투어 돈들을 내걸고 절을 하며 소원성취를 빌었다.

"어서 물러 나와요. 다른 사람도 좀 보게."

진수어머니는 다같은 보살계원을 밀어내고 들어서더니, 자기는 돈을 얼

마나 냈는지 절을 열 번도 더 했다. 주지부인을 보고, 어머니 어머니 하고 섰던 진수도, 남 먼저 쫓아나가서 대가리를 땅에 처박았다.(25쪽)

● 까만딱지 또풀이

성 별	남자
나이(추정포함)	33살

출생지 및 거주지, 활동 공간
　　　　① 성동리 마을에서 출생했을 것으로 추정함.
　　　　② 일본서 탄광밥을 먹다 현재는 성동리 마을에서 들깨, 철한 등과 함께 소작농으로 활동함.

직 업	소작농의 하류계층
출신계층	하류계층
교육정도	무학이거나 보통학교 이하의 학력일 것으로 추정함.
가족관계	알 수 없음.
인물관계	① 들깨, 철한, 봉구 등 성동리 마을 소작농들과 우호적임.
	② 보광사 소직인으로서 들깨 등과 함께 보광사의 수탈에 맞서 소작쟁의를 주도함.

인물의 존재방식(사회계층)
　　　　하류계층의 소작농

성 격	① 성실하며 용의주도함.
	② 일본 탄광에서 탄광밥을 먹었을 때의 경험을 바탕으로 성동리 마을의 소작농 들깨 등과 소작쟁의를 계획하여 지주계층에 저항하고자 함.

성격 지표 및 인물 제시방식

〈예문 1〉

다른 사람들은 그래도 진수네집 대문밖에, 노 우거지상을 하고 앉아서

어서 술이 끝나기를 기다렸다. 그러다가 더러는 투덜거리며 돌아가고, 잡담이나 하고 고누나 두던 눅은 친구들도 나중에는 역시 불평이 나왔다.

"제에기, 간평을 나온 겐가, 술을 먹으러 나온 겐가? 아무 작정을 모르겠군."

머리끝이 희끔희끔한 친구가 이렇게 불퉁하니깐, 곁에 있던 까말딱지가,

"글세 말야. 이것들이 또 논을랑 둘러보지도 않고 앉아서만 소작료를 정할 것 아닌가?"

"제에기, 우, 우리 논에는 또 안─가겠군. 자 - 작년에도 앉아서 세만 자 - 자 잔뜩 매더니……"

봉구란 놈도 한 마디 보태었다.

"설마 자기들도 사람인 이상 금년만은 무슨 생각이 있을 테지!"

한 시절 보천교에 미쳐서 정감록이 어떠니 하고 다니던 최서방의 말이다, 삼십을 겨우 지난 놈이 아지도 상투를 틀고, 거짓빌 싱거운 소리라면 〈소진장의(蘇秦張儀)〉라도 못 따를 것이고, 한동안 보천교에 반했을 때는 〈육조판서〉가 곧 된다고 허풍을 치던 위인이다.

"이 사람 판서, 설마가 사람 죽이는 걸세. 생각은 무슨 생각! 자네 판서나 마찬가지지 뭐."

톡 쏘는 놈은, 일본서 탄광밥 먹다 온 까만딱지 또쭐이었다.(32~33쪽)

〈예문 2〉

들깨와 철한이들 - 이 동네 교풍회장인 쇠다리주사의 말을 빌리면 동네서 제일 콧등이 세고 어긋한 놈들은, 벌써 버릇이 되어서, 미리 의논이라도 한 듯이, 그날밤에도 진수의 집에서 나오자 슬슬 야학당으로 모여들

었다. 어느새 왔는지 곰보 고서방도 작은 방 한쪽 구석에 다른 때보다 한 풀 더 힘없이 쭈그리고 앉아 있었다. 이윽고 불강아지 새끼같은 야학생들을 죄 돌려 보내고는, 까만딱지 또쭐이가 큰 방으로부터 돌아왔다. 더펄더펄 자란 머릿털 위에 분필가루를 허옇게 쓰고. - 서른세 살로서는 엄청나게 늙어보이는 얼굴이었다.

이렇게 소위 콧등이 센 놈들은 저녁마다 야학당에 모여서, 그날그날의 피로를 잊어가며 잡담도 하고 농담들도 하다가는, 또쭐이이로부터 일본의 탄광 이야기도 듣고, 또 이곳저곳에서 일어나는 소작쟁의 얘기도 들었다. 더구나 소작쟁의에 관한 이야기는 마치 자기들의 일같이 눈을 끔벅거리며, 혹은 입을 다물고 들었다.(34쪽)

〈예문 3〉

그러나 농민들 생활은 서리맞은 나뭇잎같이 점점 오그러져서, 밤이면 야학당에 모여드는 친구가 부쩍 늘어갔다. 하룻밤에는 몇 사람이 쇠다리 주사댁 감을 따 왔다.

"빨리들 먹게!"

또쭐이는 뒷 일이 떠름했지만, 다른 친구는 오히려 고소한 듯한 표정들을 하였다.

…〈중략〉…

"제에기, 또 연설 마디나 있겠지?"

또쭐이가 담배를 피워 물며 두덜대니깐, 바로 곁에 있던 고서방이,

"연설이 아니라, 무릎을 꿇고 빌어도 허는 수 없지!"

자칫하면 동네 집회소 - 이 야학당에다 사람들을 모아 놓고, 소위 사상 선도의 연설이 있곤 하였다. 그러나, 연설만으로써 어떻게 될 리는 만무

하였다. 더구나, 속이 빤히 들여다보이는 교풍회장 쇠다리주사나 진흥회장 진수 따위가 씨부렁대는 설교에는 인제 속을 사람은 없었다.(35쪽)

〈예문 4〉

"아이고, 어느 도둑놈이 그 벼를 베어 갔을까? 생벼락을 맞아죽을 놈! 그 벼를 먹구 제가 살 줄 알아……. 창자가 터질 꺼여 터져!"

하며 봉구어머니가 몽당치마 바람으로 이 골목 저 골목 외고 다니고, 호세징수를 나온 면서기가 그녀를 찾아다니던 날, 성동리에서는 구장이와 고서방, 들깨 또쭐이들 사오인인 대표가 되어 보광사 농사조합으로 나갔다. 그들의 하소연은, 자기들이 봄에 빌려 쓴 소위 저리자금(低利資金)의 - 지불 기한을 조금 더 연기해 달라는 것이었다.

…〈중략〉…

의젓하게 교의에 기댄 채 인사도 받는 양 마는 양하는 이사(理事)님은 밑 늣이 늘어 놓는 十상의 말을랑 귀밖으로, 한참 〈씨까시마〉 껍데기에 낙서만 하고 있더니, 문득 정색을 하고는,

"그런 귀치 않은 논은 부치지 않는 게 어때요?"

해 던졌다.

"……."

"해마다 이제 무슨 짓들이요? 나두 인젠 그런 우는 소리는 듣기만라도 귀찮소. 호세만 내고 버티겠거든 어디 한번 버티어들 보시구려!"

"누가 어디 조합돈은 안 내겠다는 겁니까. 조금만 연기를 해 달라는 거지요."

이번에는 또쭐이가 말을 받았다.

"내든 안 내든 당신들 입맛대로 해보시오. 난 이 이상 더 당신들과는

이야기 않겠소."

이사님은 살결 좋은 얼굴에 적이 노기를 띠우더니, 그들 틈에 끼여있는 곰보를 힐끗 보고는,

"고서방 당신은 또 뭘 하러 왔소? 작년 것도 못다 내고서 또 무슨 낯으로 여기 오우?"

매섭게 꼬집었다. 그리고 그는 다시 장부를 뒤적거리면서, 하던 일을 계속했다. 일행은 허탕을 치고 밖으로 나왔다.(37~38쪽)

〈예문 4〉

그러나 또쭐이, 들깨, 철한이, 봉구 - 이들 장정을 선두로 빈 짚단을 든 무리들은 어느새 벌써 동네 뒤 산길을 더위잡았다. 철없는 아이들은 행렬의 꽁무니에 붙어서 절 태우러 간다고 부산히 떠들어댔다.(39쪽)

● 보광사 산지기 수염쟁이 ─────────────

성　별　　남자

나이(추정포함)　　40대 이상으로 추정함.

출생지 및 거주지, 활동 공간

　　　　　　출생지는 정확하게 알 수 없으며, 보광사 산지기인 것으로 보아 보광리 마을이 거주지이며 활동공간일 것으로 추정함.

직　업　　보광사 산지기

출신계층　　하류계층

교육정도　　무학일 것으로 추정함.

가족관계　　알 수 없음.

인물관계　　① 밤을 주우러 보광사 산으로 들어간 아이들을 악착같이

뒤쫓다 아이들 중 "상한'이가 절벽에 떨어져 죽자 그
책임을 아이들에게 뒤집어씌우고, 항의하는 화젯댁에
게 행패를 부림.
② 성동리 마을의 아낙네인 화젯댁과 죽은 상한이의 할머
니인 가동할머니와 갈등을 일으킴.

인물의 존재방식(사회계층)
　　　　하류계층
성　　격　　몰인정하고 거만하고 교활함.

성격 지표 및 인물 제시방식

〈예문 1〉

그러자 얼마 지나지 않아서, 여자들이 싸대던 비탈 위에서 갑자기 사람
소리가 나고 조그마한 애새끼놈들이 까치집만큼씩한 삭정이를 해서 지고
는, 선불맞은 산돼지 새끼처럼 혼을 잃고 쫓겨 왔다. 맨 처음에 선 놈이
차돌이, 그 다음은 개똥이 …… 제일 꽁무니에 처져서 밑빠진 고무신을 벗
어 들고 허둥대는 놈은 그해 기을에 퇴학당한 상한이린 놈이다.

"예끼 요놈의 새끼들! 가면 몇 발이나 갈 줄 아니?"

악치듯한 소리와 함께 보광사 산지기 수염쟁이가 뒤따라 나타났다.

"아이구머니!"

여자들도 겁을 먹고 도망질이다.

…〈중략〉…

그래도 아이들은 돌아보지도 않고 달아만 난다. 자갈비탈에서 지게를
진 채 자빠지는 놈, 엎어지는 놈, 그러다가 갑자기 옴추리고 앉는 놈은 응
당 날카로운 그루터기에 발바닥을 찔렸을 것이다.

산지기는 그 애의 나뭇짐을 공 차듯이 차서 굴리어 버리고는, 다시 벗
나무 몽둥이를 내두르며 앞엣놈을 쫓는다. 그러자 의상대사의 공부터라는

바위 밑으로 쫓겨가던 아이들은 갑자기 무춤하고 발을 멈췄다. - 동무 하나가 헛 디디어 헌 누더기 날리듯 낭떠러지 아래로 떨어졌기 때문이다.

아이들이 놀라고 선 영문을 알게 된 산지기는 부릅떴던 눈을 별안간 가늘게 웃기며,

"예끼 이놈들, 왜 있으라니까 듣지 않고 자꾸만 달아나더니 결국 이런 변을 일으키지 않나?"

마치 그들이 동무를 밀어떨어뜨리기나 한 듯이 나무랐다. (28~29쪽)

〈예문 2〉

화젯댁은 한동안 넋을 잃었다. 그러나 우두커니 서 있는 산지기의 얼굴을 노려본 그녀의 눈에는 점점 살기가 떠올랐다.

"당신은 자식이 없소?"

칼로 찌르듯 뼈 물었다.

"있든 없든 무슨 상관이야, 흐 - ! 참! 없다면 하나 낳아 줄 건가?"

산지기는 뻔뻔스럽게, 털에 싸인 입만 삐쭉할 뿐이었다.

"뭐라구요? 액 여보, 절에 있다고 너무하오. 아무리 산이 중하기로서니 남의 자식의 목숨을 그렇게 안단 말유?"

화젯댁은 그 자의 거만스러운 상판대기에 똥이라도 집어 씌우고 싶었다.

"야, 이 여편네 좀 봐! 아아주 누굴 막 살인죄로 몰려구 드는군. 건방진 년 같으니, 천지를 모르고서 괜 - 히. 왜 이따위 새끼도둑놈들을 빠뜨렸느냐 말야? 이년이 저부터 요런 도둑질을 함부로 하면서 뻔뻔스럽게 - "

산지기는 화젯댁의 버섯바구니를 힘대로 걷어찼다. 그리고는 어디론지 핑 가버렸다. (28~29쪽)

〈예문 3〉

얼마 뒤에 죽은 아이의 할머니가 파랗게 되어 달려 왔다. 가동할머니다. 그녀는 곁엣사람은 본 체 만 체, 바보처럼 우두커니 서서, 늘어진 손자만을 눈이 빠지도록 노려보더니, 그만 "하하하!" 웃어댔다.

···〈중략〉···

가동 늙은이는 완전히 실신을 하였다. 물 건너로 품팔이 간 아들은 죽었는지 살았는지 십 년이 가깝도록 이렇단 소식이 없고, 며느리조차 달아난 뒤로는, 그 손자 하나만을 천금같이 믿고 살아온 것이었다. 이윽고 산지기는 보광사 파출소에서 순사 한 사람을 데리고 왔다. 가동 할멈은 한참 동안 산지기를 노려보다니,

"예끼 모진 놈!"하고, 이를 덜덜 갈며 발악을 시작했다.

"고라 고라! 안 대겠소. 나무 산에 도돗지리 보낸 단신 자리 모넸소. 이 얀반 사라미 아니 주깃소!"

순사는 와락 넘벼느는 가농알범을 우악스럽게 불리셨나.(30쪽)

● **화젯댁** ─────────────────────────────

성 별   여자
나이(추정포함)   30대 중·후반으로 추정함.
출생지 및 거주지, 활동 공간
            출생지는 정확하지 않으며 성동리 마을 소작농의 아내임.
직 업   소작농의 아낙으로 소작일을 돌봄.
출신계층   하류계층
교육정도   무학일 것으로 추정함.
가족관계   아들 차돌이 있음.

| 인물관계 | 보광사 산지기에게 쫓기다 '상한'이 낭떠러지에 떨어져 죽 |
| | 자, 산지기에게 항의하고 그를 증오함. |

인물의 존재방식(사회계층)
　　　　　성동리 마을 소작농의 아내로서 하류계층

성　　격　　생활력과 모성애가 강하며 인정이 있음.

성격 지표 및 인물 제시방식

〈예문 1〉

"예끼 요놈의 새끼들! 가면 몇 발이나 갈 줄 아니?"

악치듯한 소리와 함께 보광사 산지기 수염쟁이가 뒤따라 나타났다.

"아이구머니!"

여자들도 겁을 먹고 도망질이다. 잡히면 버섯을 빼앗기고 혼이 날 판, 그루터기에 걸려서 넘어지는 이, 솔가지에 치마폭을 찢기는 이, 그러나 바구니만은 버리지 않고 내달린다.

화젯댁은 제 도망질보다 쫓겨가는 아이들의 뒤를 따르느라고, 몇 번이나 바구니를 내던질 뻔하면서 곤두박질을 쳤다.

"아이구 차돌아, 그만 잡히려무나!"

그래도 아이들은 돌아보지도 않고 달아만 난다. 자갈비탈에서 기계를 진 채 자빠지는 놈, 엎어지는 놈, 그러다가 갑자기 옴추리고 앉는 놈은 응당 날카로운 그루터기에 발바닥을 찔렸을 것이다.(28쪽)

〈예문 2〉

화젯댁이 미친 듯이 날아왔다. 다행히 차돌이가 있는 것을 보고는 다소 마음이 놓이는 모양이었다.

"어머니, 상한이가 떨어졌어요!"

화젯댁은 대답도 않고서, 번개같이 비탈 아래로 미끄러지듯이 내려갔다. 모두 그의 뒤를 따랐다.

…〈중략〉…

화젯댁은 한동안 넋을 잃었다. 그러나 우두커니 서 있는 산지기의 얼굴을 노려본 그녀의 눈에는 점점 살기가 떠올랐다.

"당신은 자식이 없소?"

칼로 찌르듯 뼈 물었다.

"있든 없든 무슨 상관이야, 흐-! 참! 없다면 하나 낳아 줄 건가?"

산지기는 뻔뻔스럽게, 털에 싸인 입만 삐쭉할 뿐이었다.

"뭐라구요? 액 여보, 절에 있다고 너무하오. 아무리 산이 중하기로서니 남의 자식의 목숨을 그렇게 안단 말유?"

화젯댁은 그 자의 거만스러운 상판대기에 똥이라도 집어 씌우고 싶었다.

"야, 이 여편네 좀 봐! 아아주 누굴 막 살인죄로 몰려구 드는군. 건방진 년 같으니, 처지를 모르고서 꽤-히, 왜 이따위 새끼도둑놈들을 빠뜨렸느냐 말야? 이년이 저부터 요런 도둑질을 함부로 하면서 뻔뻔스럽게-"

산지기는 화젯댁의 버섯바구니를 힘대로 걷어찼다. 그리고는 어디론지 핑 가버렸다. (29쪽)

● 가동할멈

성 별   여자
나이(추정포함)   60대 이상으로 추정함.
출생지 및 거주지, 활동 공간
    출생지는 알 수 없으며, 성동리 마을에서 손자 '상한'을 키

직 업	우며 궁핍하게 생활함. 별다른 직업 없이 성동리 마을의 소작일을 도우며 연명함.
출신계층	하류계층
교육정도	무학일 것으로 추정함.
가족관계	아들이 있으나 물건너로 품팔이간 이후로 십년이 가깝도록 소식이 없고, 며느리는 달아났으며, 손자인 "상한'이를 어렵게 홀로 키우고 있음.
인물관계	① 손자인 "상한'이 보광사 산지기에게 쫓기다 낭떠러지에 떨어져 죽자 산지기를 증오함. ② 손자의 죽음으로 인한 충격 때문에 미쳐버림.

인물의 존재방식(사회계층)

	하류계층
성 격	생활력이 강하고 손자를 귀애함.

성격 지표 및 인물 제시방식

〈예문 1〉

얼마 뒤에 죽은 아이의 할머니가 파랗게 되어 달려 왔다. 가동할머니다. 그녀는 곁엣사람은 본 체 만 체, 바보처럼 우두커니 서서, 늘어진 손자만을 눈이 빠지도록 노려보더니, 그만 "하하하!" 웃어댔다.

"정말 죽었구나! 너가 정말 죽었구나! 죽인 중놈은 어딜 갔니 …?'

그녀는 넋두리를 하는 무녀(巫女)처럼 한바탕 떠들더니 또 다시 "하하하!"한다.

가동늙은이는 완전히 실신을 하였다. 물건너로 품팔이 간 아들은 죽었는지 살았는지 십년이 가깝도록 이렇단 소식이 없고, 며느리조차 달아난 뒤로는, 그 손자 하나만을 천금같이 믿고 살아온 것이었다.

이윽고 산지기는 보광사 파출소에서 순사 한 사람을 데리고 왔다.

가동할멈은 한참동안 산지기를 노려보더니, "예끼"

가동 늙은이는 완전히 실신을 하였다. 물 건너로 품팔이 간 아들은 죽었는지 살았는지 십 년이 가깝도록 이렇단 소식이 없고, 며느리조차 달아난 뒤로는, 그 손자 하나만을 천금같이 믿고 살아온 것이었다. 이윽고 산지기는 보광사 파출소에서 순사 한 사람을 데리고 왔다. 가동 할멈은 한참 동안 산지기를 노려보다니,

"예끼 모진 놈!"하고, 이를 덜덜 갈며 발악을 시작했다.

"고라 고라! 안 대겠소. 나무 산에 도돗지리 보낸 단신 자리 모냈소. 이 얀반 사라미 아지 주짓소!"

순사는 와락 덤벼드는 가동할멈을 우악스럽게 물리쳤다. 그러나 밀리면서도,

"아이구 이 모진 놈아, 천벌을 맞을 놈아! 내 자식 살려내라, 살려내-"

"고론 마리 하문 안 대겠소!"

순사는 눈을 잔뜩 부릅뜨고 노파를 막아 섰다.

"여보 나리까지도 그러시우-?"

가동할멈은 장승같이 눈을 흘기더니 갑자기 또 "하하하!" 미친 웃음을 친다.

"아이구 상한아! 상한아! 귀신도 모르게 죽은 내 새끼야-"하고 할머니는 마치 노래나 하는 듯이

"어허야 상사뒤여, 지리산 갈가마귀 그를 따라 너 갔느냐? 잘 죽었다. 내 손자야, 명산 대지에서 너 잘 죽었구나-하하하······!"

이렇게 가동늙은이는 그만 영영 미쳐버리고 말았다.(30쪽)

작가 연보

김정한(金廷漢, 1908~1996)은 경남 동래군 북면 남산리에서 태어났으며 아호(雅號)는 요산(樂山)이다. 일본 와세다대학부속 제1고등 학원을 중퇴하였다. 1932년 《문학건설》에 「그물」을 발표하면서 문학의 길로 접어들었고, 1936년 《조선일보》 신춘문예에 「사하촌(寺下村)」이 당선되어 등단하면서 문단의 주목을 받기 시작하였다. 그는 1985년 『12인 신작소설집·슬픈 해후』에 실린 「슬픈 해후」에 이르기까지 50여 년 간 52편의 소설 및 희곡을 남겼다. 그는 초기 「사하촌」에 이어 「옥심이」, 「항진기」, 「낙일홍」, 「秋山堂과 곁사람들」 등의 단편을 발표하여 저항적인 색채를 보였다. 일제 말기인 1940년대부터 절필하였다가 작가가 더 이상 시대에 대해 침묵할 수 없어 1966년 단편 「모래톱 이야기」를 발표하면서 다시 창작활동을 시작하여 「과정(過程)」, 「입대」, 「굴살이」, 「곰」, 「유채」, 「축생도(畜生道)」, 「뒷기미 나루」 등의 단편과 중편 「수라도(修羅道)」 등을 발표하면서 왕성한 활동을 보였다. 그는 주로 낙동강 주변의 가난한 농민들을 통해서 민족적 현실의 모순을 파헤치고, 민중 속에 잠재된 가능성을 추구하여 농민문학의 새로운 지평을 개척하였다. 이외에도 「지옥변(地獄變)」, 「독메」, 「인간단지」, 「산거족(山居族)」 등의 단편이 있다. 김정한 문학을 농민문학, 민족문학, 참여문학, 저항문학, 경향문학, 민중문학, 리얼리즘 문학으로 보는 관점이 주를 이루고 있다.

저본 1985년 창작과비평사 출간 『金廷漢小說選集』(增補版)

II. 유항림 「마권(馬券)」

발 표 년 도	1937년 1월, 『단층』 1호
시대적 배경	일제의 군국주의화로 인해 민족의 삶이 극단적인 상황으로 치달았던 1930년 후반, 평양 초겨울
핵 심 서 사	① 실업자 지식인 만성이 직업도 없이 무위하게 살아가는 일상에 염증을 느끼고 항상 바쁜 사람처럼 자신을 가장하여 바쁘게 살아가는 흉내를 냄. ② 만성이 여러 친구들과 교유하면서도 이들의 세속적인 삶에 회의를 느낌. ③ 종서와 태흥의 사이에서 사랑의 줄다리기를 하는 혜경을 보고 더욱 회의를 느낌. ④ 아버지에게 양복값으로 받은 90원을 은행과 우편소, 그리고 금융조합에 각각 저금을 하고는 매일같이 이쪽 돈을 저쪽으로, 다음 날은 저쪽 돈을 이쪽으로 옮기면서 바쁘게 살아가는 사람처럼 돌아다님. ⑤ 만성은 진규에게 학생증과 열차 할인증을 빌려 흩어놓은 돈을 모두 찾아 마권을 사는 기분으로 동경에 갈 것을 결심함. ⑥ 만성은 종서를 만나 오늘 밤차로 동경에 가겠다고 얘기하며 결심을 새로이 굳게 할 필요를 느꼈고 이론이 싫어졌다고 함. ⑦ 만성은 초동(初冬)의 비가 퍼붓는 가운데 밤차를 타고 떠나고 만성을 보낸 종서는 빗소리에 한층 더 적적해 함.
주 제	일제 강점기, 일제의 군국주의와 파시즘이 득세하는 상황에서 방향 감각을 상실하고 스스로 환멸에 빠져든 지식인의 과장된 자의식
등 장 인 물	만성(萬成), 창세(昌世), 종서, 혜경, 태흥, 길수 어머니, 종서 어머니, 중학생, 변호사 공부를 한다는 사람

만성(萬成)

성 별   남자

나이(추정포함)   20대 중반 정도일 것으로 추정함.

출생지 및 거주지, 활동 공간

① 출생지는 정확히 알 수 없음.

② 거주지와 활동공간은 평양임.

직 업   특정한 직업은 없으며, 삐삐골프장, 도서관 등을 전전하며 주로 창세, 종서 등을 만나 시간을 보내며 무위도식함.

출신계층   어느 정도의 재력가로서 평양 중류계층 이상임.

교육정도   ① 중학을 졸업함.

② 중학교 4학년 때 독서회 사건으로 검사국으로 넘어갔다가 기소유예로 석방되어 나온 전력으로 보아 진보적인 이론을 접했을 것으로 추정함.

① 결혼을 하였으나, 처가 죽음.

가족관계   ② 중학교 4학년 때 독서회 사건 이후, 아들에게 너그러운 마음을 가지려는 아버지가 있음.

③ 계모가 있음.

인물관계   ① 창세, 종서 등과 어울리며 삶에 대한 서로 다른 견해로 논쟁함.

② 동경 유학 중인 진규와는 알고 지내는 사이로 '생활을 잃은 형해'를 버리기 위해 동경으로 가는데, 그에게 그의 C대학 학생증과 철도 할인권을 빌림.

인물의 존재방식(사회계층)

중학을 졸업하고 일제강점기 말 악화된 정세 속에서 삶의 방향을 잡지 못하고 방황하는 젊은이

① 자의식이 강하며, 이론보다는 실천적 생활을 중시함.

성 격   ② 삶에 대한 깊은 회의에 빠짐.

③ 현재의 '생활 없는 형해'에서 벗어나고자 동경행을 선

택할 정도로 삶에서의 실천을 깊이 있게 모색함.

인물의 성격지표 및 제시방식

〈예문 1〉

시계를 들여다보는 척하면서 딱 하는 소리와 함께 굴러가는 골프 알을 보고 동시에 무사히 넘어선 코스를 한 번 다시 훑어보며 회심의 웃음을 지어 웃는 상대자의 표정까지 곁눈질하고 그가 자기 편을 보기 전에 얼핏 시선을 시계 위로 떨어뜨렸다. 이것으로 삐삐골프 한 번 치는 사이에 세 번째 시간을 보는 셈이다.

"저 미안하게 되었습니다. 시간이 바빠서 껨 중도지만 실례하겠는데 용서하십시오."

"천만에요. 그리 바쁘지 않으면 같이 치시면 좋을 텐데……"

"중도에 참 미안합니다. 다음에 또 짬이 있으면……"

그 사이에 요금을 치르고 말을 끝까지 마치기 전에 총총걸음으로 달리듯이 골프장을 나왔다. 그런즉 어디로 갈까. 만성(萬成)이는 아직도 바쁜 걸음을 늦잡지 않은 채 갈 곳을, 적어도 가고 좋을 곳을 찾느라기에 발보다도 머리가 분주히 돌아감을 느꼈다. 인제는 찾아갈 곳은 한 바퀴 돈 셈이고…… 옳지 도선관이 있지 않은가.(257~258쪽)

〈예문 2〉

만성은 일기를 쓰고 자려고 일기장을 펴놓고 하루 지낸 일을 회상하면서 앞에 쓰인 생활을 한 번 다시 들여다본다.

9월 12일. 낮잠을 자고 있노라니 아버지가 들어와 깨우며 사람이 그렇게 먼숭먼숭 놀기만 하면 못쓴다고 훈계한다. 언제는 한다고 야단, 이제는 안한다고 걱정. 그리고는 죽은 사람만 언제까지 생각지 말고 좋은 자리 있을 때 장가를 들라는 으레 나올 줄 각오했던 그 이야기다. 죽은 처를 못 잊어 재혼하지 않는다고는 우스운 일이다. 그리고 편리하고 감사할 일이다. 죽은 처에 대해서는 무엇보다 범속(凡俗)의 가정을 가지고 간 것을 감사하는 나이다. 창세와 두어 시간 가까이 골프를 쳤다.(261쪽)

〈예문 3〉

만성도 일어나 앉아서 맛있는 음식을 먹는 것같이 침까지 삼키며 듣고 있다.

"죽음 없이 생의 가치를 어떻게 증명한단 말인가. 아모리 비열하고 초라한 생활이라도 네 말대로 하면 훌륭하다. 생물학적으로 살어 있으니까, 죽음을 생각지 않고 어떻게 사니."

"그럼 생의 자극으로 죽음을 생각할 필요가 있다."

"너는 왜 자기 생각에서 한 발자국 내딛기를 그렇게 무서워하니."

하고 만성은 또 한 마디 던지듯이 뱉어놓고 눕는다. 종서는 맥 풀린 눈으로 만성의 얼글을 들여다본다. 그가 경계하던 동무들보다도 절망과 슬픔이 가득 찬 표정이라고 만성은 마주 쳐다보며 생각했다.

"너는 언제나 어떻게 살까 하는 걸 말하지만 어떻게도 할 수 없는 것이 현실이 아니가."

"어떻게도 할 수 없어 보이는 현실을 어떻게 해볼래는 것이 인간이고 사는 것이 아닌가. 그것이 옳다고 할 수 있겠지."

"그러나 그것을 아직도 자신을 가지고 말하는 것은 너다운 곳이다."(266쪽)

〈예문 4〉

그날 밤 만성과 창세는 영화를 보러 갔다가 영사중에 정전으로 하느 수 없이 그곳을 나왔다.

창세는 들으란 속이겠지만 누구를 향해서 하는 말도 아닌 것같이 글 읽듯이,

"순수한 밤이다. 별도 없고 달도 없고, 전등이 켜지면서 무어든지 뵐 것같지만 진열장이 뵈고 계집이 뵐 뿐이지 그 우에 무엇이 뵈는가."

만성은 또 시작했다고 대꾸를 놓으려다가 일일이 반대하기도 어리석어 보여서 묻는 말도 아니니 못 들은 척하는 수밖에 없다 생각하고 휘파람을 불면서 조금 떨어져 걷고 있었다.

그들의 의견이 맞는 일은 극히 드물다. 종서를 상대로 할 때는 그의 이론에 입각한 자신(自信)에 반항하고 싶은 충동이 일어나며 회의의 파문을 던지려고 겨뤘고 따라서 창세와도 마음이 맞지만 창세만을 대할 때는 종서와의 경우보다도 위험한 폭발성을 인제나 느끼는 것이었다.(267 268쪽)

〈예문 5〉

두어 시간 가까이 지나가고 그것도 단념하려고 하는데 행길에서 낯익은 만성이 음성이 들린다.

"응, 저금할려고 금융조합엘 가든 길이네. 그런데 어떻게 지끔 나왔나. 몸이 편치 못해서…… 그래도 시험 때는 들어가지? 요즘은 조금 바빠서 …… 짬 있으면 또 만나세."

집 안에서 아버지가 내려다보고 있는 줄도 모르고 만성은 바로 그 앞까지 와서 발을 멈추고

"진규!"

하고 돌아다보다가

"아니, 다음에 만나서 말하지."

하고 걸어가버린다. 그놈이 저금은 무슨 저금을 하고 바쁘긴 무엇이 바쁘댄다노 하고 의심하면서 우정 길로 나와 뒷모양을 바라보는 아버지의 시선을 생각지도 못하고 만성은 자기의 말대로 N금융조합으로 들어섰다.

은행에서 소절수를 바꾸느라고 기다리는 사이에 문득 생각난 것은 어렸을 적의 은행 놀이란 것이었다. 지전을 만들어 저금하고 찾아내고 하며 놀던. 거기서 힌트를 얻어 특별당좌예금에 50원을 저금하고 N금융조합에 또 저금하려고 그리로 가던 길에 진규를 만났고 그의 아버지도 그를 보았던 것이다. 금융조합에 20월 처음으로 저금하고 그길로 우편소로 가서 20원을 저금하고 새 통장을 받아냈다. 이렇게 90원을 세 곳에 넣어놓았다.

그 이튿날은 금융조합과 우편소에서 10원씩 꺼내다 은행에 저금한다. 또 그 이튿날은 은행에서 60원을 찾아 내다 우편소와 금융조합에 저금한다. 늦잠을 자고 나서 그 세 곳을 다녀오면 비용 드는 일도 없이 하루해가 곧잘 지나갔다. 따라서 양복을 다 지어놓고 기다릴 양복점에는 자연 발길을 하지 않았다.(276~277쪽)

〈예문 6〉

자기를 속이고 살지 못할 인간이 있을는지도 모른다. 그러나 그것을 큰 고함 치면서도 살고 있는 인간이 있다. 자기의 무력을 알고는 살 수 없는 사람이 있을는지도 모른다. 그러나 그것을 알면서도 살고 있는 인간은 너무나 많다. 생활의 궁핍은 이론에 배부르는 법은 없다. 그것은 궁핍의 생활에 자위(自慰)를 줄 수는 있을는지도 모른다. 그러나 멀지 않아서 궁핍의 생활은 몸서리치지 않고는 견딜 수 없이 된다. 이론의 마술성도 매력을 잃게 되는 때 그 이론 자체가 그 생활의 일 단면임을 알게 된다. 개구리와 같이 어둠을 탄식한다. 몸서리친다. 다시 자위의 방법을 찾는다. 일시적인 줄 알면서도 다른 마술에 매혹되고 만다.

형해(形骸)의 생활에 이론은 처음부터 필요치 않은 것이다. 인간의 문제는 생의 문제다. 생의 칩거를 변명하려는 인간의 문제는 그 패러독시컬한 매력으로 약간의 자위를 베풀어준다. 무의 형해를 분장하고 다른 그것과 자기의 그것을 구별하려고 한다.

아! 형해. 생활. 형해의 생활. 생활의 형해. 그것에 미련이 있는가. 애착이 있는가. 그렇지 않으면 그것을 버릴 용기가 없는가. 용기란 무언가. 그것도 형해의 요소가 아닌가. 미련이 없고 애착이 없는 것을 버리는 데는 용기가 필요치 않다. 형해는 애착이나 미련의 상실과 동시에 버리어지는 것이 아닌가. 그렇지 않으면 지금의 형해를 버린 다음에 붙잡는 그것이 또 다른 그것일 것이 두려운가.

개구리와 같이 어둠을 탄식하며 새벽을 맞고 다음 날의 탄식만을 위하여 아침 이슬을 마시지 않으면 안되는가.

개구리의 불행은 오히려 가벼울지도 모른다. 불행은 자각하는 때부터 견딜 수 없는 것이 되지 않는가.(285~286쪽)

〈예문 7〉

창세가 찾아왔댔다는 말을 듣고 저녁에 뒤에 곧 그를 찾아갔었으나 어디론가 나간 뒤였다. 종서를 찾아갔다. 종서는 외투를 껴입고 나오며 묻는다.

"어제 어델 갔댔나."

"……"

"한참 가다가 돌아보니까 없기에 찾노라고 둘이서 숱해 싸다녔다."

"……"

…〈중략〉…

만성은 입을 열었다. 이때껏 다물고 있던 입하고는 가벼운 어조였다.

"나는 동경 갈랜다."

"언제."

"오늘 밤차로."

"왜 그렇게 갑자기."

"어젯밤에 벌써 작정한 일이다."

"이제 간대야 학교도 못 붙을 텐데."

"붙는대도 학비를 보내주지 않을 게다."

"그러면 멋 하레."

"모르지. 여기 있어도 소용없으니까 간다."

"그렇드래도 어떤 생활을 바란다는 것이야 있겠지. 지금따라 신문배달을 하고 싶어하지도 않겠고, 그렇다고 노동을 하고 육체노동 가운데 갱생(更生)의 길을 찾겠다는 쎈치도 아니겠지."

"왜 알지 못할 미래만을 묻나. 눈앞의 현재를 어떻게 할 소견인가. 생활을 잃은 형해를 버리는 데 미련이 있단 말인가."

…〈중략〉…

"변증법은 네게 있어서는 한 개의 주관, 한 개의 희망이다. 어느 구체적 현실이 양에서 질로 변한다는 사실을 인정하는 것이 아니고 곤란 가운데서도 노력이 어느 정도가 되면 소득이 있겠다는 희망이다. 창세는 절망에 빠지여 있다. 절망을 감각하고 절망을 부르짖는 가운데 일종의 안이한 쾌감을 찾는다. 그것에 빠지여서는 그것을 사유(思惟)할 수 없지 않은가. 나는 주관이 섞이지 않은 객관적 입장으로 현실을 봤다. 사유의 결과는 절망이다. 거기 비로소 맹렬한 주관의 활동이 시작된다. 절망의 힘이 생기는 것이다. 무소유자의 힘이 생기는 것이다. 너는 절망적인 현실에서 눈을 가리우고 이론이란 장님의 지팽이만을 의지하고 걷고 있다. 어째서 눈을 뜨고 달음질칠래고는 하지 않나."

"이론이 장님의 지팡이라면 눈 뜨고 달음질치는 것은 꿈속의 일이겠지. 그리고 네가 현실을 객관적으로 보고 절망이라고 생각했다는 데가 의심스럽다. 그때 과연 주관이 없었는지를 말이다. 처음부터 절망이라고 선입감을 가지고 사유를 시작했다고 생각한다. 네가 말하는 맹렬한 주관을 그 관찰에도 작용시키었더면 절망은 없었을 것이다."

서로 할 말은 다 해놓고 가분가분한 발은 흥분에 상기된 머리를 조용히 옮기고 있었다. 그 머리를 식히려는 듯이 차가운 빗방울 몇이 떨어진다.

만성은 아까보다 퍽 정다운 목소리로 변했다.

"솔직한 말이지만 나는 어젯밤에 너를, 너뿐 아니고 우리들을 경멸했다. 그러나 지금 말하는 가운데 너를 전적으로 경멸할 수 없는 것같이 생각됐다. 모두 개성의 문제같이 생각됐다. 이론 가운데 사는 보람이 있는 것 같은 쾌감을 느꼈다. 나는 거기서 내 결심을 새로이 굳게 할 필요를 느꼈다. 너는 혜경과의 경우에 이론을 몰랐다면 좀더 인간미가 있는 인간이 됐을런지도 모른다. 나는 이론이 싫어졌다."

만성이가 집에 들러 남모르게 트렁크를 가지고 역으로 나왔을 때는 초동(初冬)의 비는 제법 좍좍 소리를 내서 퍼붓고 있었다.

"만성(萬成)이란 이름을 지을 적에는 만사성취(萬事成就)하라고 지은 것이겠지만 지금 보면 우스운 일이다. 창세(昌世)란 이름도 당치 않은 일이다. 네 이름만은 그럴듯할런지도 모르지만."

이런 가벼운 농담을 하고 웃으며 만성은 기차에 올라탔다. (288~291쪽)

● **창세(昌世)** ――――――――――――――――――――――――

성 별　　남자
나이(추정포함)　　　20대 중반 정도일 것으로 추정함.
출생지 및 거주지, 활동 공간
　　　　　　① 출생지는 정확히 알 수 없음.
　　　　　　② 거주지와 활동공간은 평양임.
직 업　　특정한 직업은 없으며, 만성, 종서 등을 만나 논쟁을 하거
　　　　　나 술을 마시며 무위도식함.
출신계층　　아버지가 고리대금업자인 평양 중상류계층
교육정도　　만성, 종서 등과 더불어 중학을 졸업함.
가족관계　　악착스러운 고리대금업자인 아버지가 있음.
　　　　　　① 아버지의 악착스러운 고리대금업이 못 마땅하여 내적
　　　　　　　으로 갈등함.
인물관계　　② 만성,　종서 등과 어울리며 삶에 대한 서로 다른 견해
　　　　　　　로 논쟁함.
　　　　　　③ 만성이 창세가 절망에 빠져있으며 안이한 쾌감을 느낀
　　　　　　　다고 비판함.
인물의 존재방식(사회계층)
　　　　　　중학을 졸업하고 일제강점기 말 악화된 정세 속에서 삶의
　　　　　　방향을 잡지 못하고 절망에 빠져 있는 젊은이
성 격　　① 내성적이며 비관적임.
　　　　　　② 유약하고 감정적임.

인물의 성격지표 및 제시방식

〈예문 1〉

일요일이므로 종서를 찾아가지고 창세의 집으로 갔다. 금방 읽다가 그

대로 책상 위에 펴논 책을 턱으로 가리키면서 만성은 무슨 책인가 묻는다. 창세는 그 말에는 대답지 않고

"사는 것이 수평적 타락이다."

하며 혼잣말같이 중얼거리었다.

"누구의 말이가. 네말이가."

"아니."

"누군지 우리보다 별로 잘난 놈도 아닌 모양인데……"

"왜? 장 꼭또의 말이다."

만성은 방석을 옆에 베고 길게 누우며 연극 대사 읽듯이 그 말을 한 번 받아 외었다. 종서는 옆에 누운 그의 허리에 손을 얹으며 물었다.

"수평적 타락이라니."

"글자 뜻대로지 별것 있나."

그 사이에 만성은 자기의 일기, 더욱이 어제 일기를 생각하고

"그거야 생의 의의란 것과 연결되는 말이겠지. 무엇 때문에 사는가 물을 때 그 목적이 없는 사람의 생활을 말함이겠지."

"아니, 그 목적에 대한 회의도 될걸."(263~264쪽)

〈예문 2〉

그런 때는 으레 무관심한 척하는 태도를 짓고 있다가도 자기 생각만 수습되면 돌연 공세로 나서는 그의 솜씨를 짐작하고 만성은 은근히 그의 말을 꾀듯이

"죽고 싶은가 물어서 그렇다고 대답하는 사람은 많지만 기계가 되겠는가 묻는데 그렇다고 대답할 사람은 없지 않을까."

과연 종서는 벌떡 일어나 앉으며 굵은 눈썹을 움칫하고 언제나 의지를

두 입술로 물듯이 꼭 달물고 다니던 입술에 힘을 주는 듯한 어조로 공세의 제일탄을 던지었다.

"그렇지만 자살하는 사람보다 기계가 돼서라도 사는 사람이 많지 않을까."

"그렇기에."

창세는 입으로 가져가던 담배를 성급히 비벼 끈다.

"사는 것은 수평적 타락이라고 하는 말이다. 기계가 돼서야 멀 하러 살겠나 말이다."

"사람이 있고 그 다음에 사는 것이 아니고, 사는 것 가운데 사람이 있지 않을까. 죽음은 인간의 문제가 아니고 인간의 끝이 아닐까."

"무섭게 운명적인데! 사는 것이 사람의 운명이라고는 무서운 일이다."

하고 과장의 한숨까지 짓는다.

…〈중략〉…

"죽음 없이 생의 가치를 어떻게 증명한단 말이가. 아모리 비열하고 초라한 생활이라도 네 말대로 하면 훌륭하다. 생물학적으로 살어 있으니까. 죽음을 생각지 않고 어떻게 사니."(265~266쪽)

〈예문 3〉

그날 밤 만성과 창세는 영화를 보러 갔다가 영사중에 정전으로 하느 수 없이 그곳을 나왔다.

창세는 들으란 속이겠지만 누구를 향해서 하는 말도 아닌 것같이 글 읽듯이,

"순수한 밤이다. 별도 없고 달도 없고, 전등이 켜지면서 무어든지 뵐 것 같지만 진열장이 뵈고 계집이 뵐 뿐이지 그 우에 무엇이 뵈는가."

만성은 또 시작했다고 대꾸를 놓으려다가 일일이 반대하기도 어리석어 보여서 묻는 말도 아니니 못 들은 척하는 수밖에 없다 생각하고 휘파람을 불면서 조금 떨어져 걷고 있었다.

그들의 의견이 맞는 일은 극히 드물다. 종서를 상대로 할 때는 그의 이론에 입각한 자신(自信)에 반항하고 싶은 충동이 일어나며 회의의 파문을 던지려고 겨뤘고 따라서 창세와도 마음이 맞지만 창세만을 대할 때는 종서와의 경우보다도 위험한 폭발성을 언제나 느끼는 것이었다.(267~268쪽)

〈예문 4〉

그렇게까지 취하지도 않았는데 창세의 음성은 너무 높다. 혜경의 약혼의 전말은 처음부터 그의 어머니한테 들어서 알고 있었지만 그것이 당연한 일이고 조금도 고통으로 생각지 않는다고 종서 자신이 태연한 일에 흥분하는 양이 만성에게는 우스웠다.

"흥분하잖어도 좋지 않나. 송서의 일이지 네가 낭한 일은 아니니까."

창세는 귀에 거슬리는지 한 번 돌아보고는 여전히 종서와 어깨를 겯듯이 앞서 걷는다. 입은 다문 모양이다.

…〈중략〉…

또 다시 계속되는 말다툼은 끄기를 잊고 가버린 네온보다 머리에 어지럽다.

"그러면 날과 울란 말인가."

"울 필요가 없단 말이겠지."

"나는 연애지상주의자는 아니다."

"물론 그렇다. 1에서 10까지 변증법적 유물론자다."

― 변증법적 유물론자가 되려다가 못된 무리들, 그것을 나무라는 속인

가.

　서로 사랑하고 사랑받고 하는 여자에게 사랑한다는 말 한 마디 못하고 무슨 잔말이 그리 많은가. 그리고 창세는 아버지의 악착스런 고리대금에 충고할 수 없던 뱃부림을 종서에게 하려는 셈인가.(284쪽)

❋ 종서

성　　별	남자
나이(추정포함)	20대 중반일 것으로 추정함.
출생지 및 거주지, 활동 공간	① 출생지는 알 수 없음. ② 평야에 거주하며 S상회에 근무함.
직　　업	S상회 25월짜리 월급쟁이
출신계층	아버지가 살아 있을 때는 중류계층 정도일 것으로 추정함.
교육정도	만성, 창세와 같이 중학교를 졸업함.
가족관계	아버지는 죽고 삯바느질로 그의 월급에 보태는 어머니만 있음.
인물관계	① 만성, 창세 등과 어울려 삶의 문제와 관련하여 논쟁함. ② 만성에게 너무 이론에만 매달린다는 비판을 받음. ③ 중학 5학년 때 만난 혜경을 사랑하지만, 자신의 감정을 드러나지 않아 혜경이 태흥과 약혼함.
인물의 존재방식(사회계층)	① 악화된 정세와 부친의 죽음으로 자신의 이상과 열정을 버리고 가정과 빵을 위해 직장생활에 매달려야 함. ② 아버지의 유산으로 집 한 채만 남아 있고 어머니가 삯바느질하여 자신의 월급에 보태 생활하는 형편임.
성　　격	① 월급쟁이로서의 자신을 자조하며, 추상적 이론만을 내세움.

② 자신의 감정을 드러내지 못하고 위신을 중시하고 무엇
　　　이든 이론으로 합리화함.
　　③ 냉정하고 이지적임.

성격 지표 및 인물 제시방식

〈예문 1〉

　만성도 일어나 앉아서 맛있는 음식을 먹는 것같이 침까지 삼키며 듣고
있다.

　"죽음 없이 생의 가치를 어떻게 증명한단 말이가. 아모리 비열하고 초
라한 생활이라도 네 말대로 하면 훌륭하다. 생물학적으로 살어 있으니까,
죽음을 생각지 않고 어떻게 사니."

　"그럼 생의 자극으로 죽음을 생각할 필요가 있다."

　"너는 왜 자기 생각에서 한 발자국 내딛기를 그렇게 무서워하니."

　하고 만성은 또 한 마디 던지듯이 뱉어놓고 눕는다. 종서는 맥 풀린 눈
으로 만성의 얼굴을 들여다본다. 그가 경계하던 농부를 보나도 찔밍괴 슬
픔이 가득 찬 표정이라고 만성은 마주 쳐다보며 생각했다.

　"너는 언제나 어떻게 살까 하는 걸 말하지만 어떻게도 할 수 없는 것이
현실이 아니가."

　"어떻게도 할 수 없어 보이는 현실을 어떻게 해볼래는 것이 인간이고
사는 것이 아닌가. 그것이 옳다고 할 수 있겠지."

　"그러나 그것을 아직도 자신을 가지고 말하는 것은 너다운 곳이다."(266
쪽)

〈예문 2〉

　"너희들 어두운 데서 멋 하고 있니."

그래도 자기의 마련 없음을 깨달았는지

"어머니는 어데 가셨니."

하고 화제를 돌린다.

그는 메피스토도 요파도 아니고 몇 집 건너 사는 길수 어머니였다.

촛불은 붓끝 같은 화심을 다시 모아 가는 연기를 내두르고 있다. 종서는 얼굴을 붉힌 채 예배당에 가셨다고 촛불을 향하여 대답한다. 그때 목소리는 그답지도 않게 떨리었다. 4년을 두고 사랑해 오는, 그리고 혼자 계신 어머니도 묵인하고 일요일이면 그들을 위해서 밤 예배가 끝난 뒤에도 반드시 어데 들렀다가 열시 지나서야 돌아오는 사이의 혜경을 상대로 어둠이 가져오는 충동을 누르고 그런 체 없이 자연스런 동작을 가질 수 있는 게 그의 노력의 한계가 아닌가, 길수 어머니의 출현은 벽력에 틀림없다.(269~270쪽)

〈예문 3〉

종서는 그 밤을 새워버리고 말았다. 그러고도 날이 밝고 그가 봉직하고 있는 S상회의 탁자에 앉아서 장부를 펴놓았을 때는 그런 체 없이 붓대를 놀리고 있었다. 한고비 분주한 시간이 지나고 사무에 피곤함을 느끼자 머리가 무거워지며 꺼질 듯이 졸리어서 바람이라도 쏘일 작정으로 길가로 나왔다. 저편에서 만성이가 바쁜 걸음으로 오는 것이 보인다.

…〈중략〉…

만성은 버룩버룩 웃으며 곁으로 가까이 와서

"어젯밤에 어떻게 됐니."

"무어가."

"정전돼을 때 창세하고 너희 집에 갔댔다. 딜여다볼래는데 너희들 나오는 바람에 도망해버리고 말았다. 그래도 시침 따겠니."

"그따위 실없는 수작은 두었다 해라."

다시 분주히 걸어가는 만성의 뒷모양은 자기를 조롱하느라고 어기적거리는 것같이 종서에게는 보이었다. 실없는 억측으로 자기를 놀려먹으려는 그를 아무리 친한 동무 사이라 하더라도 요강에 물 떠먹은 것같이 꺼림칙해서 용서하고 싶지 않았다. 불 꺼지었다고 어떻게 된다면 문제는 간단하다. 냉정한 마음으로 해결하려도 해결할 수 없는 것을 불이 꺼지었다는 우연에 맡기어 될 대로 되어버린다고는 너무나 통속소설적이고 우연에 대한 인간의 패배이고 이지(理智)에 대한 본능의 승리다.(270~271쪽)

〈예문 4〉

부엌에서 밥 짓는 어머니와 이야기하여 벽 문턱에 섰던 길수 어머니는 부엌문에 기대었던 몸을 돌이켜 들어오는 종서를 향하여 능측스런 웃음을 웃는다. 시침을 떼고 망 안으로 들어가려고 구두를 벗는데,

"너 장가가라고 왔다."

"흥."

돌아보지도 않고 방문을 열어 잡는 그를 붙잡듯이 말을 계속한다.

"내 말 좀 들어러. 방금 그 말을 하고 있었지만 오늘 혜경이 어머니를 길에서 만났댔는데 지금 차에서 내리는 길이라며 며칠 묵어가겠다드라. 기회가 마침 좋은데 이번에는 혼인말을 내서 어떻게 하야지 않겠니."

…〈중략〉…

"제발 가느니 어드르니 하지 마시고 내 말 들으시소. 그건 뭘 창피스레 가시겠소. 누가 25원짜리 월급쟁이한테 딸 주갔댑디까."

"왜 가문이 남만 못하나, 인물이 빠지나, 단지 돈 한 가지 없지만 당자

가 좋다면 그만 아니냐. 아주 쉬 어제만 해도 그런 마음 없는 년이면 불 꺼진 방 안에 남의 총각과 멋 허레 앉아 있겠니. 내가 그만 눈치 없을 줄 아니. 그래 봬도 다 알고 있단다. 그리고 넌 굿이나 받아 떡이나 먹으려무나."

어처구니가 없어서 문을 닫고 도로 누웠다. 이번에는 정작 들리지 않는 목소리로 수군거리는 모양이다. 그대로 내버려두면 기어이 거기 갈 것이 분명하므로 다시 방문을 열어 잡고

"이건 내 위신에도 상관되는 일이니까 간다 치드래도 며칠, 한 댓새 기다려 가기로 하시소."

하는 말을 남겨놓고 자기 어머니만은 자기 마음을 이해할 것이라 믿고 대답도 듣기 전에 쾅 하고 요란스러이 문을 닫아버리었다. 어제의 오늘인 만큼 갑자기 혼인말을 낸다면 혜경이가 자기를 어떻게 생각할 것인가 하는 불안에 마음이 초조했다. 행복을 보장할 수 없는 결혼이고 무엇보다도 어제 일로 해서 별안간 혼인말을 내고 사람을 보낸 것같이 보일 것이 아닌가.(271~273쪽)

〈예문 5〉

종서가 중학 5학년 때 외켠으로 일가뻘 되는 혜경이는 그의 어머니와 함께 종서의 집을 찾아와서 처음으로 그와 만났고 그 후로도 종서를 어떻게 생각해서가 아니라 단조한 기숙사 생활에서 집 그리운 마음에 끌리어 친척집이라고 틈틈이 놀러 왔던 것이다. 그러는 동안에 종서는 시대의 거도(巨濤)와 보조를 같이하는 세계관과 젊은 열정을 가지고 졸업했건만 세상은 벌써 혼미한 적막이 있을 뿐이고 졸업 후로 미루었던 포부를 살릴 길 없는 현실에 부대끼고 이론으로서는 극복했다고 믿던 가정과 빵을 위

하여 죽은 아버지의 친지를 찾아 25원의 초라한 밥자리에 매달리었다. 그때 혜경은 이성(異性)으로서의 여자가 되었다. 이렇게 로맨틱한 아무것도 없이 그들의 산문적인 로맨스가 시작되었다. 산문적이라고 한 것은 혜경에게서 이성을 본 당초부터 종서는 결혼을 생각했고, 결혼을 전제로 하지 않는 연애를 인정치 않는 그로서는 경제적 보장이 없는 가정에 그를 맞아들일 자신이 없는 이상 적극적으로 사랑할 자격이 없다고 스스로 생각했고, 무엇보다도 아버지가 조금 나기고 돌아가신 가산은 그 동안 낀뿌비해서 먹었고 지금은 집 한 채가 남았을 뿐이나 그도 어머니가 삯바느질로 그의 월급에 보태어야 겨우 생활해나가는 형편인데 만일 결혼한다면 어머니만 삯바느질하랄 수도 없고, 그렇다고 삯바느질이라도 할 각오라고 저편에서 적극적으로 나선다면 모르지만 그렇지도 않은 이상 될 수 있으면 성을 초월한 그 무엇이라 설명해버리려는 노력을 잊지 않았기 때문이다. 그러나 누구보다도 영리한 혜경이가 그런 마음 속을 간파하지 못하리라고는 그두 생각지 않았다. 그 노력을 알아주다면 그만이었다. 처음부터 자기의 사랑을 그런 노력으로 감싸고 그 위에 그 사랑의 구조를 보이려는 의도였는지도 모른다.(277~278쪽)

〈예문 6〉

긴급히 할 말이 있다고 혜경을 데리고 나와 조용한 M그릴 2층 한 모캥이에 자리를 잡았다. 청한 음식이 오기를 기다리며 생각한다— 흥분해서 떠벌리거나 혀가 굳어지거나 해도 창피한 일이고 말을 꺼내기가 거북해서 우물쭈물하는 것도 약점을 보이는 짓이니까 냉정히 그리고 물 마시듯 자연스러이 말을 시작해야 한다고.

"어제 상회에서 집에 오니까 길수 어머니가 장가를 가라느니 중매를 한다느니 하기에 제발 빌고 막았지만……"

종서는 어떻게 말하려던 작정이었는지를 갑자기 잊어버리어 담배를 피워 물고 생각을 수습할 여유를 만들었다.

"그 수다스런 늙은이는 막는데도 집 어머니한테 찾아갈 모양입디다. 그렇게 되면 내가 우진 보낸 것이나같이 기분 나쁜 일이 아니오?"

또 말이 막히었다. 담배를 한 모금 깊이 들이빤다.

…〈중략〉…

"호의를 가지고 있는 것은 사실이지만."

보이가 내려가자 자기의 명료치 못한 의견을 책하듯이 계속한다.

"반드시 결혼을 전데로 하는 것은 아니요. 결혼이나 연애를 전연 생각지도 않았다고 할 수 있겠지요. 그런데 이런 말을 갑자기 하니까 불쾌하지 않소?"

하며 먹고 싶지는 않지만 흥분하기 때문에 못 먹는 것같이 보일까 하는 생각에 스푼을 들었다.

"아니요. 할 말이야 하야지요. 남들이 어떻게 보든지 그것은 그 사람의 자유지만 저도 그렇게 생각하고 있었어요. 저도 호의를 가지고 있는 것은 사실이지만 그것이 곧 연애나 결혼의 의사를 의미하지 않는다고 생각해요."

"바로 그것 말이요. 얼골이나 보고 꽁무니를 따러다니며 죽느니 사느니 하는 그따위 축과 마찬가지로 볼래니 맹랑한 일이지요. 조금만 친한 걸 보면 덮어놓고 연애니 무어니 하고 공론을 하니……"

…〈중략〉…

"모두 그 모양이지요. P는 얼마 전에 날과 연인의 이야기하라고 다자꾸 조르다가 나는 연인이 없다고 하니까 결국은 자기 연인의 이야기를 하는데 - 누구라고 말하면 알겠지만 - 열렬히 사랑한고요. 그런데 본처가 있고 아들까지 있다고 고백을 하더래요. 그래도 서로 사랑을 배반할 수는 없다고 나중에는 눈물을 흘리고 야단이에요. 남과 말하라고 졸르드니 제 사정 말하고 싶어서 그러든 모양이에요. 생각하면 우서워 죽겠어요.”

종서는 그 말에 따라 모멸의 웃음을 웃으면서도 마음속으로는 적지 않게 놀랐다. 마치 그들 어리석은 무리와 섞이지 않고 똑똑한 인간이 되려면 연애를 부정하지 않으면 안된다는 율법이라도 있었던 듯싶이 되지 않았는가. 그러나 혜경이가 냉정한 척한 태도로 종서의 위신 위에 자기의 위신을 올려놓으려고 애쓰는 것을 보고 그대로 있을 종서가 아니었다.

“그렇게 남의 일에 참견하기 좋아하는 사람이라곤! 원 누구가 장가를 가겠다며 중매를 해달라기에 그러는지 ……”

“글쎄나 말이지요. 왔으면 콧방을 맞힐걸. 호호. 우정과 연애는 딴것이 아녜요? 그렇지 않어요?”

“나도 물론 결혼하자고 하드래도 단연 거절했을 것이요.”

…〈중략〉…

“그런데 왜 도무지 먹지 않소.”

“방금 저녁을 먹었댔어요.”

종서는 배부른 때는 먹지 않는 것도 자연스런 일임을 새삼스러이 느끼며 고개를 끄덕끄덕하고 담배를 피워 물었다.(279~282쪽)

〈예문 7〉

창세가 찾아왔댔다는 말을 듣고 저녁에 뒤에 곧 그를 찾아갔었으나 어디론가 나간 뒤였다. 종서를 찾아갔다. 종서는 외투를 껴입고 나오며 묻는다.

“어제 어델 갔댔나.”

"······"

"한참 가다가 돌아보니까 없기에 찾노라고 둘이서 숱해 싸다녔다."

"······"

···〈중략〉···

만성은 입을 열었다. 이때껏 다물고 있던 입하고는 가벼운 어조였다.

"나는 동경 갈랜다."

"언제."

"오늘 밤차로."

"왜 그렇게 갑자기."

"어젯밤에 벌써 작정한 일이다."

"이제 간대야 학교도 못 붙을 텐데."

"붙는대도 학비를 보내주지 않을 게다."

"그러면 멋 하레."

"모르지. 여기 있어도 소용없으니까 간다."

"그렇드래도 어떤 생활을 바란다는 것이야 있겠지. 지금따라 신문배달을 하고 싶어하지도 않겠고, 그렇다고 노동을 하고 육체노동 가운데 갱생(更生)의 길을 찾겠다는 쎈치도 아니겠지."

"왜 알지 못할 미래만을 묻나. 눈앞의 현재를 어떻게 할 소견인가. 생활을 잃은 형해를 버리는 데 미련이 있단 말인가."

"그거야 추상적 이론으론 그럴 수 있을런지도 모르지만 사실로선, 구체적 사실로선 한 개의 생활에서 그저 뛰어나올 수는 없는 일이다. 한 개의 생활에서 다른 생활로 옮겨 앉든지 발전하든지 하는 수밖에 없지 않겠나."

"그러면 무너져가는 집 안에서 뛰여나오는 사람에게 나와서 거할 집을 미리 생각하고 나오라든지 나와도 거할 집이 없으니까 되루 들어가라고 할 작정인가?"

"그런 응급을 요하는 경우와 네 경우와는 다르다."

"과거를 청산하는 것은 좋다. 그러나 새로운 출발점은 어떤 것인가 이렇게 묻는 말이겠지. 그것도 한 쩨내레이숀 전의 일이다. 발전 가운데 과거를 청산하는 것은 내게는 유쾌한 고담소설의 이야기에 지나지 못한다. 나는 단순히 버리는 것이다. 그렇다고 내 생활 의욕이나 이지적 판단을 버리는 것은 아니다. 그것을 버린다면 자살이다. 나는 생활 없는 형해를 버릴 뿐이다. 이것으로 나를 좀더 발전시킬 수 있다면 횡재다. 다행이다. 또 그렇기를 바란다. 여기 통용치 못하는 루불 지폐가 있다면, 그리고 그것으로 마권(馬券)을 살 수 있다면 그것도 도박이라고 위험하다고 할 수 있겠나. 나는 요행을 바라고 마권을 산 것이다."

…〈중략〉…

"절망이라고 생각하는 주관에만 걸깅이 있다. 객관은 곤란힐 따끔이나. 사람은 가능한 문제만 제출한다. 인간의 문제는 가능한 문제다. 노력해도 얻는 것이 없을런지도 모르지만 그 노력이 어느 모멘트에 달하면 소득이 있어진다. 그것이 말하자면 변증법이라겠지. 양으로부터 질에, 그것을 내게 아르켜준 사람이 바로 너겠다."

"변증법은 네게 있어서는 한 개의 주관, 한 개의 희망이다. 어느 구체적 현실이 양에서 질로 변한다는 사실을 인정하는 것이 아니고 곤란 가운데서도 노력이 어느 정도가 되면 소득이 있겠다는 희망이다. 창세는 절망에 빠지여 있다. 절망을 감각하고 절망을 부르짖는 가운데 일종의 안이한 쾌감을 찾는다. 그것에 빠지여서는 그것을 사유(思惟)할 수 없지 않은가. 나는 주관이 섞이지 않은 객관적 입장으로 현실을 봤다. 사유의 결과는 절망이다. 거기 비로소 맹렬한 주관의 활동이 시작된다. 절망의 힘이 생기는 것이다. 무소유자의 힘이 생기는 것이다. 너는 절망적인 현실에서 눈을 가리우고 이론이란 장님의 지팽이만을 의지하고 걷고 있다. 어째서 눈을 뜨고 달음질칠래고는 하지 않나."

"이론이 장님의 지팡이라면 눈 뜨고 달음질치는 것은 꿈속의 일이겠지. 그리고 네가 현실을 객관적으로 보고 절망이라고 생각했다는 데가 의심스럽다. 그때 과연 주관이 없었는지를 말이다. 처음부터 절망이라고 선입감을 가지고 사유를 시작했다고 생각한다. 네가 말하는 맹렬한 주관을 그 관찰에도 작용시키었더면 절망은 없었을 것이다."

서로 할 말은 다 해놓고 가분가분한 발은 흥분에 상기된 머리를 조용히 옮기고 있었다. 그 머리를 식히려는 듯이 차가운 빗방울 몇이 떨어진다.(287~290쪽)

● 혜경

성 별	여자
나이(추정포함)	20대 중반 이하일 것으로 추정함.
출생지 및 거주지, 활동 공간	
	S촌에서 출생했을 것으로 추정하며 현재는 종서, 창세, 만성 등과 같이 평양에서 하숙하며 B유치원의 보모로 활동함.
직 업	B유치원 보모
출신계층	아버지가 S촌의 면장인 것으로 보아 면의 중류계층 이상일 것으로 추정함.
교육정도	일제강점기 중학교를 졸업함.
가족관계	S촌의 면장인 아버지와 어머니가 있음.

인물관계	① 종서와 중학교 시절부터 가깝게 지냄.
	② 만성, 창세 등과도 알고 지냄.
	③ 교제하는 종서가 위선을 부리자 금융조합 부이사로 부임한 태흥과 약혼함.
인물의 존재방식(사회계층)	
	아버지가 S촌에 면장인 점으로 보아 중류계층 이상의 가정이지만 정작 자신은 중학교 졸업 후 상급학교에 진학하지 않고 설비가 불완전한 B유치원의 보모로 일할 정도로 주관이 뚜렷한 여성의 모습을 보임.
성 격	① 자존심이 강하고 영리함.
	② 환경에 영향 받지 않고 자신의 생각을 밀고 나가는 고집이 있음.
	③ 솔직하고 당당한 것을 좋아함.
	④ 다소의 속물근성이 있음.

성격 지표 및 인물 제시방식

〈예문 1〉

종서가 중학 5학년 때 외켠으로 일가뻘 되는 혜경이는 그의 어머니와 함께 종서의 집을 찾아와서 처음으로 그와 만났고 그 후로도 종서를 어떻게 생각해서가 아니라 단조한 기숙사 생활에서 집 그리운 마음에 끌리어 친척집이라고 틈틈이 놀러 왔던 것이다. 그러는 동안에 종서는 시대의 거도(巨濤)와 보조를 같이하는 세계관과 젊은 열정을 가지고 졸업했건만 세상은 벌써 혼미한 적막이 있을 뿐이고 졸업 후로 미루었던 포부를 살릴 길 없는 현실에 부대끼고 이론으로서는 극복했다고 믿던 가정과 빵을 위하여 죽은 아버지의 친지를 찾아 25원의 초라한 밥자리에 매달리었다. 그때 혜경은 이성(異性)으로서의 여자가 되었다. 이렇게 로맨틱한 아무것도 없이 그들의 산문적인 로맨스가 시작되었다. 산문적이라고 한 것은 혜경에게서 이성을 본 당초부터 종서는 결혼을 생각했고, 결혼을 전제로 하지 않는 연애를 인정치 않는 그로서는 경제적 보장이 없는 가정에 그를 맞아들일 자신이 없는 이상 적극적으로 사랑할 자격이 없다고 스스로 생각했고, 무엇보다도 아버지가 조금 나기고 돌아가신 가산은 그 동안 낀뿌비해서 먹었고 지금은 집 한 채가 남았을 뿐이나 그도 어머니가 삯바느질로 그의 월급에 보태어야 겨우 생활해나가는 형편인데 만일 결혼한다면 어머니만 삯바느질하랄 수도 없고, 그렇다고 삯바느질이라도 할 각오라고 저 편에서 적극적으로 나선다면 모르지만 그렇지도 않은 이상 될 수 있으면 성을 초월한 그 무엇이라 설명해버리려는 노력을 잊지 않았기 때문이다. 그러나 누구보다도 영리한 혜경이가 그런 마음 속을 간파하지 못하리라고는 그도 생각지 않았다.(277~278쪽)

〈예문 2〉

상급학교 갈 수 있으면서도 졸업하자 전문학교 다니는 여자들의 젠 척하는 꼴을 비웃으며 학교도 가지 않고 그의 아버지가 면장 노릇하는 S촌으로 가지도 않고 집의 반대도 무릅쓰고 설비가 불완전한 B유치원의 보모 자리를 얻어 기숙사에서 하숙으로 옮겨 앉은 것도 혜경이가 자기를 사랑하고 그대로 떨어지기를 싫어하는 증거라고 자신을 가지어 생각하고 있었다. 그러나 그런 체 없이 좀더 친함을 보이려고 하거나 좀더 자주 만나기를 원하거나 하는 기색을 보이지 않고 한 주일에 한 번씩 판에 찍은 듯이 찾아오는 혜경의 이지적 거취는 더욱이 종서에게 무장한 것 같은 조심성스러움을 잊지 않도록 강제했던 것이다. 이러한 두 위신(威信)의 경주가 계속되는 사이에 혜경은 종서를 일요일에, 종서는 화요일에 각기 '방문'하는 습관이 생기고 알리지도 않은 창세와 만성도 어느새 눈치를 채었던 것이다.(278~279쪽)

〈예문 3〉

긴급히 할 말이 있다고 혜경을 데리고 나와 조용한 M그릴 2층 한 모캥이에 자리를 잡았다. 청한 음식이 오기를 기다리며 생각한다— 흥분해서 떠벌리거나 혀가 굳어지거나 해도 창피한 일이고 말을 꺼내기가 거북해서 우물쭈물하는 것도 약점을 보이는 짓이니까 냉정히 그리고 물 마시듯 자연스러이 말을 시작해야 한다고.

"어제 상회에서 집에 오니까 길수 어머니가 장가를 가라느니 중매를 한다느니 하기에 제발 빌고 막았지만……"

종서는 어떻게 말하려던 작정이었는지를 갑자기 잊어버리어 담배를 피워 물고 생각을 수습할 여유를 만들었다.

"그 수다스런 늙은이는 막는데도 집 어머니한테 찾아갈 모양입디다. 그렇게 되면 내가 우진 보낸 것이나같이 기분 나쁜 일이 아니오?"

또 말이 막히었다. 담배를 한 모금 깊이 들이빤다.

…〈숭략〉…

"호의를 가지고 있는 것은 사실이지만."

보이가 내려가자 자기의 명료치 못한 의견을 책하듯이 계속한다.

"반드시 결혼을 전데로 하는 것은 아니요. 결혼이나 연애를 전연 생각지도 않았다고 할 수 있겠지요. 그런데 이런 말을 갑자기 하니까 불쾌하지 않소?"

하며 먹고 싶지는 않지만 흥분하기 때문에 못 먹는 것같이 보일까 하는 생각에 스푼을 들었다.

"아니요. 할 말이야 하야지요. 남들이 어떻게 보든지 그것은 그 사람의 자유지만 저도 그렇게 생각하고 있었어요. 저도 호의를 가지고 있는 것은 사실이지만 그것이 곧 연애나 결혼의 의사를 의미하지 않는다고 생각해요."

"바로 그것 말이요. 얼골이나 보고 꽁무니를 따러다니며 죽느니 사느니 하는 그따위 축과 마찬가지로 볼래니 맹랑한 일이지요. 조금만 친한 걸 보면 덮어놓고 연애니 무어니 하고 공론을 하니……"

"저보고도 너이 연인이 어쨌느니 무어가 어쨌느니 하며 막 놀려먹을려고 해요. 찍 해도 연애, 짹 해도 연애 하는 그런 철없는 애들은 모멸하지 않을래도 않을 수 있어야지요."

"누가 그래요?"

"모두 그 모양이지요. P는 얼마 전에 날과 연인의 이야기하라고 다자꾸 조르다가 나는 연인이 없다고 하니까 결국은 자기 연인의 이야기를 하는데-누구라고 말하면 알겠지만-열렬히 사랑한고요. 그런데 본처가 있고 아들까지 있다고 고백을 하더래요. 그래도 서로 사랑을 배반할 수는 없다고 나종에는 눈물을 흘리고 야단이에요. 남과 말하라고 졸르드니 제 사정 말하고 싶어서 그러든 모양이에요. 생각하면 우서워 죽겠어요."

종서는 그 말에 따라 모멸의 웃음을 웃으면서도 마음속으로는 적지 않게 놀랐다. 마치 그들 어리석은 무리와 섞이지 않고 똑똑한 인간이 되려면 연애를 부정하지 않으면 안된다는 율법이라도 있었던 듯싶이 되지 않았는가. 그러나 혜경이가 냉정한 척한 태도로 종서의 위신 위에 자기의 위신을 올려놓으려고 애쓰는 것을 보고 그대로 있을 종서가 아니었다.

"그렇게 남의 일에 참견하기 좋아하는 사람이라곤! 원 누구가 장가를 가겠다며 중매를 해달라기에 그러는지……"

"글쎄나 말이지요. 왔으면 콧방을 맞힐걸. 호호. 우정과 연애는 딴것이 아녜요? 그렇지 않어요?"

"나도 물론 결혼하자고 하드래도 단연 거절했을 것이요."

…〈중략〉…

"그런데 왜 도무지 먹지 않소."

"방금 저녁을 먹었댔어요."

종서는 배부른 때는 먹지 않는 것도 자연스런 일임을 새삼스러이 느끼며 고개를 끄덕끄덕하고 담배를 피워 물었다.(279~282쪽)

〈예문 4〉

"심부름 왔댔나……"

은행에서 나오는 만성에게로 걸어오며 그를 퍽 찾아다니었었는지 만나기가 바쁘게 창세는 말을 꺼낸다.

"참말 놀랬다."

"무슨 일이 있었나."

"집에 곧 가야 하나."

"이니 지금아터 왔넸시란 안 가노 좋네."

창세는 골목으로 빠지어 강변으로 나가며 이야기를 계속했다.

"그야 태흥이 아니라도 떨지 않을 일인가. 이마이(見合)만 하드래도 여자는 어쩔 줄 모르지 않겠나. 남자 편에서 그러드래도 모르겠는데 여자 편에서 사궤보고 마음을 작정하자고 하드래지. 그것도 그렇지만 집에서 나오는 길에 첫마디로 술 담배를 먹느냐 묻드래. 태흥이 작자는 참하게 뵐려고 안 먹는다고 하니까 손수 담배를 사주며 남자가 담배 못 먹어 어떻게 하는가고 하드래요."

"혜경이가?"

"응, 그럭허구 돌아오는 길에 식당에 저녁 먹으러 들어갔을 제는 묻지도 않고 비루를 시키어 주드래지. 작자가 조금 떤 모양이데."

"흥 매우 모던인데."

"처음 만나는 남자에게 술 담배를 권할 만큼 새로운 타입의 여자인 척하고 이성(異性)을 대해서 태연한 척하지만 어떻게 하면 자기의 새로운 것을 빌까 해서 그래보는 것이지 정작 술 먹고 주정을 부레보지 머라나."

"우진 파혼토록 만들려고 그랬는지도 모르지. 그래 불량 소녀라지 않든가."

"오늘 중매쟁이가 와서 색시네 집에서도 만족해하며 반허락이나 하는 모양이니까 이제는 본촌 아버지의 승낙만 있으면 되겠다고 기뻐만 하드라."

"부잔가 태홍이네."

"먹을 것이나 있지."

"그러면 자기 손탁에 마음대로 놀리리만큼 만만한가 시험해보느라고 그랜 모양이다. 밥걱정이나 없고 넉넉히 남편의 코를 잡을 수 있어 보이는데 시집가는 게 제라면 여자의 소위 이상(理想)이다. 초라한 이상이다. 새롭기는 무엇이 새로워. 안일한 생활을 구하는 사람이 위투러워서 어떻게 새로운 것을 찾을 수 있겠나."

"도무지 알 수 없는 일인데 좌우간 밤에 종서한테 물어보세."(282~283쪽)

● 태홍

성 별   남자
나이(추정포함)   20대 후반일 것으로 추정함.
출생지 및 거주지, 활동 공간
    출생지는 정확하게 알 수 없으며, 현재 평양 지역에 거주

	하며 금융조합 부이사로 근무함.
직 업	금융조합 부이사
출신계층	평양의 중상류계층
교육정도	일제강점기 K전문학교 졸업
가족관계	부모가 있음.
인물관계	① 창세의 팔촌 형뻘임. ② 만성이나 종서와도 낯이 있음. ③ 창세, 만성, 종서는 태흥의 현실주의적이고 속물적인 태도를 조소함. ④ 혜경과 약혼함.
인물의 존재방식(사회계층)	금융조합 부이사로 중상류계층에 속하며 현실적이며 속물적인 경향을 보이는 부류에 속함.
성 격	① 현실적이고 속물적임. ② 자기 과시적이며 위선적임.

성격 지표 및 인물 제시방식

〈예문 1〉

이때 창밖에서 기침 소리가 나고 곤색 신사 양복을 단정히 입은 사나이가 들어왔다. 창세의 팔촌 형뻘 되고 만성이나 종서도 낯이 있는 태흥이다. 창세는 그 의외의 침입자가 없었더면 좀더 열변을 토했을는지도 모르지만 그만 멋쩍게 입을 다물고 입에 발린 수인사나마 대답할 줄을 모른다. 좁은 방 안에 넷이 들어앉으니까 가득 차지만 말을 하는 사람이 없으니 조용할 수밖에 없다. 수작에 쏠리어 잊었던 담배들을 일제히 꺼내 문다. 방 안은 순식간에 눈이 아리도록 연기가 가득 찬다. 태흥이는 바로 문 안에 앉은 창세더러 문을 열어놓으라고 한다. 종서는 만성과 마주 보고 왜 웃느냐고 물으면서 자기도 따라 웃는다. 따라 웃는 그는 이유도 없이 반사적으로 그랬지만 만성이가 웃시는, K전문학교를 졸업하고 이사(理

事) 견습을 마치고 처음으로 이곳 금융조합에 부이사로 부임되어 온 이 점잖은 신사가 만일 조금 전에 우리들이 지껄일 때 밖에서 듣고 있었다면 어떻게 생각했을 것인가, 할 것 없는 사람들의 탁상공론이라고 비웃었을 것이 아닌가, 이런 생각을 하며 제각기 딴생각을 하느라고 말도 없이 눈만 멀찐멀찐하는 세 얼굴을 둘러보니 자연 실없는 웃음이 새 나왔던 것이다.

어석버석한 침묵에서 한두 마디 말이 시작되자 식은(殖銀)의 초급이 얼마고 사택료와 보너스가 얼마고 누구누구는 판임관 몇 급인데 월급이 얼마라는 종류의 세상 물정을 소개하는 태흥의 혼잣말이 되고 말았다. 그리고 금융조합 이사의 월급은 얼마며 판임관 몇 급의 것과 같느냐고 묻는 만성의 물음에는 당장에 주저치 않고 가르쳐준다. 만성은 종서를 보며 또 웃고는 기침으로 웃음을 감추며 열려진 문 사이로 가래를 뱉고 문을 닫았다.

다시 금융조합 마크 설명으로부터 자력갱생이니 농촌진흥이니 하는 동안에 서향 방 안은 벌써 불 켜지기를 기다리게 되었다. 각기 집으로 가려고 나오는데 창세는 뒤떨어져 나오는 만성에게 귓속말로

"태흥이 작자 요즘 색시 선보레 단기노라고 분주한 모양이다. 오늘도 하나쯤은 보고 왔을걸."

하며 웃는다.(266~267쪽)

〈예문 2〉

"심부름 왔댔나……"

은행에서 나오는 만성에게로 걸어오며 그를 퍽 찾아다니었었는지 만나기가 바쁘게 창세는 말을 꺼낸다.

"참말 놀랬다."

"무슨 일이 있었나."

"집에 곧 가야 하나."

"아니 저금하려 왔댔지만 안 가도 좋네."

창세는 골목으로 빠지어 강변으로 나가며 이야기를 계속했다.

"그야 태흥이 아니라도 떨지 않을 일인가. 이마이(見合)만 하드래도 여자는 어쩔 줄 모르지 않겠나. 남자 편에서 그러드래도 모르겠는데 여자 편에서 사궤보고 마음을 작정하자고 하드래지. 그것도 그렇지만 집에서 나오는 길에 첫마디로 술 담배를 먹느냐 묻드래. 태흥이 작자는 참하게 뵐려고 안 먹는다고 하니까 손수 담배를 사주며 남자가 담배 못 먹어 어떻게 하는가고 하드래요."

"혜경이가?"

"응, 그럭허구 돌아오는 길에 식당에 저녁 먹으러 들어갔을 제는 묻지도 않고 비루를 시기이 주드래지. 끽자기 쪼금 띤 모양이데."

"흥 매우 모던인데."

"처음 만나는 남자에게 술 담배를 권할 만큼 새로운 타입의 여자인 척하고 이성(異性)을 대해서 태연한 척하지만 어떻게 하면 자기의 새로운 것을 뵐까 해서 그래보는 것이지 정작 술 먹고 주정을 부레보지 머라나."

"우진 파혼토록 만들려고 그랬는지도 모르지. 그래 불량 소녀라지 않든가."

"오늘 중매쟁이가 와서 색시네 집에서도 만족해하며 반허락이나 하는 모양이니까 이제는 본촌 아버지의 승낙만 있으면 되겠다고 기뻐만 하드라."

"부잔가 태흥이네."

"먹을 것이나 있지."

"그러면 자기 손탁에 마음대로 놀리리만큼 만만한가 시험해보느라고 그랜 모양이다. 밥걱정이나 없고 넉넉히 남편의 코를 잡을 수 있어 보이는데 시집가는 게 제라면 여자의 소위 이상(理想)이다. 초라한 이상이다. 새롭기는 무엇이 새로워. 안일한 생활을 구하는 사람이 위투러워서 어떻게 새로운 것을 찾을 수 있겠나."

"도무지 알 수 없는 일인데 좌우간 밤에 종서한테 물어보세."(282~283쪽)

● 길수 어머니

성   별   여자
나이(추정포함)   40대 후반에서 50대 중반 이하로 추정함.
출생지 및 거주지, 활동 공간
　　　　　① 출생지는 정확하게 알 수 없음.
　　　　　② 종서네의 이웃에 살며 중매 활동을 함.
직   업   직업은 뚜렷하지 않으며, 종서와 혜경의 중매에 관심을 보임.
출신계층   중류계층 이하일 것으로 추정함.
교육정도   보통학교 이하의 학력일 것으로 추정함.
가족관계   정확하게 알 수 없음.
인물관계   ① 종서의 어머니와 가깝게 지냄.
　　　　　② 종서를 혜경과 혼인시키기 위해 종서네 집을 자주 왕래하면서 결혼을 마다하는 종서와 갈등을 일으킴.
인물의 존재방식(사회계층)
　　　　　이웃 일에 관심을 보이는, 평범한 아낙네
성   격   ① 오지랖이 넓으며 다소 수다스러운 면이 있음.
　　　　　② 상대방의 입장을 헤아리는 아량이 부족함.

성격 지표 및 인물 제시방식

〈예문 1〉

사실 만성의 말과 같이 그때 방 안에는 단둘밖에 없었다. 갑자기 전등이 꺼지자 서로의 호흡까지 들리는 아질아질한 침묵 속에서 혜경을 껴안고 있는 것이 사실이고 여전히 떨어져 앉아 있는 것이 착각이 아닌가고 의심하여 보았다. 그러나 다음 순간 종서는 태연히 일어나 성냥불로 초 한 자루를 얻어다 불을 켜놓았다.

…〈중략〉…

벽력 - 벽력이라고 할 만한 일이 아닌가. 그것으로 서로의 마음을 전달시키려는 듯이 둘이서 직각으로 주시하던 촛불이 별안간 꺼질 듯이 너풀거리며 방 안으로 들어서는 늙은 아낙네를 비추어냈다. 동시에 움칠 놀나는 그들을 추궁하는 말이 뜨겁게 얼굴을 향하여 떨어졌다.

"너희들 어두운 데서 멋 하고 있니."

그래도 지기의 마련 없음은 깨달았는지

"어머니는 어데 가셨니."

하고 화제를 돌린다.

그는 메피스토도 요파도 아니고 몇 집 건너 사는 길수 어머니였다.

촛불은 붓끝 같은 화심을 다시 모아 가는 연기를 내두르고 있다. 종서는 얼굴을 붉힌 채 예배당에 가셨다고 촛불을 향하여 대답한다. 그때 목소리는 그답지도 않게 떨리었다. 4년을 두고 사랑해 오는, 그리고 혼자 계신 어머니도 묵인하고 일요일이면 그들을 위해서 밤 예배가 끝난 뒤에도 반드시 어데 들렀다가 열시 지나서야 돌아오는 사이의 혜경을 상대로 어둠이 가져오는 충동을 누르고 그런 체 없이 자연스런 동작을 가질 수 있는 게 그의 노력의 한계가 아닌가, 길수 어머니의 출현은 벽력에 틀림

없다.

길수 어머니는 들어앉을 마음도 뒤를 이을 적당한 말도 없었던지 혹은 사태를 짐작하고 한턱내는 솜씨로 자리를 틔워주려는 셈인지

"불 꺼진 때도 퍽으나 오랬지."

하며 대답도 기다리지 않고 나가버린다. (269~270쪽)

〈예문 2〉

이런 생각에 해를 지우고 저녁 전에 함참 자리라고 큰마음 먹고 **총총히** 집으로 돌아왔다. 부엌에서 밥 짓는 어머니와 이야기하며 벽 문턱에 섰던 길수 어머니는 부엌문에 기대었던 몸을 돌이켜 들어오는 종서를 향하여 능측스런 웃음을 웃는다. 시침을 떼고 방 안으로 들어가려고 구두를 벗는데

"너 장가가라고 왔다."

"흥."

돌아보지도 않고 방문을 열어 잡는 그를 붙잡듯이 말을 계속한다.

"내 말 좀 들어라. 방금 그 말을 하고 있었지만 오늘 혜경이 어머니를 길에서ㅓ 만났댔는데 지금 차에서 내리는 길이라며 며칠 묵어가겠다드라. 기회가 마츰 좋은데 이번에는 혼인말을 내서 어떻게 하야지 않겠니."

"그런 말씀 마시소. 결혼이 다 무어요."

"그런 일이야 없을 줄 믿지만 젊은 아이들의 일이라 혹시 잘못될지도 알간."

"그런 일이 있다고 하는 말씀이요. 없다고 하는 말씀이요."

그제야 아무 말 없던 어머니가 부지깽이를 든 채 부엌문으로 내다보며 타이른다.

"그게 다 널 위해서 하는 말인데 그렇게 말하는 법이 아니란다. 싫으면

싫다고 하지."

"싫기는 머이 싫어. 공연히 그러는 게지. 넌 가만있으렴. 어른들이 어련히 좋게 처리하지 않으리."

그는 무엇이 우스운지 깔깔 웃는다. 어머니도 따라 웃는다.

그 이상 문답할 필요가 없다 생각하고 방 안으로 들어가 큰대자로 누웠다. 어머니가 뭐라고 했는지

"그렇다고 팔십까지 총각으로 둬두겠나. 좌우간 언제 한번 찾어가겠다고 말해두었습메니."

그러고는 목소리를 낮추어 귓속말로 하려는 속이겠지만

"내일 내 가볼게. 그런 줄만 알지."

하는 말이 기울이는 줄도 모르게 기울이고 있는 종서의 귀에까지 똑똑히 들린다. 일어나 부엌 샛문을 열어 잡았다. "제발 가느니 어드르니 하지 마시고 내 말 들으시소. 그건 뭘 창피스레 가시겠소. 누가 25월짜리 월급쟁이한데 딸 주겠답데끼."

"왜 가문이 남만 못하나, 인물이 빠지나, 단지 돈 한 가지 없지만 당자가 좋다면 그만 아니냐. 아주 쉬 어제만 해도 그런 마음 없는 년이면 불 꺼진 방 안에 남의 총각과 멋 허레 앉어 있겠니. 내가 그만 눈치 없을 줄 아니. 그래 봬도 다 알고 있단다. 그리고 넌 굿이나 받아 떡이나 먹으려무나."

어처구니가 없어서 문을 닫고 도로 누웠다. 이번에는 정작 들리지 않는 목소리로 수군거리는 모양이다. 그대로 내버려두면 기어이 거기 갈 것이 분명하므로 다시 방문을 열어 잡고

"이건 내 위신에도 상관되는 일이니까 간다 치드래도 며칠, 한 댓새 기다려 가기로 하시소."

하는 말을 남겨놓고 자기 어머니만은 자기 마음을 이해할 것이라 믿고 대답도 듣기 전에 쾅 하고 요란스러이 문을 닫아버리었다.(271~273쪽)

● 종서 어머니

성　별　여자
나이(추정포함)　40대 중반에서 50대 중반 이하일 것으로 추정함.
출생지 및 거주지, 활동 공간
　　　　　① 출생지는 알 수 없음.
　　　　　② 평양 지역에 거주하며 집에서 삯바늘질하고 예배당에
　　　　　　다님.
직　업　삯바느질
출신계층　남편이 살아있을 때는 중류계층 정도였을 것으로 추정함.
교육정도　보통학교 정도의 학력일 것으로 추정함.
가족관계　남편은 죽었으며, 아들 종서가 있음.
인물관계　① 종서의 혼인 문제로 길수 어머니와 가깝게 지냄.
　　　　　② 아들 종서의 마음을 잘 헤아려 줌.
인물의 존재방식(사회계층)
　　　　　남편을 여의고 홀로 삯바늘을 하며 아들 종서와 살아가는
　　　　　중류계층 이하 가정의 평범한 주부
성　격　① 품위가 있으며 자식의 마음을 잘 헤아림.
　　　　　② 자상하고 사리분별이 정확함.

성격 지표 및 인물 제시방식

〈예문 1〉

"너희들 어두운 데서 멋 하고 있니."

그래도 자기의 마련 없음을 깨달았는지

"어머니는 어데 가셨니."

하고 화제를 돌린다.

그는 메피스토도 요파도 아니고 몇 집 건너 사는 길수 어머니였다.

촛불은 붓끝 같은 화심을 다시 모아 가는 연기를 내두르고 있다. 종서는 얼굴을 붉힌 채 예배당에 가셨다고 촛불을 향하여 대답한다. 그때 목소리는 그답지도 않게 떨리었다. 4년을 두고 사랑해 오는, 그리고 혼자 계신 어머니도 묵인하고 일요일이면 그들을 위해서 밤 예배가 끝난 뒤에도 반드시 어데 들렀다가 열시 지나서야 돌아오는 사이의 혜경을 상대로 어둠이 가져오는 충동을 누르고 그런 체 없이 자연스런 동작을 가질 수 있는 게 그의 노력의 한계가 아닌가, 길수 어머니의 출현은 벽력에 틀림없다. (269~270쪽)

〈예문 2〉

이런 생각에 해를 지우고 저녁 전에 함참 자리라고 큰마음 먹고 총총히 집으로 돌아왔다. 부엌에서 밥 짓는 어머니와 이야기하며 벽 무턱에 섰던 길수 어머니는 부엌문에 기대었던 몸을 돌이켜 들어오는 종서를 향하여 능측스런 웃음을 웃는다. 시침을 떼고 방 안으로 들어가려고 구두를 벗는데

"너 장가가라고 왔다."

"흥."

돌아보지도 않고 방문을 열어 잡는 그를 붙잡듯이 말을 계속한다.

"내 말 좀 들어라. 방금 그 말을 하고 있었지만 오늘 혜경이 어머니를 길에서 만났댔는데 지금 차에서 내리는 길이라며 며칠 묵어가겠다드라. 기회가 마침 좋은데 이번에는 혼인말을 내서 어떻게 하야지 않겠니."

"그런 말씀 마시소. 결혼이 다 무어요."

"그런 일이야 없을 줄 믿지만 젊은 아이들의 일이라 혹시 잘못될지도 알간."

"그런 일이 있다고 하는 말씀이요. 없다고 하는 말씀이요."

그제야 아무 말 없던 어머니가 부지깽이를 든 채 부엌문으로 내다보며 타이른다.

"그게 다 널 위해서 하는 말인데 그렇게 말하는 법이 아니란다. 싫으면 싫다고 하지."

"싫기는 머이 싫어. 공연히 그러는 게지. 넌 가만있으렴. 어른들이 어련히 좋게 처리하지 않으리."

그는 무엇이 우스운지 깔깔 웃는다. 어머니도 따라 웃는다.(271~272쪽)

◈ 중학생

성 별	남자
나이(추정포함)	10대.
출생지 및 거주지, 활동 공간	

출생지와 거주지는 알 수 없으며 현재 중학생으로서 도서관 신문실에 있음.

직 업	학생
출신계층	알 수 없음.
교육정도	중학교 교육을 받고 있음.
가족관계	알 수 없음.
인물관계	도서관 신문실에서 만성이 관찰한 인물.
인물의 존재방식(사회계층)	

중학생

성 격	신문 삽화에 관심이 있으나 도서관 신문실의 신문에서 삽화를 따내는 것으로 보아 도덕심이 다소 부족한 학생일

것으로 추정함.

성격 지표 및 인물 제시방식

〈예문〉

그때 만성은 자기 왼편에 있는 중학생에게 주의가 끌리었다. 무엇을 하고
있는가 하고 뒤에서 보고 있는 줄도 모르고 손에 못인지 펜끝인지 뾰족한
것을 쥐고 우정 가린 신문지 아래로 삽화를 따내서는 남모르게 포켓에
구겨 넣는다. 그러다가 뒤를 돌아보고 그때는 벌써 시침을 떼고 선 채 신
문을 읽고 있는 만성의 뜻하지 않았던 존재에 저 혼자 열쩍어하며 신문을
이리저리 뒤척이다가 나가버린다.(258~259쪽)

● 변호사 시험 공부를 한다는 사람

성   별   남자
나이(추정포함)   20대 후반일 것으로 추정함.
출생지 및 거주지, 활동 공간
            출생지와 거주지는 알 수 없으며, 현재 도서관에서
            변호사 시험공부를 하고 있음.
직   업   변호사 시험 준비생.
출신계층   정확하게 알 수 없으나, 중류계층 이하일 것으로 추
            정함.
교육정도   중학교 또는 전문학교 이상의 학력일 것으로 추정함.
가족관계   알 수 없음.
인물관계   만성이 평소 도서관에서 안면이 있는 사람
인물의 존재방식(사회계층)
            변호사 시험공부를 한다고는 하나, 현실 도피적인
            고등룸펜일 것으로 추정함.

성 격	변호사 시험공부에 다소 소홀하고, 양대 같은 외양으로 보아 다소 치기가 있고, 자기 과시적인 성향이 있을 것으로 추정함.

성격 지표 및 인물 제시방식

〈예문〉

　그러나 잡지 한 권만을 찾아들고 어슬렁어슬렁 자리를 찾아가는 양은 아무래도 한가한 사람으로 뵐 것에 틀림없다고 생각하고 하는 수 없이 카드함을 열려고 하는데 변호사 시험공부를 한다는 풋낯이나 알던 사람이 열람실에서 나오다가 인사를 한다. 긴급히 읽고 싶은 것이 없고 따라서 책 선택에 망설이는 자기를 보여주는 것 같아서 문득 생각나는 대로 적는다는 게 사 읽고 남은 『셰스또프 선집』이었다. …〈중략〉… 그 책이 있기나 한가고 의심하면서 책 번호를 찾는 틈틈이 아까의 그 사나이를 살핀다. 변호사 시험 준비에 그야말로 침식을 잊는다던 그는 공부하느라고 얼굴이라도 조금 수척했음직한 일이건만 양대같이 흠썩하다. 개기름이 번지르한 얼굴에는 때 아닌 여드름까지 퍼릇퍼릇해 가지고 소설 부문을 뒤지었다 의학 부문의 카드를 뒤척였다 하다가 『나체미술전집』 한 권을 적는 모양이다. (259~260쪽)

작가 연보

유항림(俞恒林)은 1914년 평양에서 태어났다. 그는 평양 광성중학교 출신 문청들로 구성된 《단층(斷層)》 동인으로, 1937년 《단층(斷層)》 창간호에 「마권」을 발표하면서 작품 활동을 시작했다. 그는 이어 《단층(斷層)》 제2호에 단편 「區區」를 발표하고 이듬해에 속간된 제3호에는 평론 「개성·작가·나」를 발표하였으며, 《단층(斷層) 파 작가로서는 드물게 김이석과 함께 중앙문단에까지 진출하여 「符號」(『인문평론』, 1940. 10.)와 「弄談」(『문장』, 1941. 2.) 등으로 주목을 받았다. 단층》파의 소설이 '타락한 인텔리의 고민과 그것의 신비화나 인간 심리 자체의 기묘함(자기 복수에의 충동)'을 드러내 보이고자 했는데, 유항림은 작품을 통해, '이성적이지만 행동하지 못하는 지식인과 비이성적이지만 적극적으로 행동하는 인간을 대비시키면서, 역사적 방향을 상실한 시대에서 올바른 삶은 무엇인지 묻는다. 해방 후에는 「직맹반장」 등의 작품을 발표했다.

저본 2005년 창비 출간 『20세기 한국소설 09 이상·최명익 외』

Ⅲ. 최명익 「장삼이사(張三李四)」

기본 서사 정보	

발 표 년 도	1941년 4월, 『문장』 25호
시대적 배경	1930년대 후반, 북쪽지방을 왕래하는 혼잡한 삼등 찻간으로 추정함.
핵 심 서 사	① 붐비고 법석이는 삼등 찻간 출입구 안쪽에 자리를 잡은 나는 담배를 피워 물고 주위를 돌아볼 여유가 생김.
	② 통로에 섰던 농촌 젊은이가 뱉은 가래침이 공교롭게도 나와 마주앉은 중년 신사의 구두 콧등에 떨어지자 중년 신사는 발작적으로 통로 바닥이 빠져라 쾅쾅 뛰노는 바람에 일행의 반감을 삼.
	③ 중년 신사가 잠깐 변소에 간 사이, 일행은 그 옆의 여인이 술집 색시이며, 그 중년 신사가 포주일 것이라며 경멸함.
	④ 중년 신사가 돌아오자 당꼬바지가 중년 신사의 후중증(後重症)에 대하여 솔선하여 동정하고 그 말에 중년 신사를 백안시하던 다름 사람들도 그 신사에게 웃음을 띄우는 등 태도를 바꿈.
	⑤ 그 신사가 술잔을 돌려 일행이 술을 마시는 동안 술을 통 먹지 못하는 나는 잔을 사양하고, 그들이, 침묵을 지키는 나에게 우정을 느낄 수는 없을 거라고 생각함.
	⑥ 뜻밖에 벌어진 술판에서 그 남자의 내력담과 사업 이야기(색시 장사)가 판을 치고 일행은 그의 말에 맞장구를 치며 그를 동정하는 한편, 도망치다 붙잡힌 옆의 색시를 보이지 않는 말의 채찍으로 후려갈기기라도 하듯 학대하고 희롱함.
	⑦ 나는 그런 여인을 동정하고 그녀에게 연민을 느낌.
	⑧ 그녀를 화제로 떠들던 일행이 목적지에 도착하자 한둘씩 내리고, S역에 닿은 중년 신사가 마중 나온 아들에게서 다른 색시가 달아났다는 말을 듣고는 그의 뺨을 후려치고, 여인을 아들에게 넘겨주고 자신은 차에

서 내림.

⑨ 차가 출발하여 앉으려던 젊은이가 제 얼굴을 쳐다보는 그 여인의 눈과 마주치자 아무런 말도 없이 그녀의 **뺨**을 세 차례 후려치고, 여인의 눈에 눈물이 가득 고인 것을 본 나는 그 눈을 더 마주 볼 수 없어 얼굴을 돌림.

⑩ 눈물에 젖은 얼굴을 한 여인이 변소를 가자 나는 여인이 자살하는 환상을 떠올리며 초조해 하지만, 내 무릎을 스치며 제자리로 돌아온 여인은 화장을 고쳤던지 그 **뺨**에 부옇게 분이 발려 있고 당장이라도 직업 의식적인 추파로 내게 호의를 표할 듯한 눈이었음.

⑪ 여인이 아무 일도 없었다는 듯이 젊은이와 농을 치자 나는 웬 까닭인지 껄껄 웃어 보고 싶은 충동을 겨우 억제함.

주　　　제	① 소시민적 속물 근성과 하층민의 삶의 애환
	② 방관자적 삶으로 일관하는 허위의식에 대한 자기풍자
등 장 인 물	나(서술자 및 관찰자), 농촌 젊은이, 중년 신사, 당꼬바지, 곰방대 영감, 가죽 재킷 입은 젊은이, 캡 쓴 젊은이, 젊은 여인, 여객 전무(젊은 차장), 젊은이(중년 신사의 아들)

● 나(서술자 및 관찰자)

성　　별	남자
나이(추정포함)	30대로 추정함.
출생지 및 거주지, 활동 공간	① 출생지와 거주지는 알 수 없음. ② 삼등 찻간에서 벌어지는 일을 관찰하고 그에 대하여 생각함.
직　　업	알 수 없음.
출신계층	지식인계층으로 추정하며 삼등 찻간을 이용하는 것으로 보아 중류계층 이하일 것으로 추정함.
교육정도	식자계층으로서 실제 작가의 학력인 일제강점기 고보 정도의 학력일 것으로 추정함.
가족관계	알 수 없음.
인물관계	① 삼등 찻간에 자리한 농촌 젊은이, 중년신사, 당꼬바지, 곰방대 영감, 가죽 재킷 입은 젊은이, 캡 쓴 젊은이, 젊은 여인, 여객전무, 젊은 차장, 촌마누라, 젊은이 등의 대화와 행동을 일정한 거리를 두고 관찰함. ② 중년 신사를 풍자하고 희화화하여 비판함. ③ 폭력이나 동정하고 가슴 아파해야 할 상황을 일상적인 일로 치부하는 소시민적 근성에 연민을 느낌.
인물의 존재방식(사회계층)	① 삼등 찻간에서 벌어지는 평범한 사람들의 삶의 고달픔과 애환을 일정한 거리를 두고 관찰하면서 그들을 동정하고 안타까워하는 지식인 ② 모욕적으로 살아가는 사람들에게 연민을 느끼는 지식인
성　　격	① 이지적이고 차분함. ② 감성적이고 인정이 있음.

성격 지표 및 인물 제시방식

〈예문 1〉

그렇게 붐비고 법석하는 정거장 폼의 혼잡을 옮겨 싣고 차는 떠났다. 그런 정거장의 거리와 기억이 멀어감을 따라 이 삼등 찻간에 가득 실린 무질서와 흥분도 차차 가라앉기 시작하였다. 앉을 수 있는 사람은 앉고 섰을수밖에 없는 사람은 선 채로나마 자리가 잡힌 셈이다.

이 찻간 한끝 바로 출입구 안쪽에 자리 잡은 나 역시 담배를 피워 물고 주위를 돌아볼 여유가 생겼던 것이다.

'웬 사람들이 무슨 일로 어디를 가노라 이 야단들인가.'

혼잡한 정거장이나 부두에 서게 될 때마다 이렇게 중얼거려보는 것이 나의 버릇이지만 그러나,

'이 중에는 남모를 설움과 근심 걱정을 가지고 아득한 길을 떠나는 이도 있으려니.'

이런 감성적인 심정어로보다도, 지금은 단지 인산인해라는 사람 틈에 부대끼는 괴로운 역정일는지 모를 것이다. 그렇다고 지금도 그런 역정으로 주위를 흘겨보는 것은 아니다. 물론 또 아득한 길을 떠나는 사람의 서러운 표정을 찾아 구경하려는 호기심도 없었다. 만일 그런 것이 있다면 방심 상태인 내 눈의 요깃거리는 되겠지만.(99~100쪽)

〈예문 2〉

그 중에 나만은 술을 통 먹지 못하므로 돌아오는 잔을 사양할밖에 없었다. 그들이 굳이 권하려 들지 않는 것이 여간만 다행한 일이 아니었다. 그러나 그들이 술 못 먹는 나를 아껴서보다도, 아무리 사람 좋은 그들이지만 지금껏 말 한마디 참견할 기회가 없이 그저 침묵을 지킬밖에 없는

나에게까지 그런 우정을 느낄 수는 없을 것이다. 그래서 그들은 나를 경원하게 되는 모양이었다. 또 단순한 경원이라기보다도 자칫하면 좀 전의 이 신사와 같이 반감과 혐의의 대상일는지도 모를 것이었다.(112쪽)

〈예문 3〉

"사람이 기가 맥혜서, 글쎄 이 화상을 찾누라구 자식놈들은 만주 일관을 뒤지구 난 또 여기서 돈 쓰구 애먹은 생각을 하문 거저 쥑에두……"

이런 제 말에 벌컥 격분한 그는 주먹을 번쩍 들었다. 막 그 여인의 뒷덜미에 떨어질 그 주먹을 쳐다보는 사람들은 한순간 숨을 죽일밖에 없었다. 한순간 후였다. 와하하 사람들의 웃음이 터지었다. 그 주먹이 슬며시 내려오고 그 주먹의 주인이 히히히 웃고 만 까닭이었다.

…〈중략〉…

터졌던 웃음소리는 아직도 허허 킬킬 하는 여운으로 계속되었다. 나는 그런 그들의 웃음을 악의로 듣기는 않았다. 오히려 폭력의 중지에 안심하고 학대 일순 전에 놓치는 요술 같은 신사의 관용을 경탄하는 호인들의 웃음이라고도 할 것이다. 그러나 그런 웃음이 주먹보다도 그 여인의 혼을 더욱 학대하는 것 같은 건 웬 까닭일까.(113~114쪽)

〈예문 4〉

또 차가 떠났다. 차창 밖의 그 신사는 뒤로 흘러가고 말았다.

앉으려던 젊은이는 제 얼굴을 쳐다보는 그 여인의 눈과 마주치자 아무런 말도 없이 그 뺨을 후려쳤다. 여인은 머리가 휘청하며 얼굴에 흐트러지는 머리카락을 늘 하던 버릇대로 귓바퀴 위에 거두어 올리었다. 또 한번 철썩 소리가 났다. 이번에는 여인의 저편 손가락 끝에서 담배가 떨어졌다. 세 번째 또 손질이 났다. 여인은 떨리는 아랫입술을 옥물었다. 연기로 흐릿한 불빛에도 분명히 보이리만큼 손자국이 붉게 튀어 오르기 시작하는 뺨이 푸들푸들 경련을 일으키는 것이었다. 하얗게 드러난 앞니로 옥문 입 가장자리가 떠리는 것은 복받치는 울음을 참는 모양이었다. 그러고 보면 경련하는 그 뺨이나 옥문 입술도 참을 수 없는 웃음을 억제하는 것같이 보이기도 하였다. 나는 나를 잊어버리고 그러한 여인의 얼굴을 바라볼밖에 없었다. 종시 여인의 눈에는 눈물이 어리기 시작하였다. 한 번만 깜빡하면 쭈르르 쏟아지게 가득 눈물이 고였다. 나는 그 눈을 더 마주 볼수는 없어서 얼굴을 돌릴밖에 없었다.(118~119쪽)

〈예문 5〉

여인은 대답이 없이 눈물에 젖은 얼굴을 수건으로 가리며 턱으로 변소쪽을 가리켰다. 여인이 가는 곳을 바라보고 변소문 여닫는 소리를 듣고 또 지금 차가 전속력으로 달리고 있다는 것을 몸으로 짐작한 그는 비로소 안심한 듯이 담배를 꺼내 물고,

"실례합니다."

하고 문턱에 놓인 성냥을 집어 갔다. 여인의 성냥이 아까 창으로 내다보던 그 남자의 팔꿈치에 밀려서 내 편으로 치우쳤던 것이다.

"고맙습니다. 참 이젠 너무 실례해서……"

성냥을 도로 갖다놓으며 수작을 붙이려 드는 것이었다.

그 젊은이가 이같이 추근추근 말을 붙이는 데 대꾸할 말도 없었지만 그보다도 나는 어쩐지 현기가 나고 몹시 불안하였다. 잠시 다녀올 길이지만 지금까지 퍽 지리한 여행을 한 것 같고 앞으로도 또 그래야 할 길손같이 심신이 퍽 피로한 듯하였다.

그런 신경의 착각일까. 웬 까닭인지 내 머릿속에는 금방 변기 속에 머리를 처박고 입에서 선지피를 철철 흘리는 그 여자의 환상이 선히 떠오르는 것이었다. 따져보면 웬 까닭이랄 것도 없이 아까 "심심치 않게 잘 놀았다"는 그들의 하잘것없는 주정의 암시로 그렇겠지만 또 그리고 나야 남의 일이라 잔인한 호기심으로 즐겨 이런 환상도 꾸미게 되는 것이겠지만, 설마 그 여인이야 제 목숨인데 그만 암시로 혀를 끊을 리가 있나 하면서도 웬 까닭인지 머릿속에 선한 그 환상은 지워지지가 않는 것이었다. 더욱이나 아까 입술을 옥물고도 웃어 보이던 그 눈을 생각하면 역력히 죽을 수 있는 때진 결심을 보여준 것만 같아서 더욱 마음이 초조해지고 금시에 뛰어가서 열어보고 안 열리면 문을 깨뜨리고라도 보고 싶은 충동에 몸까지 들먹거리기도 하는 것이었다.

지나간 사정을 알 리 없는 새로 들어온 사람들은 물론이요, 그 젊은이까지도 이런 절박한 사정(?)은 모를 터인데 나까지 이렇게 궁싯거리기만 하는 통안에 사람 하나를 죽이고 마는 것이 아닐까— 이렇게까지 추주해하면서도 그런 내 걱정이 어느 정도까지 망상이요 어느 정도까지가 이성적인지 갈피를 잡을 수 없어 더욱더 초조할밖에만 없었다.

…〈중략〉…

이런 명백한 현실을 듣고 보는 동안에도 나의 망상은(?) 저대로 그냥 시간적으로까지 진행하여, 지금 아무리 서둘러도 벌써 일은 저지르고 만 것이었다. 싸늘하게 굳어진 여인의 시체가 흔들리는 마룻바닥에서 무슨 짐짝이나 같이 튕기고 뒹구는 양이 눈 감은 내 머릿속에서도 굴러다니는 것이었다.

아아, 그러나 이런 나의 악몽은 요행 짧게 끊어지고 말았다. 그 여인이 내 무릎을 스치며 제자리로 돌아왔다. 무사히 돌아올 뿐 아니라, 어느새 화장을 고쳤던지 그 뺨에는 손가락 자국도 눈물 흔적도 없이 부우옇게 분이 발려 있는 것이었다. 그리고 당장이라도 직업의식적인 추파로 내게 호의를 표할 듯도 한 눈이었다. 어쨌든 나는 그 여인이 그렇게 태연히 살아 돌아온 것이 퍽 반가웠다.

"옥주년도 잽혔어요?"

내가 비로소 듣는 그 여인의 말소리였다.

"그래, 너희 년들 둘이 트리했든 거로구나."

하는 젊은이의 말도, 지난 일이라 뭐 탄할 것도 없다는 농조였다.

"트리야 뭘 했댔갔소. 해두 이제 가 만나문 더 반갑갔제 말이웨다."

이런 여인의 말에 나는 웬 까닭인지 껄껄 웃어보고 싶은 충동을 겨우 억제하였다.(118~121쪽)

● 농촌 젊은이

성 별   남자
나이(추정포함)   20대로 추정함.
출생지 및 거주지, 활동 공간
        출생지와 거주지는 정확하게 알 수 없으며 농촌에서 농사를 짓고 있는 젊은이로 추정함.
직 업   농부
출신계층   하류계층으로 추정함.
교육정도   무학이거나 보통학교 이하의 학력일 것으로 추정함.
가족관계   알 수 없음.
인물관계   자신이 버릇대로 뱉은 가래침이 공교롭게도 중년 신사의 구두 콧등에 떨어져 미안하기도 하고 한편, 중년 신사의 호들갑에 모욕감을 느낌.

인물의 존재방식(사회계층)
1930년대 후반 이후의 하류계층의 농촌 젊은이

성   격
① 세상 물정에 밝지 않고, 상황에 대한 대처방식이 서투름.
② 사회 경험이 많지 않으며, 부끄러움을 많이 탐.
③ 시대의 변화를 절감함.

성격 지표 및 인물 제시방식

〈예문 1〉

그런 우리들 중에 모자 대신 편물 목테를 머리에다 감은 농촌 젊은이가 금방 회복한 제 버릇대로 그만 적잖은 실수를 저지르고 말았다. 실수라는 것은, 통로에 섰던 그 젊은이가 늘 하던 제 버릇대로 뱉은 가래침이 공교롭게도 나와 마주 앉은 중년 신사의 구두 콧등에 떨어진 것이었다. 물론 그것만도 적잖은 실수겠지만 그렇게까지 여러 사람의 눈이 둥그레서 보게 쯤 큰 실수로 만든 것은 그 구두의 발작적 행동이었다.

…〈중략〉…

아닌 게 아니라 그 구두는 발작적으로 통로 바닥이 빠져라고 쾅쾅 뛰놀았다. 그러나 그리 매끄럽지가 못한 구두코라 용이히 떨어질 리가 없었다. 그래 더욱 화가 난 구두는 이번에는 호되게 허공을 걷어차기 시작했다. 그래 튀어나는 비말의 피해를 나도 받았지만, 그 서술에 어쩔 줄을 모르고 서 있던 젊은이는 정면으로 튀어나는 비말을 피하여 그저 뒤로 물러서기만 했다. 그러나 그 젊은이의 동행인 듯한 노인이 제 보꾸러미에서 낡은 신문지를 한 줌 찢어 젊은이를 주었다. 젊은이는, 당장 걷어차거나 쫓아 나와 물려는 맹수나 어르듯이 그 구두 콧등 앞으로 조심히 신문지 쥔 손을 내밀어보았다. 그러나 구두는 물지도 차지도 않고 도리어 그 손을 피하듯 움츠러들었다. 그러자 희고 부드러운 종이가 그 구두코를 닦기 시작하였다. 그런 종이는 많기도 하고 아깝지도 않은 모양이었다.

주위 사람들은 그 구두가 그렇게 야단할 때보다도 더 의외라는 듯이 수북이 쌓이고 또 쌓이는 종이 무더기를 일삼아 보게끔 되었다. 그렇게 씻고 또 씻고 필요 이상으로 씻는 것은 구두보다도 께름한 기억을 씻으려는 듯도 한 것이었다. 아직도 씻는 것은 그 젊은이가 기껏 미안해라하고 일부러 그러는 짓 같기도 하였다. 혹은 그것이 더러워서만 그런다기보다는 더러운 사람의 것이므로 더욱 그런다는 듯도 한 것이었다.

그래서 일삼아 보고 있던 사람들은 모두 입을 비죽이고 외면을 하고 말았다. 물론 그 젊은이는, 미안 이상의 모욕감으로 얼굴이 빨개져서 천장만을 쳐다보며 이따금 한숨을 지었다.(100~101쪽)

〈예문 2〉

"그 신사의 딸일 리는 없고 혹 첩."

내가 이런 생각을 하고 있을 때,

"만주루 북지루 댕겨보문 돈벌인 색시 당사가 제일인가보둔."

당꼬바지가 불쑥 이런 말을 시작하였다. 모두 덤덤히 앉았던 사람들은 마침으로 흥미 있는 이야깃거리가 생겼다는 듯이 시선이 그에게로 몰리자 그의 옆에 앉은 가죽 재킷이 그 말을 받았다.

"돈벌이야 작히 좋은가요, 하지만 자본이 문제거든. 색시 하나에 소불하 돈 천 원은 들어야 한다니까."

"이것이라니 아무리 요즘 돈이구루서니, 천 환이문 만 냥이 아니요."

이렇게 놀란 것은 물론 곰방대 영감이었다. 그러자 아까 그 실수를 한 젊은이가

"요좀 돈 천 환이 무슨 셍명있나요, 웬만한 달구짓소 한 놈에두 천 원

을 안했게 그럽네까."

하고 이번에는 조심히 제 발부리에다 침을 뱉었다.

"그랜 해두, 넷날에야 원틀루 에미나이보단 소 끔새가 앞셌디 될 말인가."

"녕감님, 건 촌에서 민메누릿감으루 딸 팔아먹든 넷말이구요?……"(107쪽)

〈예문 3〉

당꼬바지는, 이렇게, 자기가 꺼낸 갈보 타령이 맹랑하게 시작한 말이 아니었다는 것을 발명이나 하듯이 빈자리를 턱으로 가리키며

"이잘 보소고래. 괘앤히 저 혼자 점잖은 척하누라구 눈살이 꼿꼿해 앉었어두 상판에 개기름이 번즐번즐한 거이 어디 점잖은 데가 있소."

하였다.

"다들 그러니끼니 그런가부다 하디, 목잔좀 불량해두, 이대존대라구, 난 첨엔 아니 군쭈산가 했소."

하는 노인은 고무신 부리에 곰방대를 털었다. 그런 노인의 말에 당꼬바지는,

"녕감님두 의대조대나새나요. 요좀엔 돈만 있으믄 군쭈사가 아니라두 누구나 그보다두 띔 떼 먹게 채릴 수 있다우."

하고 껄껄 웃었다.

"그래두 저한테 물어보소, 메라나…… 난…… 우리 겉은 건……"

이렇게 말끝을 마무르지 않고 만 것은 그 실수를 저지른 젊은이였다. 역시 천장을 쳐다보는 그는 웬 까닭인지 아까보다도 더 얼굴이 빨개지는 것이었다. 사람들은 또 웬 까닭인지 와하하 웃음을 터뜨렸다.(108~109쪽)

● 중년 신사 ─────────────────────

성　　별　　남자
나이(추정포함)　　40대로 추정함.
출생지 및 거주지, 활동 공간
　　　　　　　출생지는 정확하게 알 수 없으며, 만주, 북지를 거쳐 대련
　　　　　　　에서 유곽을 하다 작년부터 국내(북쪽지역으로 추정)에
　　　　　　　들어와 활동함.
직　　업　　유곽 운영
출신계층　　밑바닥에서부터 살아온 하류 계층일 것으로 추정함.
교육정도　　무학이거나 보통학교 이하의 학력일 것으로 추정함.
가족관계　　자식들이 있음.
　　　　　　　① 유곽에서 도망했던 젊은 여인을 잡아오는 중임.
　　　　　　　② 농촌 젊은이가 버릇대로 뱉은 가래침이 자신이 구구
인물관계　　　 콧등에 떨어지자 그것을 닦아내느라 호들갑을 떨어 그
　　　　　　　 찻간에 있는 모든 사람들이 외면함.
　　　　　　　③ 자신의 처지는 아랑곳하지 않고 너무 과시적이어서 찻
　　　　　　　 간의 모든 사람들에게 눈총을 받음.
인물의 존재방식(사회계층)
　　　　　　　여자들을 돈벌이의 수단으로 생각하여 유곽을 운영하는
　　　　　　　업자
　　　　　　　① 자신의 처지를 헤아리지 못하고 과시적이고 천박함.
　　　　　　　② 폭력적이면서도 때에 따라서는 간사하고 간교함.
성　　격　　③ 언제나 불안하고 경계심이 있으며 강자에게는 비굴함.
　　　　　　　④ 여자들을 돈벌이의 수단으로 여길 정도로 속물적이며
　　　　　　　 잔인함.

성격 지표 및 인물 제시방식

〈예문 1〉

그래서 일삼아 보고 있던 사람들은 모두 입을 비죽이고 외면을 하고 말

았다. 물론 그 젊은이는, 미안 이상의 모욕감으로 얼굴이 빨개져서 천장만을 쳐다보며 이따금 한숨을 지었다. 그 중년 신사와 통로를 격하여 나란히 앉은 당꼬바지는 다소의 의분을 느꼈음인지 그 우뚝한 코를 벌름거리며 흰자 많은 눈으로 연방 그 신사를 곁눈질하였다. 그러나 그 신사의 눈과 마주치기만 하면 슬쩍 시선을 거두고 딩딩한 코를 천장으로 치키고 마는 것이었다. 그렇게 그 신사의 눈과 마주치기를 꺼려하는 것은 비단 당꼬바지만이 아니었다. 오히려 코가 꽤 딩딩한 당꼬바지도 그럴 적에야, 할 정도로 그 신사의 눈은 보기에 좀 불안스럽도록 뒤룩거리는 눈방울이었다. 일부러 점잔을 빼느라 혹은 노상 호령기를 뽐내느라 그런지, 그렇지 않으면 혹시 약간 피해망상광의 증상이 있어 저도 어쩔 수 없이 뒤룩거리게 되는 눈인지도 모를 것이었다. 어쨌든 척 마주 보기가 거북스러운 눈이라 아까 신문지를 주던 곰방대 영감은 담배를 붙이며 도적해 보던 곁눈질을 들키자, 채 불이 댕기기도 전에 성냥을 불어 끄리만치 낭패한 것이었다.(101~102쪽)

〈예문 2〉

내 앞의 신사는 그저 여전히 눈을 뒤룩거리며 두세 번 큰 하품을 하였을 뿐이다. 좀 실례의 말이지만 마주 앉은 내가 느끼는 그 신사의 하품은 옛말이나 괴담에, 사람을 취하게 하는 무슨 김이나 악취를 뿜는다는 두꺼비의 하품 같은 것이었다.

이런 실례의 말을 해놓고 보면 정말 그 신사는 어딘가 두꺼비 같은 인상을 주는 것이었다. 심심한 판이라, 좀 따져본다면, 앞서도 늘 해온 말이지만, 언제나 먼저 눈에 띄는 그 뒤룩거리는 눈, 그담에는 떡다물었달밖에 없이 너부죽한 입, 그리고 언제다 굳은 침을 삼키듯이 불룩거리는 군턱, 이렇게 두드러진 특징만을 그리는 만화라면 통 안 그려도 무방일 듯한 극히 존재가 모호한 코, 아무리 두꺼비의 상판은 제법 상판이듯이 그 신사의 얼굴에도 그 코만은 있어 무방, 없어 무방으로 극히 빈약하다기보다 제 존재를 영 주장치 않고 그저 겸손히 엎드린 코였다. 혹시 그런 것이 숨을 쉬기 위해서만 마련된 정말 코다운 코일는지도 모를 것이다.(102~103쪽)

〈예문 3〉

그같이 우리네의 주의를 끝밖에 없는 그 중년 신사는 몇 번째 하품을 하고 난 끝에 제 옆자리 창 밑에 끼어 앉은 젊은 여인의 등 뒤로 손을 넣어서 송기떡빛 종이를 바른 넓적한 고량주 병을 뒤져내었다. 찻그릇 뚜껑에 가득 따른 술잔을 무슨 쓴 약이나 벼르듯 하다가 그 번지레한 얼굴에 통주름살을 그으며 마시었다. 떨리는 손으로 또 한 잔을 연해 마시고는 낙타 외투에 댄 수달피 바늘털에서 물방울이라도 튀어날 만큼 부르르 몸서리를 치고는 또 그 여인의 등 뒤로 손을 넣어서 궁둥이 밑에서나 빼낸 듯한 편포를 한 쪽 찢어 씹기 시작하였다. 풍기는 독한 술내에 사람들의 시선은 또다시 그에게로 모일밖에 없었다. 첩첩 입소리를 내며 태연히 떠들고 있는 그의 벗어진 이마에는 금시 게알 같은 땀방울이 솟고 그 가운데 일어선 극히 빈약한 머리털 몇 오리가 무슨 미생물의 첩모(睫毛)나 같이 나불거리었다. 그렇게 발산하는 그의 체온과 체취거니 하면 우리는 금방 이 후끈한 찻간에 산소 부족을 느끼며 그를 바라보는 동안에 차차 그의 입노릇이 떠지고 지금껏 누구를 노리듯이 굴리던 눈방울이 금시에 머루레해지고 군침이 흐를 듯이 입 가장자리가 축 처지며 그는 한 건뜩 조는 것이었다. 좀 과장해 말하면 미륵불이 연화대(蓮花臺)에서 꼬꾸라지는 순간 같은 것이었다. 건뜩, 제 김에 놀란 그 신사는 떡돌에 치이는 두꺼비 꿈에서나 놀라 깬 것처럼 그 충혈된 눈이 더욱 휘둥그레져서 옆의 여인을 돌아보고는 안심한 듯이 기지개를 켰다. 그러고는 까맣게 잊었던 일이나 생각난 듯이 분주히 일어나 외투를 벗어놓고 찌리가미를 두 손으로 맞잡아 썩썩 비비며 변소로 들어갔다.(104~105쪽)

〈예문 4〉

그때 변소에 갔던 신사가 돌아왔다. 제자리에 돌아온 그는 그새만해도 무슨 변화가 생기지 않았나 경계하듯이 이 사람 저 사람의 얼굴을 둘러보며 다시 외투를 입었다. 사람들은 모두 웃음을 거두고 말을 끊고 말았다.

지금껏 이편을 유의했던 모양인 차장이 달려와 차표를 검하며 아까 한 말을 되풀이하고, "코마리마스네"로 나무랐다.

당황한 신사는, "헤헤 스미마셍, 도오모 스미마셍"을 뇌고 또 뇌며 뻘개신 낯으로 께면쩍디기보다 비굳한 웃음을 지어 보이는 것이었다. 그러고 나서 차표를 다시 속주머니에다 집어넣으며 그는 누가 들으라는 말인지, 그렇다기보다도 여러 사람이 다 들어달라고 간청이나 하는 듯한 제법 눈웃음을 지어 보이며,

"제길 후둥증(後重症)이 나서 ××× ×××하기만 하디 원제 씨원히 날오야디요" 하고는 헤헤헤 웃는 것이었다. (작자 주: 아무리 작자가 결벽성을 포기하고 시작한 작품이지만 이 ××의 의음(擬音)만은 복자(覆字)하는 것이 작자인 나의 미덕일 것이다.) 확실히 부드러운 말씨였다. 그리고 사교적인 웃음이었다. 아닌 게 아니라 그 신사의 그런 말과 웃음은 여간만 효과적인 것이 아니었다.

…〈중략〉…

이런 동정과 우의를 대번에 얻게 된 그 남자는 몇 번 신트림을 하고 나서,

"물론 것두 그렇구, 한 십 년 만주루 북지루 댕기멘서 그 추운 겨울엔 호주루 살아 버릇해서 여게 나와서두 안 먹딘 못합네다라레."

하며 옆에 놓인 고량주 병을 들어 약간 흔들어보고 만져보는 것이었다.

"영업하는 덴 만준가요 북진가요."

"뭐 안 가본 데 없디요. 첨엔 한 사오 년 일선루 따라당기다가 너머 고생스럽드라니 그담엔 대련서 자리 잡구 하다가 신경 와선 자식놈들한테다 밀어 기구 난 작년부터 나오구 말았소."

"그새 큰일 났갔소고레."

당꼬바지가 또 묻는 말에,

"뭐 거저…… 그랜 다른 놀음 봐서야……"

하며 만지던 술병을 여인의 등 뒤로 밀어넣으려 할 때 지금껏 눈징겨 보고 있던 곰방대 노인이,

"거이, 어디 이 녕감두 한잔 먹어볼까요."

하며 나앉았다.

"어어 참, 미처 생각을 못해서 실 했구만요. 이제라두 한잔씩들 같이 합세다."

그래서,

"이거 원 뜻밖……"

"그러구 보니 이 영감 덕이로군."

"하하하."

이런 웃음과 농지거리로 뜻밖의 술판이 벌어졌다. (110~112쪽)

〈예문 5〉

이 뜻밖에 벌어진 술판의 판을 치는 이야깃거리는 물론 그 남자의 내력 담과 사업 이야기였다.

"…… 사실 내놓구 말이디, 돈벌이루야 그만한 노릇이 없쉔다. 해두, 그 에미나이들 송화가 오죽한가요. 거어, 머어, 한 이삼십 명 거르릴래문 참 별에별 꼴 다 봅넨다……"

쩍하면 앓아눕기가 일쑤요, 그래도 명색이 사람이라 앓는데 약을 안 쓸 수 없으니 그러자면 비용은 비용대로 쳐들어가고 영업은 못하고, 요행 나으면 몰라도 덜컥 죽으면 돈 천 원쯤은 어느 귀신이 물어간지 모르게 장비(葬費)까지 '보숭이' 칠을 해서 없어진다는 것이었다.

"앓다 죽는 년이야 죽고파서 죽갔소. 그래 건 또 좀 양상이디만, 이것들이 제 깐에 난봉이 나디 않소. 제법 머어, 죽는다 산다 하다가는 정사합네 하디 않으믄 달아나기가 일쑤구……"

이렇게 말이 채 끝나기 전에 술잔이 들이워 반아 드는,

"이게 다섯 잔짼가?"

하며 들여다보는 그 잔은 할 수만 있으면 면하고 싶지만 그러나 우정(友情)으로 달게 받아야 할 희생 같은 잔인 모양이었다. 그래서 마시기로 결심한 그는 일종 비장한 낯빛을 지으며 꿀꺽 들이키었다. 그러고는 부르르 몸서리를 치자 더욱 붉어진 눈방울을 더욱 크게 치뜨며,

"사람이 기가 맥혜서, 글쎄 이 화상을 찾누라구 자식놈들은 만주 일판을 뒤지구 난 또 여기서 돈 쓰구 애먹은 생각을 하문 거저 쥑에두……"

이런 제 말에 벌컥 격분한 그는 주먹을 번쩍 들었다. 막 그 여인의 뒷덜미에 떨어질 그 주먹을 쳐다보는 사람들은 한순간 숨을 죽일밖에 없었다. 한순간 후였다. 와하하 사람들의 웃음이 터지었다. 그 주먹이 슬며시

내려오고 그 주먹의 주인이 히히히 웃고 만 까닭이었다.(112~113쪽)

〈예문 6〉

그 신사는 시렁에서 손가방과 모자를 내리었다. 다음 S역에서 내릴 모양이다. 끌러놓았던 구두끈을 다시 매고 난 신사는 손수건으로 입과 눈을 닦으며

"그래 그만하문 너 잘못 간 줄 알디."

"……"

"내가 없다구 무서운 줄 모루구들…… 어디 실컨들 그래봐라."

"……"

이렇게 혼잣말같이 중얼거리었다. …〈중략〉…

여자를 데리고 내릴 줄 알았던 신사는 차창을 열고 거의 쏟아질 듯이 상반신을 내밀었다. 혼잡한 플랫폼에서 누구를 찾는지 두리번거리던 그는 고함을 치기 시작하였다. 몇 번 부르자 차창 앞에 달려온 젊은이에게 물었다.

"네 형이 온대드니 어떻게 네가 왔니."

"형님은 또 ×××에 가게 됐어……"

"겐 또 왜?"

그 젊은이는 털모자를 벗어 쥔 손가락으로 머리를 긁적거리며 난처한 대답을 하는 것이다.

"그새 옥주년이 또 달아나서……"

"뭐야."

"옥주년이 또……"

"이 새끼."

창틀을 짚었던 손이 번쩍하고 젊은이의 뺨을 갈겼다. 겁결에 비켜서는 젊은이가,

"그래두 니여 잽혀서 지금 찾으레……"

하는 것을,

"듣기 싫다."

하며 또 한 번 뺨을 철썩 후려쳤다.

"정말 찾긴 찾았단 말이가? 어서 이리 들어나 오날."

들어온 젊은이는, 빨리 손쓴 보람이 있어 ××에서 붙들었다는 기별을 받고 찾으러 갔다고 설명하였다. 비로소 성이 좀 풀린 모양, 신사는 여기 일이 바빠서 제가 갈 수 없는 것을 걱정하고 (여인의) 차표와 자리를 내주고 내렸다.(116~117쪽)

● 당꼬비지

성 별	남자
나이(추정포함)	40대로 추정함.
출생지 및 거주지, 활동 공간	
	알 수 없음.
직 업	알 수 없음.
출신계층	하류계층으로 추정함.
교육정도	무학이거나 보통학교 이하 정도의 학력일 것으로 추정함.
가족관계	알 수 없음.
	① 찻간에 있는 사람들과 자연스럽게 대화를 이어나감.
인물관계	② 젊은 여인의 사정을 한갓 재밋거리의 대상으로만 여겨 그녀의 반감을 삼.
인물의 존재방식(사회계층)	
	팍팍한 삶의 실상에 대한 문제의식 없이 모든 걸 일상의

일로 치부하고 흥밋거리로만 여기는 소시민적 근성의 계층

성 격	① 비위 좋고, 나서기를 좋아함.
	② 남의 사정을 헤아리지도 않고 임의대로 생각하여 흥밋거리로 삼는 시민적 근성이 있음.

성격 지표 및 인물 제시방식

〈예문 1〉

그래서 일삼아 보고 있던 사람들은 모두 입을 비죽이고 외면을 하고 말았다. 물론 그 젊은이는, 미안 이상의 모욕감으로 얼굴이 빨개져서 천장만을 쳐다보며 이따금 한숨을 지었다. 그 중년 신사와 통로를 격하여 나란히 앉은 당꼬바지는 다소의 의분을 느꼈음인지 그 우뚝한 코를 벌름거리며 흰자 많은 눈으로 연방 그 신사를 곁눈질하였다. 그러나 그 신사의 눈과 마주치기만 하면 슬쩍 시선을 거두고 딩딩한 코를 천장으로 치키고 마는 것이었다.(101쪽)

〈예문 2〉

'그 신사의 딸일 리는 없고 혹 첩.'

내가 이런 생각을 하고 있을 때,

"만주루 북지루 댕겨보문 돈벌인 색시 당사가 제일인가보둔."

당꼬바지가 불쑥 이런 말을 시작하였다. 모두 덤덤히 앉았던 사람들은 마침으로 흥미 있는 이야깃거리가 생겼다는 듯이 시선이 그에게로 몰리자 그의 옆에 앉은 가죽 재킷이 그 말을 받았다.

"돈벌이야 작히 좋은가요, 하지만 자본이 문제거든. 색시 하나에 소불하 돈 천 원은 들어야 한다니까."

"이것이라니 아무리 요즘 돈이구루서니, 천 환이문 만 냥이 아니요."

이렇게 놀란 것은 물론 곰방대 영감이었다. 그러자 아까 그 실수를 한 젊은이가

"요좀 돈 천 환이 무슨 셍명있나요, 웬만한 달구짓소 하 놈에두 천 원을 안했게 그럽네까."

하고 이번에는 조심히 제 발부리에다 침을 뱉었다.

"그랜 해두, 넷날에야 원틀루 에미나이보단 소 끔새가 앞셌디 될 말인가."

"녕감님, 건 촌에서 민메누릿감으루 딸 팔아먹든 넷말이구요? ……"(107쪽)

〈예문 3〉

"사람들이 벌어먹는 꼴이 다 각각이거든."

"각각일밖에 안 있나."

"어째서."

"각각 저 생긴 대루 벌어먹게 매련이까 달르지."

"그럼 누군 갈보장사나 해먹게 생겼던가."

"보구두 몰라."

"어떻게."

"옆에다 색실 척 데리구 가잖아."

"하하하."

"하하하."

가죽 재킷과 캡이 이렇게 받고차기로 떠들고 웃었다.

그러자,

"건 웃음의 말씀이라두, 정말 사실루 사람을 척 보문 알거덩요."

당꼬바지는, 이렇게, 자기가 꺼낸 갈보 타령이 맹랑하게 시작한 말이 아니었다는 것을 발명이나 하듯이 빈자리를 턱으로 가리키며

"이잘 보소고래. 괘앤히 저 혼자 점잖은 척하누라구 눈살이 꿋꿋해 앉았두 상판에 개기름이 번즐번즐한 거이 어디 점잖은 데가 있소."

하였다.

"다들 그러니끼니 그런가부다 하디, 목잔좀 불량해두, 이대존대라구, 난 첨엔 아니 군쭈산가 했소."

하는 노인은 고무신 부리에 곰방대를 털었다. 그런 노인의 말에 당꼬바지는,

"녕감님두 의대조대나새나요. 요좀엔 돈만 있으믄 군쭈사가 아니라두 누구나 그보다두 띰 떼 먹게 채릴 수 있다우."

하고 껄껄 웃었다.

"그래두 저한테 물어보소, 메라나…… 난…… 우리 겉은 건……"

이렇게 말끝을 마무르지 않고 만 것은 그 실수를 저지른 젊은이였다. 역시 천장을 쳐다보는 그는 웬 까닭인지 아까보다도 더 얼굴이 빨개지는 것이었다. 사람들은 또 웬 까닭인지 와하하 웃음을 터뜨렸다.

"아까 미섭습데까?"

실컷 웃고 난 캡이 이렇게 묻자 또들 웃었다. 그 말을 받아 당꼬바지가 빈정거리는 투로 이런 말을 하였다.

"윌루 미섭긴 정말 점잖은 사람이 미섭다우. 이렇게 (역시 턱으로 빈자리를 가리키며) 점잖은 테하는 사람이야 뭐 미서울 거 있소. 이제 두구 보소. 아까 보디 않았소. 고샐 못 참아서 배갈을 먹드니 피꺽피꺽 피께질을 하는 걸 보디. 그런 잔 보긴 지똥미루워두 사궤만 노문 사람 썩 도쉔다."(108~109쪽)

〈예문 4〉

그때 변소에 갔던 신사가 돌아왔다. 제자리에 돌아온 그는 그새만해도 무슨 변화가 생기지 않았나 경계하듯이 이 사람 저 사람의 얼굴을 둘러보며 다시 외투를 입었다. 사람들은 모두 웃음을 거두고 말을 끊고 말았다. …〈중략〉…

"제길 후둥증(後重症)이 나서 ××× ×××하기만 하디 원제 씨원히 날오야디요" 하고는 헤헤헤 웃는 것이었다. (작자 주: 아무리 작자가 결벽성을 포기하고 시작한 작품이지만 이 ××의 의음(擬音)만은 복자(覆字)하는 것이 작자인 나의 미덕일 것이다.) 확실히 부드러운 말씨였다. 그리고 사교적인 웃음이었다. 아닌 게 아니라 그 신사의 그런 말과 웃음은 여간만 효과적인 것이 아니었다.

"거 정말 급하웬다. 후둥쯩이 정 심한 댄, 깜진 네펜네 첫아이 낳기만이나 한 걸이요."

이같이 슬신하어 동정한 것은 당꼬바지였다. 그 말에 다른 사람들도 지금껏 그 남자를 백안시하던 눈에 웃음을 띠게 되었다.(110쪽)

〈예문 5〉

그때 차는 어느 작은 역에 멎었다. 아까 실수한 젊은이와 곰방대 노인이 내렸다. 그들은 그런 웃음을 채 웃지 못한 채 총총히 내리고 만 것이다. 밤중의 작은 역이라 그 자리에 대신 오르는 사람도 없이 차는 또 떠났다.

"좌우간 무던하갔쉐다. 저희 집 식구가 많아두 씩둑깍둑 말썽인데 그것들이 어떻게 돌아먹은 년들이라구."

당꼬바지는 코멘소리로 또 말을 시작하였다.

그러나 그 신사는 어느새 건뜻 졸다가는 눈을 뜨고 눈을 떴다가는 또 졸고 잘 뿐 대답이 없었다. 아직도 좀 남은 술병은 마주 앉은 세 사람 사이로 돌아갔다.

"이와이문 데 색시 오샤꾸루 한잔 먹었으문 도오 는데."

"말 말게. 이제 하든 말 못 들었나."

"뭘."

"남 정든 님 따라 강남 갔다 붙들레서 생리별하구 오는 판인데 무슨 경황에 자네 오샤꾸하겠나."

"오샤꾸할 경황두 없이 쯔라이 시쯔렌(失戀)이문 발세 죽었지 죽어."

"사람이 그렇게 죽기가 쉬운 줄 아나."

"나니 와께나이요." 정말 말이야 도망을 하지 아니치 못하리만큼 말이야 알겠나? 도망을 해서라두 말이야 잇쇼니 니루 하지 않으문 못 살 고이비또문 말이야, 붙들렸다구 죽여주소 하구 따라올 리가 없거든 말이야, 응 안 그래? 소랴 기미 혜[舌]라두 깨밀고 죽을 것이지 뭐야, 응 안 그래."

이런 말이 나오자 그 여인은 무엇에 찔린 듯이 해쓱해진 얼굴을 그편으로 돌리었다. 그편에서 지껄이는 사람들을 바라보는 그 눈은 지금 그런 말을 누가 했느냐고 묻기라도 할 듯한 눈이었다. 그러나 취한 그들은 그런 여인의 눈과 마주쳐도 조금도 주춤하는 기색도 없었다. 도리어 당꼬바지는

"거 사실 옳은 말이야. 정말 앗사리한 계집이문 비우쌀 동게 도망두 안 할걸."

이렇게 그 여인의 얼굴을 보이지 않는 말의 채찍으로 후려갈기었다. (114~115쪽)

● 곰방대 영감

성 별   남자
나이(추정포함)   50대 후반 60대로 추정함.
출생지 및 거주지, 활동 공간
            출생지와 거주지, 활동 공간은 정확하게 알 수 없으나 세
            상 물정에 어두운 것으로 보아 시골의 영감으로 추정함.
직 업   시골 농사꾼으로 추정함.
출신계층   시골 하류계층
교육정도   정확하게 알 수 없으나 무학일 것으로 추정함.
가족관계   알 수 없음.
인물관계   찻간의 주위 사람들을 격의 없이 선의적으로 대함.
인물의 존재방식(사회계층)
            세상물정에 어두운 시골 노인계층
성 격   ① 시대가 변했음에도 전통적인 사고를 지니고 있음.
            ② 인정이 있으며 사교성이 있음.

성격 지표 및 인물 제시방식

〈예문 1〉

   그런 우리들 중에 모자 대신 편물 목테를 머리에다 감은 농촌 젊은이
가 금방 회복한 제 버릇대로 그만 적잖은 실수를 저지르고 말았다. 실수
라는 것은, 통로에 섰던 그 젊은이가 늘 하던 제 버릇대로 뱉은 가래침이
공교롭게도 나와 마주 앉은 중년 신사의 구두 콧등에 떨어진 것이었다.
물론 그것만도 적잖은 실수겠지만 그렇게까지 여러 사람의 눈이 둥그레서
보게쯤 큰 실수로 만든 것은 그 구두의 발작적 행동이었다.

   …〈중략〉…

   아닌 게 아니라 그 구두는 발작적으로 통로 바닥이 빠져라고 쾅쾅 뛰놀
았다. 그러나 그리 매끄럽지가 못한 구두코라 용이히 떨어질 리가 없었

다. 그래 더욱 화가 난 구두는 이번에는 호되게 허공을 걷어차기 시작했다. 그래 튀어나는 비말의 피해를 나도 받았지만, 그 서술에 어쩔 줄을 모르고 서 있던 젊은이는 정면으로 튀어나는 비말을 피하여 그저 뒤로 물러서기만 했다. 그러나 그 젊은이의 동행인 듯한 노인이 제 보꾸러미에서 낡은 신문지를 한 줌 찢어 젊은이를 주었다. 젊은이는, 당장 걷어차거나 쫓아 나와 물려는 맹수나 어르듯이 그 구두 콧등 앞으로 조심히 신문지 쥔 손을 내밀어보았다. 그러나 구두는 물지도 차지도 않고 도리어 그 손을 피하듯 움츠러들었다. 그러자 희고 부드러운 종이가 그 구두코를 닦기 시작하였다. 그런 종이는 많기도 하고 아깝지도 않은 모양이었다.(100쪽)

〈예문 2〉

　그래서 일삼아 보고 있던 사람들은 모두 입을 비죽이고 외면을 하고 말았다. 물론 그 젊은이는, 미안 이상의 모욕감으로 얼굴이 빨개져서 천장만을 쳐다보며 이따금 한숨을 지었다. 그 중년 신사와 통로를 격하여 나란히 앉은 당꼬바지는 다소의 의분을 느꼈음인지 그 우뚝한 코를 벌름거리며 흰자 많은 눈으로 연방 그 신사를 곁눈질하였다. 그러나 그 신사의 눈과 마주치기만 하면 슬쩍 시선을 거두고 딩딩한 코를 천장으로 치키고 마는 것이었다. 그렇게 그 신사의 눈과 마주치기를 꺼려하는 것은 비단 당꼬바지만이 아니었다. 오히려 코가 꽤 딩딩한 당꼬바지도 그럴 적에야, 할 정도로 그 신사의 눈은 보기에 좀 불안스럽도록 뒤룩거리는 눈방울이었다. 일부러 점잔을 빼느라 혹은 노상 호령기를 뽐내느라 그런지, 그렇지 않으면 혹시 약간 피해망상광의 증상이 있어 저도 어쩔 수 없이 뒤룩거리게 되는 눈인지도 모를 것이었다. 어쨌든 척 마주 보기가 거북스러운 눈이라 아까 신문지를 주던 곰방대 영감은 담배를 붙이며 도적해 보던 곁

눈질을 들키자, 채 불이 댕기기도 전에 성냥을 불어 끄리만치 낭패한 것이었다.(101~102쪽)

〈예문 3〉

'그 신사의 딸일 리는 없고 혹 첩.'

내가 이런 생각을 하고 있을 때,

"만주루 북지루 댕겨보문 돈벌인 색시 당사가 제일인가보듣."

당꼬바지가 불쑥 이런 말을 시작하였다. 모두 덤덤히 앉았던 사람들은 마침으로 흥미 있는 이야깃거리가 생겼다는 듯이 시선이 그에게로 몰리자 그의 옆에 앉은 가죽 재킷이 그 말을 받았다.

"돈벌이야 작히 좋은가요, 하지만 자본이 문제거든. 색시 하나에 소불하 돈 천 원은 들어야 한다니까."

"이것이라니 아무리 요즘 돈이구루서니, 천 환이문 만 냥이 아니요."

이렇게 놀란 섯은 물곤 깜방대 영감이었다 그러자 아까 그 실수를 한 젊은이가

"요좀 돈 천 환이 무슨 생명있나요, 웬만한 달구짓소 한 놈에두 천 원을 안했게 그럽네까."

하고 이번에는 조심히 제 발부리에다 침을 뱉었다.

"그랜 해두, 넷날에야 원틀루 에미나이보단 소 끔새가 앞셌디 될 말인가."

"녕감님, 건 촌에서 민메누릿감으루 딸 팔아먹든 넷말이구요?……"(107쪽)

〈예문 4〉

그러자,

"건 웃음의 말씀이라두, 정말 사실루 사람을 척 보문 알거덩요."

당꼬바지는, 이렇게, 자기가 꺼낸 갈보 타령이 맹랑하게 시작한 말이 아니었다는 것을 발명이나 하듯이 빈자리를 턱으로 가리키며

"이잘 보소고래. 괘앤히 저 혼자 점잖은 척하누라구 눈살이 꿋꿋해 앉었어두 상판에 개기름이 번즐번즐한 거이 어디 점잖은 데가 있소."

하였다.

"다들 그러니끼니 그런가부다 하디, 목잔좀 불량해두, 이대존대라구, 난 첨엔 아니 군쭈산가 했소."

하는 노인은 고무신 부리에 곰방대를 털었다. 그런 노인의 말에 당꼬바지는,

"녕감님두 의대조대나새나요. 요좀엔 돈만 있으믄 군쭈사가 아니라두 누구나 그보다두 띔 떼 먹게 채릴 수 있다우."

하고 껄껄 웃었다.(108~109쪽)

〈예문 5〉

그때 변소에 갔던 신사가 돌아왔다. 제자리에 돌아온 그는 그새만해도 무슨 변화가 생기지 않았나 경계하듯이 이 사람 저 사람의 얼굴을 둘러보며 다시 외투를 입었다. 사람들은 모두 웃음을 거두고 말을 끊고 말았다. …〈중략〉…

"제길 후둥증(後重症)이 나서 ××× ×××하기만 하디 원제 씨원히 날오야 디요" 하고는 헤헤헤 웃는 것이었다. (작자 주: 아무리 작자가 결벽성을 포기하고 시작한 작품이지만 이 ××의 의음(擬音)만은 복자(覆字)하는 것

이 작자인 나의 미덕일 것이다.) 확실히 부드러운 말씨였다. 그리고 사교적인 웃음이었다. 아닌 게 아니라 그 신사의 그런 말과 웃음은 여간만 효과적인 것이 아니었다.

"거 정말 급하웬다. 후등쫑이 정 심한 댄, 깜진 네펜네 첫아이 낳기만이나 한 걸이요."

이같이 솔선하여 동정한 것은 당꼬바지였다. 그 말에 다른 사람들도 지금껏 그 남자를 백안시하던 눈에 웃음을 띠게 되었다.

"건 뭐 병이 아니라 술 탈이니낀, 메칠만 안 자시문 멜 하리요."

또 이런 급성적 우정으로 충고한 것은 캡 쓴 젊은이였다.

"그럴래니, 데런 낭반이야 찾아오는 손님으루 관텅 교제루 어디 뭐 술을 안 자실래 안 자실 수가 있을라구."

곰방대 노인이 이렇게 경의를 표하는 말에,

"아마 그럴걸이요."

하고 가죽 재킷 젊은이가 동의하였다.

이런 동정과 우의를 대번에 얻게 된 그 남자는 몇 번 신트림을 하고 나서,

"물론 것두 그렇구, 한 십 년 만주루 북지루 댕기멘서 그 추운 겨울엔 호주루 살아 버릇해서 여게 나와서두 안 먹딘 못합네다라레."

하며 옆에 놓인 고량주 병을 들어 약간 흔들어보고 만져보는 것이었다.

"영업하는 덴 만준가요 북진가요."

"뭐 안 가본 데 없디요. 첨엔 한 사오 년 일선으루 따라당기다가 너머 고생스럽드라니 그담엔 대련서 자리 잡구 하다가 신경 와선 자식놈들한테다 밀어 기구 난 작년부터 나오구 말았소."

"그새 큰일 났갔소고레."

당꼬바지가 또 묻는 말에,

"뭐 거저…… 그랜 다른 놀음 봐서야……"

하며 만지던 술병을 여인의 등 뒤로 밀어넣으려 할 때 지금껏 눈징겨 보고 있던 곰방대 노인이,

"거이, 어디 이 녕감두 한잔 먹어볼까요."

하며 나앉았다.

"어어 참, 미처 생각을 못해서 실   했구만요. 이제라두 한잔씩들 같이 합세다."

그래서,

"이거 원 뜻밖……"

"그러구 보니 이 영감 덕이로군."

"하하하."

이런 웃음과 농지거리로 뜻밖의 술판이 벌어졌다.(110~112쪽)

● **가죽 재킷 입은 젊은이, 캡 쓴 젊은이** ─────────────

성   별   남자
나이(추정포함)   둘 다 30대 초·중반 정도로 추정함.
출생지 및 거주지, 활동 공간
          출생지는 알 수 없으나 거주지와 활동 공간은 북쪽 지역
          일 것으로 추정함.
직   업   무직일 것으로 추정함.
출신계층   알 수 없음.
교육정도   보통학교 정도의 학력일 것으로 추정함.
가족관계   알 수 없음.
인물관계   ① 둘은 친분이 있는 사이임.
          ② 찻간의 주위 사람들과 잘 어울리지만, 자신들끼리 이

야기를 주고받을 정도로 주위 사람들을 별로 의식하지 않음.

③ 젊은 여인을 매우 멸시함.

인물의 존재방식(사회계층)
　　　　시대상이나 삶의 방식에 대한 반성적 사고 없이 시류에 편승하는, 어쭙잖은 젊은이 계층

　　　　① 과시적이고 잘난 체 하는 모습을 보임.

성　　격　② 현실에 대한 고민 없이 시류에 편승하는 기회주의적 속성이 있음.

　　　　③ 약자를 업신여기고 무시하는 태도를 보임.

성격 지표 및 인물 제시방식

〈예문 1〉

그러나 그때 당꼬바지 옆에 앉은 가죽 재킷 입은 젊은이가 맞은편에 캡 쓴 젊은이에게,

"가네 지리가미 가졌나."

하여,

"응 있어."

하고 일부러 꺼내까지 주는 것을,

"이 사람 지리가민 나두 있네."

하고 한 뭉치 꺼내 보이며 코를 풀기 시작하였다. 그래서 캡 쓴 젊은이는 킬킬 웃으면서 맞은 코를 풀어서는 그런 종이가 수북한 통로 바닥으로 던졌다.

그러나 그 옆의 당꼬바지가 빙그레 웃었을 뿐 아무런 반응도 없고 말았다.(102쪽)

〈예문 2〉

'그 신사의 딸일 리는 없고 혹 첩.'

내가 이런 생각을 하고 있을 때,

"만주루 북지루 댕겨보문 돈벌인 색시 당사가 제일인가보둔."

당꼬바지가 불쑥 이런 말을 시작하였다. 모두 덤덤히 앉았던 사람들은 마침으로 흥미 있는 이야깃거리가 생겼다는 듯이 시선이 그에게로 몰리자 그의 옆에 앉은 가죽 재킷이 그 말을 받았다.

"돈벌이야 작히 좋은가요, 하지만 자본이 문제거든. 색시 하나에 소불하 돈 천 원은 들어야 한다니까."

"이것이라니 아무리 요즘 돈이구루서니, 천 환이문 만 냥이 아니요."

이렇게 놀란 것은 물론 곰방대 영감이었다. 그러자 아까 그 실수를 한 젊은이가

"요좀 돈 천 환이 무슨 셍명있나요, 웬만한 달구짓소 한 놈에두 천 원을 안했게 그럽네까."

하고 이번에는 조심히 제 발부리에다 침을 뱉었다.

"그랜 해두, 넷날에야 원틀루 에미나이보단 소 꼼새가 앞셌디 될 말인가."

"녕감님, 건 촌에서 민메누릿감으루 딸 팔아먹든 넷말이구요?……"(107쪽)

〈예문 3〉

"사람들이 벌어먹는 꼴이 다 각각이거든."

"각각일밖에 안 있나."

"어째서."

"각각 저 생긴 대루 벌어먹게 매련이까 달르지."

"그럼 누군 갈보장사나 해먹게 생겼던가."

"보구두 몰라."

"어떻게."

"옆에다 색실 척 데리구 가잖아."

"하하하."

"하하하."

가죽 재킷과 캡이 이렇게 받고차기로 떠들고 웃었다.

그러자,

"건 웃음의 말씀이라두, 정말 사실루 사람을 척 보문 알거덩요."

당꼬바지는, 이렇게, 자기가 꺼낸 갈보 타령이 맹랑하게 시작한 말이 아니었다는 것을 발명이나 하듯이 빈자리를 턱으로 가리키며

"이잘 보소고래. 괘앤히 저 혼자 점잖은 척하누라구 눈살이 꼿꼿해 앉았어두 상판에 개기름이 번즐번즐한 거이 어디 점잖은 데가 있소."

히었다.

…〈중략〉…

"아까 미섭습데까?"

실컷 웃고 난 캡이 이렇게 묻자 또들 웃었다. 그 말을 받아 당꼬바지가 빈정거리는 투로 이런 말을 하였다.

"욀루 미섭긴 정말 점잖은 사람이 미섭다우. 이렇게 (역시 턱으로 빈자리를 가리키며) 점잖은 테하는 사람이야 뭐 미서울 거 있소. 이제 두구보소. 아까 보디 않았소. 고샐 못 참아서 배갈을 먹드니 피꺽피꺽 피께질을 하는 걸 보디. 그런 잔 보긴 지뚱미루워두 사궤만 노문 사람 썩 도쉔다."

이런 시빗거리의 그 신사가 배갈을 먹고 한 번 껀뜩 존 것은 사실이지

만 피께질을 한 적은 없었다. 그러나 이렇게 흥을 잡자고 하는 말에는 도리어 사실 이상으로 사실에 가깝게 들리는 말이었다.

"피께질을 했다.!"

이번에는 가죽 재킷이 이렇게 따지고는 또들 웃었다. (108~109쪽)

〈예문 4〉

"거 정말 급하웬다. 후등쯩이 정 심한 댄, 깜진 네펜네 첫아이 낳기만이나 한 걸이요."

이같이 솔선하여 동정한 것은 당꼬바지였다. 그 말에 다른 사람들도 지금껏 그 남자를 백안시하던 눈에 웃음을 띠게 되었다.

"건 뭐 병이 아니라 술 탈이니낀, 메칠만 안 자시문 멜 하리요."

또 이런 급성적 우정으로 충고한 것은 캡 쓴 젊은이였다.

"그럴래니, 데런 낭반이야 찾아오는 손님으루 관텅 교제루 어디 뭐 술을 안 자실래 안 자실 수가 있을라구."

곰방대 노인이 이렇게 경의를 표하는 말에,

"아마 그럴걸이요."

하고 가죽 재킷 젊은이가 동의하였다. (110~111쪽)

〈예문 5〉

그때 차는 어느 작은 역에 멎었다. 아까 실수한 젊은이와 곰방대 노인이 내렸다. 그들은 그런 웃음을 채 웃지 못한 채 총총히 내리고 만 것이다. 밤중의 작은 역이라 그 자리에 대신 오르는 사람도 없이 차는 또 떠났다.

"좌우간 무던하갔쉐다. 저희 집 식구가 많아두 씩둑깍둑 말썽인데 그것들이 어떻게 돌아먹은 년들이라구."

당꼬바지는 코멘소리로 또 말을 시작하였다.

그러나 그 신사는 어느새 건뜩 졸다가는 눈을 뜨고 눈을 떴다가는 또 졸고 잘 뿐 대답이 없었다. 아직도 좀 남은 술병은 마주 앉은 세 사람 사이로 돌아갔다.

"이와이문 데 색시 오샤꾸루 한잔 먹었으문 도오 는데."

"말 말게. 이제 하든 말 못 들었나."

"뭘."

"남 정든 님 따라 강남 갔다 붙들레서 생리별하구 오는 판인데 무슨 경황에 자네 오샤꾸하겠나."

"오샤꾸할 경황두 없이 쯔라이 시쯔렌(失戀)이문 발세 죽었지 죽어."

"사람이 그렇게 죽기가 쉬운 줄 아나."

"나니 와께나이요." 정말 말이야 도망을 하지 아니치 못하리만큼 말이야 알겠나! 노방을 해서라무 빌이아 잇쇼니 니루 하지 잃으문 못 빌 고이 비또문 말이야, 붙들렸다구 죽여주소 하구 따라올 리가 없거든 말이야, 응 안 그래? 소랴 기미 혜[舌]라두 깨밀고 죽을 것이지 뭐야, 응 안 그래."

이런 말이 나오자 그 여인은 무엇에 찔린 듯이 해쓱해진 얼굴을 그편으로 돌리었다. 그편에서 지껄이는 사람들을 바라보는 그 눈은 지금 그런 말을 누가 했느냐고 묻기라도 할 듯한 눈이었다. 그러나 취한 그들은 그런 여인의 눈과 마주쳐도 조금도 주춤하는 기색도 없었다. 도리어 당꼬바지는

"거 사실 옳은 말이야. 정말 앗사리한 계집이문 비우쌀 게 도망두 안 할걸."

이렇게 그 여인의 얼굴을 보이지 않는 말의 채찍으로 후려갈기었다.

"자, 어서 술이나 마자 먹지. 거 왜 아무 상관없는 걸 가지구 그럴 거 있나."

가장 덜 취한 모양인 가죽 재킷이 중재나 하듯 말하며 잔을 건네었다. 잔을 받아 든 젊은이는 비척 몸을 가누지 못하며 또 지껄이었다.

"가노죠 말이야. 뎅까노 가루보쟈 나이까. 왜 우리한테 상관이 없어."(114~115쪽)

● 젊은 여인

성 별	여자
나이(추정포함)	20대 후반에서 30대 초반 정도로 추정함.
출생지 및 거주지, 활동 공간	
	출생지는 알 수 없으며, 거주지와 활동 공간은 북쪽 지역 어딘가의 유곽에서 일함.
직 업	유곽의 작부
출신계층	하류계층일 것으로 추정함.
교육정도	무학이거나 보통학교 이하 정도의 학력일 것으로 추정함.
가족관계	알 수 없음.
인물관계	① 유곽에서 도망했다가 포주인 중년 신사에게 잡혀가는 중임.
	② 찻간 주위 사람들의 모든 시선이 집중되는 가운데, 당꼬바지, 가죽 재킷 입은 젊은이, 캡 쓴 젊은이 등에게 무시를 당함.
	③ 포주인 중년 신사의 젊은 자식에게 뺨을 맞고도 잘 견딤.
	④ '나'는 그녀를 연민어린 마음으로 관찰함.
인물의 존재방식(사회계층)	
	당대의 최하류계층인 유곽의 작부

성 격	① 모든 것을 체념한 듯함.
	② 신산한 삶을 거쳐 냉소적인 태도를 보임.
	③ 약자이지만 최소한의 자존심이 있음.
	④ 모멸감을 지워버리고 살아가는 처세를 보여줌.

성격 지표 및 인물 제시방식

〈예문 1〉

그같이 우리네의 주의를 끝밖에 없는 그 중년 신사는 몇 번째 하품을 하고 난 끝에 제 옆자리 창 밑에 끼어 앉은 젊은 여인의 등 뒤로 손을 넣어서 송기떡빛 종이를 바른 넓적한 고량주 병을 뒤져내었다. 찻그릇 뚜껑에 가득 따른 술잔을 무슨 쓴 약이나 벼르듯 하다가 그 번지레한 얼굴에 통주름살을 그으며 마시었다. 떨리는 손으로 또 한 잔을 연해 마시고는 낙타 외투에 댄 수달피 바늘털에서 물방울이라도 튀어날 만큼 부르르 몸서리를 치고는 또 그 여인의 등 뒤로 손을 넣어서 궁둥이 밑에서나 빼낸 듯한 편포를 한 쪽 찢어 씹기 시작하였다.(104쪽)

〈예문 2〉

사람들의 시선은, 허퉁하게 비워진 그 자리 저편 끝에 지금까지 그 신사의 그늘 밑에 숨어 있던 듯이 송그리고 앉은 젊은 여인에게로 쏠리었다. …〈중략〉… 그 여인은 처음부터 궐녀와 마주 앉은, 즉 내 옆자리의 촌 마누라와 같이, 무슨 이야깃거리가 될 만한 아무런 말도 행동도 없이 그저 담배만을 피우고 있었던 것이다.

회색 외투를 좀 퇴폐적으로 어깨에만 걸친 그 여인은 지금 제가 여러 사람의 시선 앞에 놓여 있는 것을 아는지 모르는지 그저 제 버릇인 양 이편으로 퍼머넌트를 쓸어 올려 연방 귓바퀴에 걸치며 여전히 창밖만을 내다보고 있었다. 내다본다지만 창밖은 벌써 어두워 닫힌 겹유리창에는 궐녀의 진한 자줏빛 저고리 그림자가 이중으로 비치어, 헤글어놓은 화롯불같이 도리어 이편을 반사하는 것이었다. 이런 형용은 좀 사치한 것 같지만, 그런 화롯불 위에 올려놓은 무슨 백자 그릇같이 비친 궐녀의 얼굴 그림자 속에 빨갛게 켜지는 담뱃불을 불어 끄려는 듯이 그 여인은 동그랗게 모은 입술로 연기를 뿜고 있었다.

그때 이편 문이 열리며, 차표를 보여달라는 선문을 놓고 여객전무가 들어왔다. 차례가 되어 차장이 어깨를 흔들어서야 이편으로 얼굴을 돌린 여인은

"죠오샤껜, 쟈뾰우요(승차권, 차표요)."

하는 젊은 차장을 힐끗 쳐다보고 다시 외면하면서,

"쯔레노 히또가 못떼루노요(일행이 갖고 있어요)."

하였다.

"쟈, 쯔레노 히또와?(그러면, 일행은?)"

젊은 차장이 되묻는 말에 역시 외면한 대로 여인은 이편 손 엄지손가락을 들어 뒷담을 가리키며,

"하바까리(화장실)."

하였다.

여객전무는 제 차표를 왜 제가 가지고 있지 않으냐고 나무랐다. 그 말을 받아,

"그러하놓고 안 데."

하고 젊은 차장이 또 퉁명스럽게 핀잔을 주었다.

그 여인은 홱 얼굴을 돌려 그들의 뒷모양을 흘기고는 눈살을 찌푸리며 돌아앉았다. 불쾌하다기보다 금방 울 듯한 얼굴이었다. 그만 일에 왜 저

럴까 싶도록 히스테릭한 태도요 절박한 표정이었다. 그 후에 짐작한 것이지만, '그자가 제 돈으로 산 차표라고 제가 가지는 걸 내가 어떻게 하느냐'고 울며 푸념이라도 하고 싶은 낯빛이었던 것이다.(105~106쪽)

〈예문 3〉

우리들은 그의 턱을 따라 새삼스레 그 여인을 유심히 보게 되었다. 나역시 그 여인의 정체를 짐작할 수 있었다.

여전히 담배를 피우고 창밖만을 내다보고 있던 그 여인은 그런 말과 시선으로 보이지 않는 채찍을 등골에 느끼는 듯이 한 번 어깨를 흠칫하고 외투를 치켜올리는 것이었다. 아까부터 그 여인의 저고리 도련을 만져보고 치맛자락을 비죽여보던 촌 마누라는 무엇에 놀라기나 한 것같이 움츠린 손으로 자기 치마 앞을 털었다.(107~108쪽)

〈예문 4〉

여인은 제 얼굴 그림자를 통 살라버리도록 담배를 빨아 들이켜고 있었다. 그런 주먹의 용서를 다행하게나 고맙게 여기는 눈치는 조금도 찾아볼 수 없었다. 그런 여인의 태도에는 지금의 풍파는 있었던 것 같지도 않다. 하기야 한순간 실로 한순간이었지만.

터졌던 웃음소리는 아직도 허허 킬킬 하는 여운으로 계속되었다. 나는 그런 그들의 웃음을 악의로 듣지는 않았다. 오히려 폭력의 증지에 안심하고 학대 일순 전에 농치는 요술 같은 신사의 관용을 경탄하는 호인들의 웃음이라고도 할 것이다. 그러나 그런 웃음이 주먹보다도 그 여인의 혼을 더욱 학대하는 것 같은 건 웬 까닭일까.(113~114쪽)

〈예문 5〉

그때 차는 어는 작은 역에 멎었다. 아까 실수한 젊은이와 곰방대 노인이 내렸다. 그들은 그런 웃음을 채 웃지 못한 채 총총히 내리고 만 것이다. 밤중의 작은 역이라 그 자리에 대신 오르는 사람도 없이 차는 또 떠났다.

"좌우간 무던하갔쉐다. 저희 집 식구가 많아두 씩둑깍둑 말썽인데 그것들이 어떻게 돌아먹은 년들이라구."

당꼬바지는 코멘소리로 또 말을 시작하였다.

그러나 그 신사는 어느새 건뜩 졸다가는 눈을 뜨고 눈을 떴다가는 또 졸고 잘 뿐 대답이 없었다. 아직도 좀 남은 술병은 마주 앉은 세 사람 사이로 돌아갔다.

"이와이문 데 색시 오샤꾸루 한잔 먹었으문 도오캈는데."

"말 말게. 이제 하든 말 못 들었나."

"뭘."

"남 정든 님 따라 강남 갔다 붙들레서 생리별하구 오는 판인데 무슨 경황에 자네 오샤꾸하겠나."

"오샤꾸할 경황두 없이 쯔라이 시쯔렌(失戀)이문 발세 죽었지 죽어."

"사람이 그렇게 죽기가 쉬운 줄 아나."

"나니 와께나이요." 정말 말이야 도망을 하지 아니치 못하리만큼 말이야 알겠나? 도망을 해서라두 말이야 잇쇼니 니루 하지 않으문 못 살 고이 비또문 말이야, 붙들렸다구 죽여주소 하구 따라올 리가 없거든 말이야, 응 안 그래? 소랴 기미 혜[舌]라두 깨밀고 죽을 것이지 뭐야, 응 안 그래."

이런 말이 나오자 그 여인은 무엇에 찔린 듯이 해쓱해진 얼굴을 그편으로 돌리었다. 그편에서 지껄이는 사람들을 바라보는 그 눈은 지금 그런 말을 누가 했느냐고 묻기라도 할 듯한 눈이었다. 그러나 취한 그들은 그런 여인의 눈과 마주쳐도 조금도 주춤하는 기색도 없었다. 도리어 당꼬바지는

"거 사실 옳은 말이야. 정말 앗사리한 계집이문 비우쌀 둏게 도망두 안 할걸."

이렇게 그 여인의 얼굴을 보이지 않는 말의 채찍으로 후려갈기었다.

"자, 어서 술이나 마자 먹지. 거 왜 아무 상관없는 걸 가지구 그럴 거 있나."

가장 덜 취한 모양인 가죽 재킷이 중재나 하듯 말하며 잔을 건네었다. 잔을 받아 든 젊은이는 비척 몸을 가누지 못하며 또 지껄이었다.

"가노죠 말이야. 텡까노 가루보쟈 나이까. 왜 우리한테 상관이 없어."(114~115쪽)

〈예문 6〉

여자를 데리고 내릴 줄 알았던 신사는 차창을 열고 거의 쏟아질 듯이 상반신을 내밀었다. 혼잡한 플랫폼에서 누구를 찾는지 두리번거리던 그는 고함을 치기 시작하였다. 몇 번 부르자 차창 앞에 달려온 젊은이에게 물었다.

"네 형이 온대드니 어떻게 네가 왔니."

"형님은 또 ×××에 가게 됐어······"

"겐 또 왜?"

그 젊은이는 털모자를 벗어 쥔 손가락으로 머리를 긁적거리며 난처한 대답을 하는 것이다.

"그새 옥주년이 또 달아나서······"

"뭐야."

"옥주년이 또⋯⋯"

"이 새끼."

창틀을 짚었던 손이 번쩍하고 젊은이의 뺨을 갈겼다. 겁결에 비켜서는 젊은이가,

"그래두 니여 잽혀서 지금 찾으레⋯⋯"

하는 것을,

"듣기 싫다."

하며 또 한 번 뺨을 철썩 후려쳤다.

"정말 찾긴 찾았단 말이가? 어서 이리 들어나 오날."

들어온 젊은이는, 빨리 손쓴 보람이 있어 ××에서 붙들었다는 기별을 받고 찾으러 갔다고 설명하였다. 비로소 성이 좀 풀린 모양, 신사는 여기 일이 바빠서 제가 갈 수 없는 것을 걱정하고 (여인의) 차표와 자리를 내주고 내렸다.

또 차가 떠났다. 차창 밖의 그 신사는 뒤로 흘러가고 말았다.

앉으려던 젊은이는 제 얼굴을 쳐다보는 그 여인의 눈과 마주치자 아무런 말도 없이 그 뺨을 후려쳤다. 여인은 머리가 휘청하며 얼굴에 흐트러지는 머리카락을 늘 하던 버릇대로 귓바퀴 위에 거두어 올렸다. 또 한 번 철썩 소리가 났다. 이번에는 여인의 저편 손가락 끝에서 담배가 떨어졌다. 세 번째 또 손질이 났다. 여인은 떠리는 아랫입술을 옥물었다. 연기로 흐릿한 불빛에도 분명히 보이리만큼 손자국이 붉게 튀어 오르기 시작하는 뺨이 푸들푸들 경련을 일으키는 것이었다. 하얗게 드러난 앞니로 옥문 입 가장자리가 떠리는 것은 복받치는 울음을 참는 모양이었다. 그러고 보면 경련하는 그 뺨이나 옥문 입술도 참을 수 없는 웃음을 억제하는 것

같이 보이기도 하였다. 나는 나를 잊어버리고 그러한 여인의 얼굴을 바라 볼밖에 없었다. 종시 여인의 눈에는 눈물이 어리기 시작하였다. 한 번만 깜빡하면 쭈르르 쏟아지게 가득 눈물이 고였다. 나는 그 눈을 더 마주 볼 수는 없어서 얼굴을 돌릴밖에 없었다.

"어데 가?"

조금 후에 이런 젊은이의 고함 소리가 난다.

"……"

여인은 대답이 없이 눈물에 젖은 얼굴을 수건으로 가리며 턱으로 변소 쪽을 가리켰다.(116~118쪽)

〈예문 7〉

그 여인이 내 무릎을 스치며 제자리로 돌아왔다. 무사히 돌아올 뿐 아니라, 어느새 화장을 고쳤던지 그 뺨에는 손가락 자국도 눈물 흔적도 없이 부우옇게 분이 발러 있는 것이었다. 그리고 당장이라도 직업의식적인 추파로 내게 호의를 표할 듯도 한 눈이었다. 어쨌든 나는 그 여인이 그렇게 태연히 살아 돌아온 것이 퍽 반가웠다.

"옥주년도 잽혯어요?"

내가 비로소 듣는 그 여인의 말소리였다.

"그래, 너희 년들 둘이 트리했든 거로구나."

하는 젊은이의 말도, 지난 일이라 뭐 탄할 것도 없다는 농조였다.

"트리야 뭘 했댔갔소. 해두 이제 가 만나문 더 반갑갔제 말이웨다."

이런 여인의 말에 나는 웬 까닭인지 껄껄 웃어보고 싶은 충동을 겨우 억제하였다.(120~121쪽)

성 별   남자

나이(추정포함)
① 여객전무 : 40대로 추정함.
② 젊은 차장 : 40대 후반에서 30대 초반으로 추정함.

출생지 및 거주지, 활동 공간
출생지와 거주지는 알 수 없으며, 기차의 여객전무와 차장으로 활동함.

직 업   여객전무, 차장

출신계층   정확하게 알 수 없으나, 중류 계층 이하일 것으로 추정함.

교육정도
보통학교 이상의 학력이거나, 철도 관련 전문학원의 학력이 있을 것으로 추정함.

가족관계   알 수 없음.

인물관계   승객들의 차표를 검사하는 가운데, 젊은 여인이 승차권을 가지고 있지 않자 나무라고 핀잔을 줌.

인물의 존재방식(사회계층)
일본인 여객전무, 차장으로서 주로 평민계층 이하의 승객들에게 고압적인 자세를 취함.

성 격   고압적이며 권위적임.

성격 지표 및 인물 제시방식

〈예문〉

그때 이편 문이 열리며, 차표를 보여달라는 선문을 놓고 여객전무가 들어왔다. 차례가 되어 차장이 어깨를 흔들어서야 이편으로 얼굴을 돌린 여인은

"죠오샤껜, 쟈뾰우요(승차권, 차표요)."

하는 젊은 차장을 힐끗 쳐다보고 다시 외면하면서,

"쯔레노 히또가 못떼루노요(일행이 갖고 있어요)."

하였다.

"쟈, 쯔레노 히또와?(그러면, 일행은?)"

젊은 차장이 되묻는 말에 역시 외면한 대로 여인은 이편 손 엄지손가락을 들어 뒷담을 가리키며,

"하바까리(화장실)."

하였다.

여객전무는 제 차표를 왜 제가 가지고 있지 않으냐고 나무랐다. 그 말을 받아,

"그러하농고 안 데."

하고 젊은 차장이 또 퉁명스럽게 핀잔을 주었다.(105-106쪽)

● 젊은이(중년 신사의 아들)

성 별	남자
나이(추정포함)	20대쯤으로 추정함.
출생지 및 거주지, 활동 공간	출생지는 알 수 없으나, 아버지(중년 신사)가 물려준 대로 만주나 북지에서 유곽의 포주로 활동함.
직 업	유곽 업주
출신계층	최하류계층으로 추정함.
교육정도	무학이거나 보통학교 이하의 학력일 것으로 추정함.
가족관계	유곽의 업주인 아버지(중년 신사)와 형이 있음.
인물관계	① S역에 아버지(중년 신사)를 마중 나와 '옥주년'이 달아나 형 대신 나왔다는 소식을 전하고 아버지에게 뺨을 맞음. ② 젊은 여자의 뺨을 모질게 후려침.
인물의 존재방식(사회계층)	

	젊은이로서 유곽의 업주로 행세하며 여인들을 착취하고 억압하는 비인간적 계층
성 격	① 폭력적이고 비인간적임.
	② 잔인하고 비열함.

성격 지표 및 인물 제시방식

〈예문〉

여자를 데리고 내릴 줄 알았던 신사는 차창을 열고 거의 쏟아질 듯이 상반신을 내밀었다. 혼잡한 플랫폼에서 누구를 찾는지 두리번거리던 그는 고함을 치기 시작하였다. 몇 번 부르자 차창 앞에 달려온 젊은이에게 물었다.

"네 형이 온대드니 어떻게 네가 왔니."

"형님은 또 ×××에 가게 됐어……"

"겐 또 왜?"

그 젊은이는 털모자를 벗어 쥔 손가락으로 머리를 긁적거리며 난처한 대답을 하는 것이다.

"그새 옥주년이 또 달아나서……"

"뭐야."

"옥주년이 또……"

"이 새끼."

창틀을 짚었던 손이 번쩍하고 젊은이의 뺨을 갈겼다. 겁결에 비켜서는 젊은이가,

"그래두 니여 잽혀서 지금 찾으레……"

하는 것을,

"듣기 싫다."

하며 또 한 번 뺨을 철썩 후려쳤다.

"정말 찾긴 찾았단 말이가? 어서 이리 들어나 오날."

들어온 젊은이는, 빨리 손쓴 보람이 있어 ××에서 붙들었다는 기별을 받고 찾으러 갔다고 설명하였다. 비로소 성이 좀 풀린 모양, 신사는 여기 일이 바빠서 제가 갈 수 없는 것을 걱정하고 (여인의) 차표와 자리를 내주고 내렸다.

또 차가 떠났다. 차창 밖의 그 신사는 뒤로 흘러가고 말았다.

앉으려던 젊은이는 제 얼굴을 쳐다보는 그 여인의 눈과 마주치자 아무런 말도 없이 그 뺨을 후려쳤다. 여인은 머리가 휘청하며 얼굴에 흐트러지는 머리카락을 늘 하던 버릇대로 귓바퀴 위에 거두어 올리었다. 또 한 번 철썩 소리가 났다. 이번에는 여인의 저편 손가락 끝에서 담배가 떨어졌다. 세 번째 또 손질이 났다. 여인은 떠리는 아랫입술을 옥물었다. 연기로 흐릿한 불빛에도 분명히 보이리만큼 손자국이 붉게 튀어 오르기 시작하는 뺨이 푸들푸들 경련을 일으키는 것이었다. 하얗게 드러나 앞니로 옥문 입 가장자리가 떠리는 것은 복받치는 울음을 참는 모양이었다. 그러고 보면 경련하는 그 뺨이나 옥문 입술도 참을 수 없는 웃음을 억제하는 것 같이 보이기도 하였다. 나는 나를 잊어버리고 그러한 여인의 얼굴을 바라볼밖에 없었다. 종시 여인의 눈에는 눈물이 어리기 시작하였다. 한 번만 깜빡하면 쭈르르 쏟아지게 가득 눈물이 고였다. 나는 그 눈을 더 마주 볼 수는 없어서 얼굴을 돌릴밖에 없었다.

"어데 가?"

조금 후에 이런 젊은이의 고함 소리가 난다.

"……"

여인은 대답이 없이 눈물에 젖은 얼굴을 수건으로 가리며 턱으로 변소

쪽을 가리켰다. 여인이 가는 곳을 바라보고 변소문 여닫는 소리를 듣고 또 지금 차가 전속력으로 달리고 있다는 것을 몸으로 짐작한 그는 비로소 안심한 듯이 담배를 꺼내 물고,

"실례합니다."

하고 문턱에 놓인 성냥을 집어 갔다. 여인의 성냥이 아까 창으로 내다보던 그 남자의 팔꿈치에 밀려서 내 편으로 치우쳤던 것이다.

"고맙습니다. 참 이젠 너무 실례해서 ……"

성냥을 도로 갖다놓으며 수작을 붙이려 드는 것이었다.(116~119쪽)

작가 연보

최명익(崔明翊, 1903~?)은 평양에서 태어나 홍종인, 김재광 등과 함께 문학동인지 《백치》를 발간, 유방(柳坊)이라는 필명으로 「戲戀時代」, 「처의 화장」 등을 발표하며 동인으로 활동했으나, 《백치》가 통권 2호로 중단됨과 동시에 그의 작품 활동도 활발하지 못했다. 1936년 《조광》에 〈비 오는 날〉을 발표하여 정식으로 등단하였으나, 중앙 문단과는 별로 접촉 없이 유항림, 김이석, 최정익 등이 주관한 《단층》의 동인으로 활동하였다. 해방 이후 평양의 문예단체인 〈평양예술문화협회〉 회장과 〈북조선문학예술총동맹 중앙상임위원회〉 회장을 지낸다. 그의 대표작은 〈심문(心紋)〉이다. 이 소설은 일제 강점기 지식인의 허무적 전락과 파멸을 '의식의 흐름' 수법으로 다루고 있는 심리소설이다. 최명익은 일제 강점기의 상황에서 자의식 과잉의 인간과 병리적 상황 제시를 통하여 닫혀진 사회의 답답한 시대 징후를 그려냈다. 그는 지식계급의 불만의식을 다루고 있어 이상의 소설과는 또 다른 면모를 보이고 있다. 그의 〈장삼이사(張三李四)〉는 높은 수준의 기법적 성취를 이룬 작품으로 평가받고 있다. 대표작품으로는 〈무성격자〉(1937), 〈역설〉(1938), 〈폐어인(肺魚人)〉(1939), 〈장삼이사(張三李四)〉(1941) 등이 있다.

저본 2005년 창비 출간 『20세기 한국소설 09 이상·최명익 외』

참고문헌

기본자료

赤松智城·秋葉 隆 共編, 沈雨星 옮김, 「원텬강본푸리」, 『朝鮮巫俗의 硏究 上』, 東文選, 1991.

이성강 감독, 애니메이션 〈오늘이〉, 문공사, 2004.

김일렬 역주, 『전우치전』, 『한국고전문학전집』 25, 고려대학교 민족문화 연구소, 1996.

최동훈 감독, 〈전우치〉, 영화사 집, 2009.

논문 및 저서

강권용, 「제주도 특수본풀이 연구」, 경기대학교대학원 석사학위논문, 2001.

김혜정, 「제주도 특수본풀이 〈원천강본풀이〉 연구」, 『한국무속학』 제20집, 2010.

민진영, 「질 들뢰즈의 문학론 연구」, 전남대학교대학원 박사학위논문, 2005.

진은영, 「니체와 차이의 철학」, 이화여자대학교대학원 박사학위논문, 2004.

洪泰漢, 「韓國 敍事巫歌의 類型 分類 硏究」, 『高鳳論集』 第18輯, 1996.

박경희, 「이성강 감독 애니메이션의 미장센 스타일 체계에 관한 연구」, 상명 대학교 정보통신대학원 석사학위논문, 2003.

박기수, 「애니메이션 서사의 특성 연구」, 한양대학교대학원 박사학위논문, 2001.

홍은주, 「디지털 작업 과정으로 표현되어진 파스텔화 애니메이션에 관한 연구」, 홍익대학교 산업대학원 석사학위논문, 2006.

이윤희, 「애니메이션의 시각적 매혹성에 대한 연구」, 중앙대학교첨단영상 대학원 박사학위논문, 2007.

윤찬종, 「한국 문화원형 3D애니메이션 콘텐츠 개발 육성 방안에 대한 연구」, 한양대학교 대학원 박사학위논문, 2007.

玄容駿, 『濟州道 巫俗 研究』, 集文堂, 1986.

서대석, 「한국신화의 비교연구」, 『한국신화의 연구』, 집문당, 2001.

村山智順, 金禧慶 옮김, 『朝鮮의 鬼神』, 東文選, 1990.

金泰坤, 『韓國巫俗研究』, 集文堂, 1982.

金仁會, 『韓國巫俗思想研究』, 集文堂, 1987.

장주근, 『제주도 무속과 서사무가』, 도서출판 亦樂, 2001.

이정우, 『사건의 철학』, 철학아카데미, 2003.

서동욱, 『차이와 타자』, 문학과지성사, 2004.

이진경, 『외부, 사유의 정치학』, 그린비, 2009.

최기숙, 『환상』, 연세대학교출판부, 2003.

황선길, 『애니메이션의 이해』, 디자인하우스, 2000.

죤 핼라스·로저 맨밸, 이일범 역, 『애니메이션의 이론과 실제』, 신아사, 2000.

임철호, 「田雲致傳 研究 [Ⅰ]」, 『연세어문학』 9·10집, 연세대학교국어국문학과, 1977.

──────, 「田雲致傳 研究 [Ⅱ]」, 『연세어문학』 11집, 연세대학교국어국문학과, 1978.

윤분희, 「한국 고소설의 서사구조 연구」, 숙명여자대학교 대학원 박사학위논문, 1997.

변우복, 『전우치전 研究』, 한국교원대학교 대학원 박사학위논문, 1997.

이격주, 「田禹治傳 研究」, 단국대학교교육대학원 석사학위논문, 1990.

윤재근, 「田禹治傳說과 田禹治傳」, 고려대학교대학원 석사학위논문, 1982.

방대수, 「전우치전 이본군의 작품구조 연구」, 서울대학교대학원 석사학위논문, 1982.

이현국, 「전우치전의 형성과정과 이본간의 변모 양상」, 『문학과 언어』, 문학
　　　과 언어 연구회, 1986.

문범두, "「田禹治傳의 異本 硏究」, 『한민족어문학』 18집, 한민족어문학회,
　　　1990.

최삼룡, 「田禹治傳의 道仙思想 硏究」, 『한국언어문학』 26집, 한국언어문학
　　　회, 1988.

김필호, 「질 들뢰즈와 펠릭스 가타리의 욕망이론에 대한 연구」, 서울대학
　　　교대학원 석사학위논문, 1996.

정순백, 「들뢰즈의 사건 존재론」, 연세대학교대학원 석사학위논문, 2001.

김영진, 「현대 한국영화의 작가적 경향에 대하여」, 중앙대학교 첨단영상대
　　　학원 박사학위논문, 2006.

이채원, 「소설과 영화의 매체 전이 양상에 대한 수사학적 연구」, 서강대학
　　　교대학원 박사학위논문, 2007.

이종호, 「「오세암」 모티프의 장르·매체별 서사학적 비교 연구」, 『동화와
　　　번역』 17집, 건국대학교 동화와번역연구소, 2009.

박일용, 「영웅소설 유형 변이의 사회적 의미」, 『근대문학의 형성과정』, 한국
　　　고전문학회, 문학과지성사, 1983.

조동일, 유종호 편, 「고전소설과 정치」, 『文學과 政治』, 민음사, 1980.

이진경, 『철학의 외부』, 그린비, 2007.

서동욱, 『들뢰즈의 철학』, 민음사, 2002.

부산대학교 한국민족문화연구소 편, 『로컬리티, 인문학의 새로운 지평』, 혜
　　　안, 2009,

정정호 편, 『들뢰즈 철학과 영미문학 읽기』, 동인, 2003.

찾아보기

이 종 호

건국대학교에서 국어국문학을 전공하고 같은 학교 대학원에서 현대문학을 전공하여 석사·박사학위를 받았다. 건국대학교 미디어커뮤니케이션대학 커뮤니케이션문화학부에서 강의하고 있다. 주로 현대소설과 서사학, 한국문학과 영상예술의 통섭에 관심을 갖고 연구하고 있다.

주요 저서
『이무영 소설의 서술시학』, 『우리말 속담사전』, 『한국 현대소설의 서사담론』, 『한국 현대소설 인물사전』, 『한국문학과 영상예술의 서사미학』 등

주요 논문
「구미호의 '되기/생성' 애니메이션 『천년여우 여우비』 연구」, 「동화와 각색 애니메이션의 서사학적 비교 연구」, 「고전소설 『뎐우치전』과 영화 〈전우치〉의 서사구조 비교 연구」, 「서사무가 〈원턴강본푸리〉와 애니메이션 〈오늘이〉 비교 연구」, 「洪命熹의 『林巨正』 研究」 등

한국 서사문학과 문화콘텐츠

2015년 3월 10일 초판 인쇄
2015년 3월 20일 초판 발행

지은이 이 종 호
펴낸이 한 신 규
펴낸곳 도서출판 **문현**
주 소 138-210 서울특별시 송파구 동남로11길 19(가락동)
전 화 Tel.02-443-0211 Fax.02-443-0212
E-mail mun2009@naver.com
홈페이지 www.mun2009.com
등 록 2009년 2월 24일(제2009-14호)

ISBN 978-89-94131-79-5   93810   정가 21,000원